지문

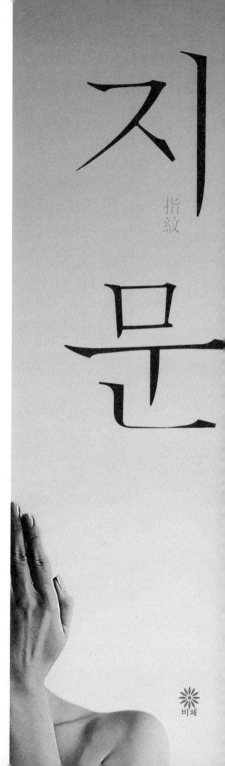

지
指
紋

문

이선영 장편소설

비채

차
례

1.

변
사
자

변사자는 여자였다. 심하게 부패한 것 같다고 목격자는 전했다. 발견 장소는 청우산靑雨山. 해발 619미터로, 잣나무가 울울하고 산세가 험하지 않아 산행에 적격인 산이다.

규민은 차에서 내려 우산을 펼쳤다. 오후 4시가 겨우 넘은 시각인데도 추적추적 내리는 비로 청우산은 푸르기는커녕 검은색 유화물감을 덧칠해놓은 듯 우중충했다.

관할인 청평 파출소 이수길 순경이 제보전화를 받아 가평 경찰서에 도움을 요청했다. 서울지방경찰청 광역수사대 형사로 있다가 가평으로 전임轉任해 온 규민에게 출동조사가 떨어졌다. 형광색 우의 차림의 이 순경이 규민을 맞아 길을 안내했다.

진달래 동산을 지나 청오사靑悟寺까지 올랐다. 동행한 이 순경은 힘든 기색이 없었다. 그는 여기 토박이라고 했다. 어릴 적부터 청우산과 불기산을 제집 드나들듯 했다더니 과연, 산을 오르는 데 이력이 붙은 걸음새였다.

산기슭에 위치한 삼각바위 아래에 이르자 비리치근한 냄새가 났다. 시취屍臭였다. 등산로에서 상당히 떨어진 장소였다. 제보자는 삼각바위 근처라고 했는데, 바위에서 7, 8분 가량 더 걸어 내려와야 간신히 현장을 찾을 수 있었다. 웬만해선 찾기 힘든 장소 같았다. 이 순경도 처음 와본다고 했다.

삼각바위는 비스듬한 삼각뿔대 모양이었다. 이지러진 사다리꼴이 70도 급경사를 이루었고, 높이는 6, 70미터 가량이었다. 삼각바위 윗자락은 산 정상으로 가는 길목이었다. 사방에 상수리나무와 자작나무가 빽빽했다. 규민은 우산을 목과 어깨 사이에 걸치고 삼각바위를 올려다보았다. 거세게 쏟아지는 빗줄기가 수십만 개의 바늘이 한꺼번에 내리꽂히는 것처럼 보였다. 변사자는 산행 중 삼각바위에서 발을 헛디딘 모양이다.

사체의 오른팔과 왼다리가 시옷자로 꺾여 있었다. 손전등 불빛을 받은 얼굴은 물기에 젖어 하얗다 못해 푸르스름하게 번들거렸다. 이마에 해초처럼 들러붙은 몇 가닥의 머리카락 아래 두 눈은 동굴처럼 뻥 뚫려 있었다. 코와 입안도 파리 떼가 들러붙어 시꺼멨다. 규민은 등골이 뻣뻣해졌다. 이 순경도 두어 걸음 뒤로 물러서며 얕은 신음을 내뱉었다. 허물어진 얼굴과 살짝 부풀어 오른 사체의 형태로 보아 족히 열흘은 된 성싶었다. 두 사람은 마스크를 착용했다.

폴리스라인을 치던 이 순경은 구역질을 참는 표정으로 규민에게 담배가 있느냐고 물었다. 규민은 이 순경을 힐끗 쳐다보았다.

"압니다. 산에서 흡연하는 게 얼마나 위험한지. 그것도 경찰 신분으로⋯⋯."

이 순경은 머쓱한 표정으로 말을 흐렸다. 산에 오를 때 담배를 끊은 지 3년이 되었다고 말한 그였다. 규민은 이 순경에게 담배를 건네고 자신 몫의 담배에 불을 붙였다.

"오늘만 서로 눈감아주기로 하죠. 비도 오고요."

규민도 속이 메스껍던 참이었다. 마스크를 오른쪽 귀에 걸어놓고 몇 모금을 급하게 빨았다. 니코틴이 시취를 완전히 희석시키진 못했지만 욕지기는 가라앉았다.

"떨어지면서 아주 으스러진 것 같네요. 실족사로 처리해야겠지요."

손으로 코를 쥔 이 순경이 코맹맹이 소리로 말했다. '실족사'는 제보자에게서 나온 말이었다. 규민도 제보 전화가 녹음된 음성파일을 들었다. 등산객이라는 중년 남자의 목소리는 떨렸고 말투도 어눌했지만 억양은 높았다. 그는 중언부언했다. 추깃물이 흥건한 사체를 발견한 사람이라면 누구라도 그럴 것이다. 실족사라는 말을 두 번 반복했다. 냄새가 너무 지독해서 토악질을 했다는 말도 했다. 제보자는 자기방어도 잊지 않았다. 용변이 급해서 등산로를 벗어나 삼각바위 아래로 내려갔다가 발견했을 뿐이라고 강조했다. 이 순경이 현장에 갈 때까지 남아 있어달라고 했지만 제보자는 거절했다. 혹시 허위제보가 아닐까 해서 찔러봤다고 이 순경이 덧붙였다. 경찰에서 구르다 보면 심심치 않게 들어오는 허위제보에 뚱개훈련을 하는 일이 다반사다. 그러나 제보자의 억양이나 말투로 보아 허위제보는 아니었다.

규민은 백팩에서 라텍스 장갑을 꺼냈다. 다섯 손가락을 죄는 고무 질감. 오랜만에 느껴보는 감각이다. 시취에 섞인 피 냄새를 맡자 서울에서 맡은 마지막 사건이 생각났다. 일명 용산국제마피아 사건. 규민이 파출소와 교통계에서 각각 2년씩 총 4년을 근무한 후 강력계와 광수대 수사관으로 일한 지 6년째 되던 해 맡은 사건이었다. 경감 진급을 앞둔 즈음이기도 했다. 경찰이 도착했을 때 마피아 일당은 감쪽같이 사라진 후였고, 피범벅이 된 시신 2구가 사건 현장에서 뒹굴고 있었다. 규민은 끈질긴 수사 끝에 과거 조직원이었던 A를 찾아냈고, 그를 통해 경찰 내부와 이어진 오래된 유착 관계를 확인했다. 그 '줄'은 다름 아닌 파트너로 일해온 규민의 팀장이었다. 그 일로 규민은 팀장과 마찰을 빚었고, 결국 팀장은 징계를 받고 옷을 벗었다. 경찰은 조폭 유착 의혹이 경찰의 개인적인 비리일 뿐 경찰 조직 전반의 문제는 아니라며 선을 긋고 꼬리 자르기를 했다. 팀장은 규민에게 이를 갈았지만 형사처벌받지 않고 모가지만 달아난 걸 다행으로 알아야 했다.

수년을 동고동락하며 스리슬쩍 뒷돈을 받아 챙기는 그의 습관을 규민도 모르지 않았다. 하지만 살인까지 덮어주면서 수천만 원을 챙길 줄은 짐작도 하지 못했다. 한번 사람을 믿으면 계속 신뢰하는 것. 규민의 장점이면서 단점이다. 형사로선 최악의 단점일 수 있었다. 하지만 한번 의심하면 끝까지 파고드는 집요함이 그 단점을 상쇄시키니 그나마 다행인지도 모른다. 그의 굳건한 믿음과 집요한 의심은 종종 양날의 검이 되곤 했다. 팀장은 그것이야말로 규민의 '맹점'이라고 여러 번 지적했다.

그 일로 아버지 가족과도 떨어져 살 겸, 비교적 한적한 이곳으로 전근했다. 아니, 전근당했다는 사실을 받아들였다. 관내의 따가운 눈총을 피하고 싶기도 했다. '휴가철만 무사히 넘긴다면야, 뭐.' 규민이 가평 경찰서로 발령이 났을 때 누군가 했던 말이다. 가평 일대가 유원지라는 걸 확인시킨 말이기도 했다. 규민은 그렇게 한가한 곳이냐고 너스레를 떨지 않았다. 자신의 좌천을 위로하는 말이라는 걸 모르지 않았기에.

"백 형사님은 듣던 대로 철두철미하시네요."

규민이 라텍스 장갑을 끼는 걸 지켜본 이 순경이 멋쩍은 표정으로 말했다. 규민은 이 순경의 말을 흘려들으며 휴대전화로 각도를 달리해서 사진을 찍었다. 이 순경도 사체 주변을 살피며 휴대전화 카메라를 눌러댔다.

변사자의 키는 대략 160에서 165센티미터 사이로 보였다. 나이는 30대 초중반쯤. 포니테일을 푼다면 숱이 많고 허리까지 내려오는 긴 머리일 것이다. 복장은 긴팔 블라우스에 회색 정장바지 차림이다. 변색되긴 했지만 블라우스 색깔은 원래 인디언 핑크였을 것으로 짐작되었다.

얼굴에는 풀과 같은 얇은 막이 덮여 있었는데, 사체가 부패하면서 생긴 분비물이 빗물과 엉킨 듯 보였다. 신발은 신지 않았고, 살구색 발목스타킹은 복숭아뼈 부근에 구멍이 뚫려 있었다. 오금팽이에서는 진물이 흐르고, 눈과 코와 입에서도 구더기와 이름 모를 벌레들이 꼬물거렸다. 핏자국이 흙바닥과 수풀, 돌멩이 사이에 거뭇하게 남아 있는 걸로 보아 사체에서 흘러나온 피의 양이 짐작되었다.

이 순경이 급히 수풀이 우거진 곳으로 뛰어가 허리를 굽혔다. 그의 입에서 하얀 액체가 포물선을 그리며 떨어졌다. 뒷주머니에서 손수건을 꺼내 입가를 닦는 그의 거무스레했던 낯빛이 해쓱해졌다.

이 순경은 파출소에서 근무한 지 3년째라고 했다. 오십 둥이 외아들인 그는 가평에서 숙박업을 하는 노부모를 떠나지 못해 이곳 근무를 자처했다. 파출소를 지키며 동네 민원을 처리해온 그의 임무는 여기까지였다. 규민을 현장으로 안내하고 사건을 위임하는 정도. 산을 내려가면 이 순경은 유원지 순찰과 민원 처리라는 원래의 업무로 돌아갈 것이다.

규민이 이 순경에게 담배 한 개비를 더 내밀었다. 뭉그러진 사체 앞에서 준법정신도 뭉그러지는 것일까. 이 순경이 담배를 받으며 사위를 둘러보더니 급히 담배를 빨았다.

"이 순경님은 삼각바위 위쪽을 한번 살펴봐줄래요? 여긴 내가 수색할 테니까."

이 순경의 눈빛이 규민에게 답을 종용하는 듯 보였다.

"실족사라고 단정하기엔 아무래도 좀……."

"왜 그런 말씀을……."

이 순경이 규민의 속마음을 꿰뚫기라도 한 듯 말을 흐렸다.

"그래서 위를 살펴봐달라고 한 거 아닙니까?"

신발.

두 사람은 동시에 그 단어를 떠올린 건지도 몰랐다. 근처에 신발이 보이지 않는 게 이상했다. 추락하면서 벗겨졌을지도 모른다.

"만약에 위에서 신발이 발견된다면 투신자살일 수도 있는 거네요."

변사자를 향해 시선을 던지는 이 순경의 목소리에 긴장감이 느껴졌다.

"단정하긴 이릅니다. 아무튼 신발을 찾아보긴 해야겠지요."

이 순경은 알았다고 하면서 잠깐 주저하다가 다시 입을 열었다.

"근데, 신발만 없는 게 아니잖습니까?"

이 순경 말이 맞았다. 변사자에게는 소지품도 휴대전화도 없었다.

"제가 뭘 알겠습니까만, 느낌이 별론데요."

"우선 변사자 신원부터 파악해야겠지요. 인근 병원에 연락은 했습니까?"

"물론이죠. 이제 곧 도착할 겁니다."

이 순경이 자신 있는 목소리로 말했다. 규민은 집게손가

13

락을 입술 중앙에 댔다.

"아직은 아무 말도 하지 맙시다. 공연히 투신이니 뭐니 하는 말부터 나돌면 자칫 시끄러워질 수도 있으니까요."

좁은 동네에서 투신자살 소문이 나면 머리가 아파질 게 뻔했다. 이 순경은 알았다는 뜻으로 경례를 붙이고 삼각바위 위로 성큼성큼 올라갔다. 규민도 근처를 다시 둘러보았다. 병원 관계자들이 오기 전에 여자의 신원을 알려줄 단서를 하나라도 찾아야 했다. 규민은 이 순경이 올라간 반대편을 샅샅이 훑었다. 바위 틈새를 뚫고 뻗어 올라간 나뭇가지 사이에 무언가 걸려 있었다. 규민이 우산을 접어 이파리를 흔들자 그것이 빗물과 함께 툭, 떨어졌다. 신발 한 짝. 갈색 여자 구두였다. 나무 색과 비슷해서 눈에 띄지 않았던 모양이다. 굽이 나무젓가락처럼 길고 가늘었다. 그런 구두를 흔히 킬힐이라 부르던가. 규민은 구두를 변사자 발에 대보았다. 크기가 딱 맞았다. 위에서 희미하게 울리는 휴대전화 소리. 곧이어 이 순경이 전화를 받는 듯 빗소리에 섞여 웅웅 하는 소리가 들렸다. 병원 관계자가 근처까지 온 모양이었다.

2.

실
종

휴대전화가 울렸다. 의현이 화장실에서 치약 거품을 세면대에 뱉으려 할 때였다. 물 한 모금으로 입안을 헹구고 화장실 문턱을 급하게 넘다가 엄지발가락을 찧었다. 벨 소리는 줄기찼다. 의현은 외마디 비명을 지르며 깽깽이걸음으로 부엌을 가로질렀다. 화면에 뜬 발신번호를 확인하고 심호흡을 했다. 발가락이 얼얼했다.

"노원 경찰서입니다. 실종신고하신 건으로 전화드렸습니다."

대답이 나오지 않았다. 휴대전화에서 여보세요, 하고 재차 확인하는 소리가 들려왔다.

"네, 말씀하세요."

의현은 왼손을 가슴께에 얹고 눈을 감았다. 심장 뛰는 소리가 귀까지 들렸다. 경찰의 목소리는 마치 물속에서 들리는 것처럼 아득했다. 말투는 사무적이었다. 그런데도 그 언어들이 허공에서 조각조각 떠다니는 느낌이었다. 귀에 익숙한 말인데도 이방의 언어를 듣고 있는 듯한 착각이 들어 몇 번씩 되물어야 했다. 통화는 길지 않았다. 기껏해야 3, 4분.

의현은 전화기를 든 채로 방 안을 찬찬히 둘러보았다. 12평의 원룸은 부엌과 침실이 이어진 구조였다. 창 쪽에 붙어 있는 침대를 중심으로 오른쪽에는 붙박이 수납장이 있고 왼쪽은 부엌이었다. 나머지 벽면은 온통 책장이었다. 책꽂이 위에 쌓아올린 책들이 천장에 닿을 지경이었고 책상 겸 식탁으로 쓰는 간이 탁자에는 랩톱 컴퓨터가 펼쳐져 있었다. 바로 옆에 있는 새 커피머신이 낡은 물건들 사이에서 혼자 반짝반짝 빛을 냈다. 드럼세탁기가 딸린 싱크대와 인접한 탁자 끝에 놓인 작은 바구니에는 각종 고지서와 독촉장, 카드 명세서가 아무렇게나 꽂혀 있었다. 바구니 바닥에는 머리카락 몇 가닥과 알록달록한 머리끈이 잡동사니와 함께 굴러다닐 것이다. 의현은 이미 지불한 고지서와 명세서를 정리해야겠다고 생각했다. 이런 순간에 그런 생각이나 하고 있다니. 쓴웃음이 났다.

"윤의현 씨, 듣고 계십니까?"

의현이 대답할 여지를 주지 않고 저쪽에서 재우쳤다.

"네, 듣고 있습니다."

전화기 너머에서 얕은 한숨을 토하는 소리가 얼핏 들렸다. 아니면 다른 소리였을지도. 일테면 문이 열리고 닫히면서 내는 마찰음이라든가 옆 사람의 인기척일지도 모른다.

"저희도 가평 경찰서에서 전달받은 내용입니다. 윤의현 씨가 신고한 인상착의와 비슷한 분을 발견했다고 합니다. 자세한 내용은 가평 경찰서에서 직접 전화를 드릴 겁니다."

"가평 경찰서라고요? 제 동생을 찾은 건가요?"

"아직 동생분이라는 확증은 없습니다. 실종신고 접수와 대조해보는 중입니다. 그 이상은 말씀드리기 곤란합니다. 궁금하신 사항은 가평 경찰서에 문의하도록 하십시오."

"전화가 언제쯤 온다는 건가요?"

의현이 숨을 몰아쉬었다. 마음 깊은 곳에서 울리는 어떤 외침이 온몸을 휘감았다. 기다리라는 말을 끝으로 전화는 끊어졌다. 의현은 휴대전화를 한참 바라보면서 경찰의 말을 하나하나 곱씹었다. 인상착의가 비슷하다고 했다. 의현이 동생 기현의 실종신고를 한 것은 며칠 전이었다. 의현은 자신이 동생의 인상착의를 어떻게 말했는지 기억의 갈피를 더듬었다.

신장을 165센티미터라고 했다가 164라고 정정했다가 다시 165라고 말했다. 의현과 동생의 키 차이가 별로 나지 않았던 것 같았다. 머리는 길다고 했다. 이목구비를 설명하려는데 경찰이 의현의 말을 끊었다. 최근 사진을 보여달라고 했다. 의현은 말문이 막혔다.

서류에는 신고자와 실종자의 생년월일과 성명을 모두 기입하도록 되어 있었다. 윤의현과 오기현. 성(姓)은 다르지만 두 사람은 이름 끝자가 같다. 생년월일 기입란에서 의현은 볼펜을 입에 물고 주춤거렸다. 경찰이 의현을 힐끗 보는 게 느껴졌다. 성이 다르고 생년월일은 긴가민가해도 의현과 기현은 연년생 자매였다. 호적이 갈라진 지 오래된 탓일 뿐이었다.

"사진은…… 없는데요.'"

"동생이라면서요. 휴대전화에 저장된 사진도 없습니까?"

동생이 맞느냐는 경찰의 물음은 성이 다른데 동생이라고 기입한 서류를 접수했을 때 나왔어야 했다. 하지만 경찰은 묻지 않았다. 경찰이 신고자의 사생활까지 물을 권리는 없다. 그러나 사진이 없다는 의현의 말에 경찰의 말투는 날카로워졌다. 그럴 만했다. 그것은 사생활과 별개로 보편적 일상에 해당되는 사항일 수도 있을 테니까. 경찰의 반응을 보며 의현은 생각했다. 다른 자매들은 휴대전화 앨범에 서로의 얼굴을 저장하는 게 당연한 걸까. 그러고 보면 기현과 함께 사진을 찍은 기억이 없었다. 반대 입장이었어도 기현 역시 고개를 가로저었을 것이다. 의현은 동생의 얼굴형과 체형, 이목구비를 더듬더듬 설명했다.

"혹시, 실종자가 신고자분과 많이 닮았습니까?"

타이핑하던 경찰이 의현을 빤히 들여다보면서 물었다.

"네, 맞아요. 그 생각을 미처 못 했군요. 저와 닮았어요. 자매니까요."

의현은 긴장하고 있었던 게 분명했다. 실종신고를 한다는 게 쉬운 일은 아니었다. 경찰이 실종신고를 하게 된 계기를 물었다. 의현은 뒷덜미에 땀이 배어날 만큼 열심히 설명했다. 동생이 전화를 서너 번 받지 않을 때도 신경 쓰지 않았다. 그런데 부재중전화가 찍혔을 텐데도 동생의 회신은 없었다. 의현은 그때까지도 크게 걱정하지 않았다고 했다. 예전에도 그런 일이 간혹 있었다. 의현도 그랬다. 어쩌다 동생의 전화를 못 받기도 했고, 때로 안 받기도 했다. 그때 기분이나 상황에 따라 회신을 하기도 했고 하지 않기도 했다. 그런 걸 따지는 사이는 아니었다. 그런 점에서 둘의 성향은 같았다. 일상생활을 함께하지 않았는데도 근본적인 성격이 비슷하다는 게 신기했다. 어쩌면 그런 세밀한 부분에서 유전자의 영향이 나타나는지도 몰랐다.

실종신고를 하러 가기 전, 의현은 경찰이 질문을 던졌을 때를 대비해 몇 가지를 정리해뒀다. 갑자기 물어보면 생각이 나지 않을 수도 있을 테고, 무엇보다 실종신고를 너무 늦게 하는 게 아닐까 하는 자책이 만든 방어기제 탓일지도 몰랐다. 서른 중반의 성인이 며칠 전화를 받지 않는다고 곧바로 경찰서에 실종신고를 하는 게 더 웃긴다고. 하지만 경찰은 다르게 생각할 수도 있을 것이다.

"그 뒤에도 전화를 해봤습니까?"

"했지만 착신이 되지 않고 금방 끊어졌어요."

"그런데도 걱정이 되지 않았단 말이에요?"

그 질문에도 의현은 할 말이 있었다. 로밍을 하지 않고 해외에 갔을 수도 있는 거 아니냐고. 실제로도 그런 적이 있었다. 지인이 갑자기 연락이 되지 않았지만 2, 3일 로밍을 하지 않은 채 해외여행을 갔다 왔다는 말을 나중에 들었다.

신고를 하고 나오며 의현은 자신이 동생에 대해서 아는 게 별로 없다는 사실을 깨달았다. 여태 그 생각을 하지 않고 살아왔다는 게 신기했다. 기현이 사는 곳이 경기도 청평이라는 것은 알았지만 그 집에 드나든 적이 없었다. 기현에게 아버지가 있는 줄은 알았지만 그를 본 적도 없고 연락처도 몰랐다. 하지만 기현은 달랐다. 의현에 대해 많은 것을 알고 있었다. 의현의 원룸 비밀번호도 알고 있어서 수시로 드나들었다. 심지어 기현은 의현의 이메일 패스워드와 카드 비밀번호도 외우고 있었다. 의현의 원룸을 드나들면서 자연스레 그렇게 된 일이었다. 기현은 의현 대신 홈쇼핑이나 인터넷으로 물건을 주문하기도 했고, 의현의 밀린 카드 값을 내준 일도 있었다.

의현은 동생과 연락이 두절된 지 며칠이 지나서 비로소 '실종'이라는 단어를 떠올렸다고 진술했다. 지인인 임 감독의 조언 덕분인지도 몰랐다. 아무튼 의현은 집에서 가까운 경찰서 문을 밀고 들어갈 용기를 낼 수 있었다.

전화벨이 다시 울렸다. 지역번호 031. 경기도였다. 마른 침을 삼키는 의현의 손바닥에 땀이 찼다.

"가평 경찰서입니다. 노원 경찰서에서 연락은 받으셨습니까?"

"조금 전에 받았습니다."

의현은 무슨 말인가 더 물어볼까 하다가 삼켰다.

"저는 가평 경찰서 백규민 형사입니다. 윤의현 씨 되십니까?"

"네. 제가 윤의현입니다."

"일주일 전쯤 노원 경찰서에 동생분과 연락이 안 된다고 실종신고하셨지요?"

"제 동생을 찾았나요?"

속이 바짝바짝 타들어간 탓에 의현의 목소리가 성마르게
튀어나왔다.

"아직 동생분이라고 단정 지을 수는 없습니다."

형사의 목소리는 부드러운 중저음이었다. 라디오 심야
음악방송 디제이를 하기에 적합한 음성 같았다.

잠시 침묵이 흘렀다.

"그게 무슨 말씀이죠?"

"윤의현 씨가 직접 오셔서 확인을 해주셔야겠습니다."

"제가 뭘 확인해야 하는 건데요?"

또다시 흐르는 정적. 이번에는 형사가 침묵을 깼다.

"오기현 씨의 다른 가족분은 없습니까?"

빙빙 에두르기만 하는 형사의 말. 의현은 숨이 가빠졌다.
불안과 초조의 시간들이 불길한 전조로 윤색되고 있었다.

"동생 가족이 있긴 합니다만."

"동생분 가족이 따로 있다는 말씀입니까?"

의현은 딱히 할 말이 없어 얼버무렸다.

"그렇다면 동생의 남편분과 함께 와주십시오."

형사는 따로 가족이 있다는 말을 동생이 결혼했다는 의
미로 받아들인 것 같았다.

"아닙니다. 우선은 제가 먼저 가보겠습니다. 동생 아버지가 따로 계시지만 그분 연락처를 몰라서요."

형사의 세 번째 침묵. 그가 심호흡을 하고 있다는 게 고스란히 느껴졌다.

"그럼 말씀드리겠습니다. 아직 확신할 수는 없지만 윤의현 씨가 신고한 인상착의와 연령대 등이 일치해서요……. 동생분으로 추측되는 변사체가 발견되었습니다."

횡격막이 수축되는 느낌이 들더니 숨이 콱 멈췄다. 불길하고 모호했던 그림자가 그 실체를 드러낸 것일까. 형사는 의현에게 병원 이름을 가르쳐주고 전화를 끊었다. 의현은 두 팔을 늘어뜨리고 눈을 감았다. 이대로 영영 눈을 뜨고 싶지 않았다. 눈가에 맺혀 있던 눈물이 볼을 타고 흘러내렸다.

3.

신원 身元

변사자의 사인은 '실족사'에서 '투신자살'로 바뀌었다. 이 순경도 동의했다. 현장에서 발견된 두 가지 증거가 투신자살임을 뒷받침해주었다. 변사자의 발 크기와 동일한 구두가 첫 번째 증거물이었다. 변사자가 뛰어내리기 전 벗어놓은 것으로 추정되었다. 바람이나 기타 외부적인 상황에 의해 구두 한 짝이 나뭇가지에 걸린 것 같았고, 다른 한 짝은 이 순경이 삼각바위 위에서 찾아냈다. 두 번째 증거는 유서였다. 유서는 구두 안창 아래에서 발견되었다. 내용은 딱 한 줄이었다.

증오하면서 사랑한다.

A4용지에 한글 문서 50포인트로 작성된 그것은 경구 같기도 하고 암호 같기도 했다. 이 순경은 규민에게 어떤 시의 구절일 수도 있지 않겠느냐고 말했다. 면밀히 따져서 유서라고 단정하기는 좀 미심쩍었다. 그렇다고 유서가 아니라고 할 이유도 없었다. 변사자 주변에서 발견한 유일한 물건이 그것뿐이었으니까. 애매모호한 문구였지만 변사자의 자살 이유까지 찾아야 할 필요는 없었다. 이유를 밝히려면 변사자가 살아온 날의 궤적을 일일이 추적해야 한다. 그것은 경찰의 업무 영역이 아니었다.

유서가 있다는 것은 죽음이 자살일 확률이 높다는 뜻이 아니냐며, 이 순경은 규민에게 동의를 구했다.

사망 보고서에 사인을 투신자살이라고 기입하더라도 문제는 남는다. 변사자의 신원이었다. 신원이 끝까지 밝혀지지 않는다면 '신원 미확인'으로 처리할 수도 있다. 행려병자들이 신원 미확인인 채 사망처리되는 일도 비일비재했다.

신원을 증명해줄 소지품이나 신분증이 현장에서 발견되지 않았기 때문에 변사자의 가족을 찾아야 했다. 끝까지 가족이 나타나지 않는다면 지문을 채취하는 방법이 있다. 부패가 심한 현재로써는 지문 식별이 쉽지 않을 것이다. 하지만 뼈만 남은 사체가 아니라면 지문 채취는 가능했다. 시간이야 좀 걸리겠지만.

규민도 그쪽으로 일가견이 있는 형사였다. 규민 선에서 여의치 않으면 부검을 의뢰할 수도 있다. 그러나 모든 변사자가 부검 대상이 되는 것은 아니다. 범죄에 연루되었다는 정황이 확보될 때 가능했다. 부패된 사체라 해도 부검 과정에서 CA 기체법과 형광 분별법, 4차 요오드법 등을 활용하면 웬만한 지문은 거의 채취할 수 있다.

범행 수법이 날로 악랄해지면서 범죄자들은 자신들의 지문을 없애는 수술을 받기도 했다. 그러나 지문을 지우려는 범죄자들의 집착이 무색하게 지문을 완전히 없애는 것은 거의 불가능했다. 지문은 손가락 표피 아래 진피층의 유두부 굴곡으로 생기는 문양이다. 그 문양을 제거해서 표피를 이식하는 수술을 받아도 진피층 유두부는 남고, 시간이 지나면 그 굴곡은 원상회복된다. 즉 수술로 쉽게 없어지지 않는다는 뜻이다. 방법이 없는 것은 아니다. 손가락이 너덜너덜해지는 걸 감수하고 진피층까지 깎아버리면 된다. 아니면 손가락 마디를 잘라버리든지.

규민은 손가락 마디를 잘라내고 수사망을 피해 잠적한 범죄자를 알고 있다. 다름 아닌, 규민의 팀장을 매수한 용산

국제마피아 파의 조직원. 놈이 도망갈 길을 열어준 대가로 팀장이 거액의 금품을 받아 챙긴 사실을 옛 조직원 A를 통해 확인했다. 가평 경찰서로 발령만 받지 않았어도 기어코 놈의 손목에 수갑을 채웠을 것이다. 두 명이나 살해한 살인자다. 모든 정황이 놈을 향하고 있었다. 지문이 결정적인 증거였다. 그런데 놈의 조직으로부터 뇌물을 받은 팀장이 수사를 방해하고 놈의 도주를 도왔다. 놈은 독종이었다. 증거를 인멸하기 위해 자신의 손가락 마디를 자르기까지 했다. 그렇다 해도 놈을 잡을 수 있는 방법은 있었다. 수사가 진행되면서 놈은 경찰의 손아귀에서 벗어날 수 없는 상태였다. 그때까지만 해도 팀장이 연관되어 있는 줄은 까맣게 몰랐지만.

팀장이 서둘러 미제사건으로 처리하려고 할 때 규민은 옛 조직원을 찾아냈고, 비로소 팀장이 깊이 연루되어 있음을 깨달았다. 규민은 팀장을 몰아붙였고, 그는 규민을 술자리로 불러 회유했다. 규민은 놈만 넘겨준다면 입을 닫겠다고까지 했다. 물론 받은 뇌물은 돌려줘야 한다는 전제를 달았다. 팀장은 규민의 '지분'을 나누어주겠다고 선심 쓰듯 제안했다. 규민이 끝까지 버티자 언성이 높아졌고 결국 몸싸움으로 이어졌다. 규민은 양주병으로 팀장의 머리통을 갈겼다. 경찰이 출동했고 윗선까지 알려지면서 뇌물수수 사실이 발각되었다. 그는 징계를 받고 옷을 벗었다. 규민은 동료의 뇌물수수를 방

관했다는 이유로 경위서를 쓰고 가평에 발령을 받았다. 그런데 발령 서류의 잉크가 마르기도 전에 사체를 맞닥뜨리다니. 규민은 문득 야릇한 기분에 휩싸였다.

현장에서 유일하게 발견된 물증은 갈색 구두와 유서뿐. 눈 딱 감고 투신자살이라고 보고하면 그만이다. 하지만 규민의 직감은 다른 이야기를 하고 있었다. 지금은 변사자의 신원 확인이 우선이다. 지문복원 같은 고난도 방법 전에 해야 할 일이었다.

규민은 가출 및 실종신고를 검토하기 위해서 전국의 파출소, 지구대, 경찰서에 도움을 요청했다. 한 달 전후로 접수된 신고를 조사하고 변사자의 인상착의와 유사한 건을 정리하자 모두 일곱 건이 남았다. 규민은 해당 지구대와 파출소에 연락을 취해서 각각의 신고자와 직접 통화했다. 일곱 건 중 네 건은 실종자와 연락이 닿았다고 했다. 나머지 세 사람 중 한 사람은 나이가 맞지 않았다. 남은 두 사람에게 변사자를 확인하러 오라고 했다. 가출한 딸을 신고한 60대 부부는 변사자의 옷과 구두를 보자마자 고개를 저으며 안도의 한숨을 쉬고 돌아갔다.

노부부가 돌아간 후 영안실 앞에서 서성거리는 여자를 발견했다. 동생과 연락이 두절됐다고 신고한 사람일 것이다. 여자는 변사자의 옷과 구두를 보자마자 얼굴이 하얘졌다. 더 확인할 필요도 없었다.

부패되기 시작한 망자가 스스로를 입증할 방법은 사실상 없다. 망자는 자연의 법칙대로 썩어가는 일에 열중할 뿐이다. 망자의 신원을 밝혀줄 사람은 가족과 측근이다. 이제 그들의 말 한마디 한마디가 죽음의 배경을 밝혀줄 것이다.

신고자의 이름부터 물었다. 이름이 '윤의현'이라고 했다. 규민도 서류를 통해 알고 있는 정보였다. 윤의현은 변사자와 체구가 비슷했다. 호리호리한 체구에 이목구비가 선명한 그녀는 단발머리가 어울리는 미인이었다. 부패로 인해 변사자의 이목구비가 많이 뭉그러졌지만 얼굴 윤곽이 윤의현의 외모와 겹쳐졌다. 그녀 말대로 변사자와 자매간이라는 걸 짐작할 수 있었다.

규민은 윤의현을 시체 안치실로 안내했다. 동행한 가족이 없다는 게 마음에 걸렸다. 그녀의 깍지 낀 두 손이 요철처럼 맞물려 있었다. 핏기 없는 손마디에 파란 정맥이 도드라졌다. 동생의 시신을 확인하기 전에는 손을 풀지 않겠다는 의지가 엿보였다.

냉기가 하얗게 뿜어져 나오는 스테인리스 철판에 누워 있는 변사자를 확인하는 순간 윤의현은 휘청거렸다. 변사자 가족의 일반적인 반응이다. 규민은 황급히 그녀를 부축했다.

가벼운 몸이었다. 몸무게가 50킬로그램에도 미치지 못할 여자. 변사자 역시 그 정도 무게밖에 나가지 않을 듯 보였다. 자매가 똑같이 마른 체형이다.

규민에게 기댄 윤의현은 가까스로 몸을 추슬렀지만 핏기가 가신 얼굴은 습자지처럼 투명했다. 그녀는 '오기현'이라는 변사자의 이름과 생년월일을 알려주었다. 두 사람은 한 살 터울의 연년생 자매였다.

윤의현은 울음도 터트리지 못했다. 충격에서 벗어나지 못한 모양이었다. 규민은 유서를 보여주지 않았다. 마음을 진정시킬 시간이 필요할 것 같았다. 규민은 일단 택시를 불러서 그녀를 태워 보냈다. 쓰러질 듯 위태로웠던 윤의현의 모습이 규민의 뇌리에 깊이 박혔다.

병원을 나와서 경찰서로 돌아와 주차하는데 휴대전화가 울렸다.

"자살이 맞는 건가요?"

전화를 받자마자 대뜸 질문이 튀어나왔다. 저장되어 있지 않은 번호였지만 누군지 곧바로 알아차렸다. 윤의현이었다. 정신없는 통에도 규민이 건넨 명함을 용케 챙긴 모양이었다. 그녀의 목소리는 누군가에게 쫓기는 듯 절박했다.

"변사자 언니분? 맞으시죠?"

알고 있었지만 확인했다.

"제 동생, 우리 기현이 말이에요. 정말 자살한 거냐고 요?"

그녀는 규민의 물음은 아랑곳하지 않고 되묻기를 반복 했다.

"맞습니다."

규민은 '아직은'이라는 부사를 붙일까 하다가 그만두었 다. 여지를 남긴다는 것이 망자의 가족에게는 일종의 희망고 문일 수 있다.

희망고문? 실낱같은 희망이라도 품을 수 있는 고문이 남 아 있긴 한 걸까. 실종자가 시신으로 발견된 이상 남은 가족 에게 희망은 전무해진 것일 텐데.

"유서는요? 자살이라면 유서 같은 게 나왔어야 하는 거 아닌가요?"

숨 돌릴 사이도 없이 재우치는 윤의현의 말에 규민은 오 히려 마음이 놓였다. 유서를 운운하는 것은 그녀가 이성적인 사고를 하기 시작했다는 의미일 것이다. 정도의 차이는 있지 만 가족의 죽음을 받아들이는 태도는 대개 비슷하다. 울부짖 고 오열하다가 죽음의 정황을 캔 후에는 반추하고 추론한다. 감성에서 이성으로 넘어오는 단계. 규민은 슬픔을 극복하 는 과정의 다른 표현이라고 여겼다. 다만 윤의현이 슬픔을 극 복하는 속도가 빠르다는 것이 다소 놀랍긴 했다.

"유서는 있었습니다. 그 외에 소지품이 없다는 게 이상했습니다. 휴대전화도 없었으니까요."

그 밖에도 미심쩍은 부분이 있었지만 규민은 말을 아꼈다, 아직은.

"유서가 있었다고요? 왜 아까는……."

"죄송합니다. 보여드렸어야 했는데, 너무 충격이 크신 것 같아서요. 제가 나중에 찾아뵐까요? 아니면 다시 나오시겠습니까?"

"뭐라고 적혀 있나요?"

"직접 확인하시는 게 낫지 않을까요?"

"말씀해주세요. 제가 알아야 하잖아요. 저는 걔 언니잖아요."

"딱히 유서라고 보기에는 좀 그랬습니다. 무슨 경구 같달까요."

"내용이 긴가요? 저한테 남긴 말이 아닌가요?"

"너무 짧아서 제가 기억합니다. '증오하면서 사랑한다'였습니다. 글쎄요. 딱히 누구한테 남긴 말 같지는 않았습니다."

규민의 말이 끝나기도 전에 짧은 탄식에 이어 흐느낌이 들렸다. 규민은 그녀의 흐느낌이 끝날 때까지 휴대전화를 붙들고 있었다. 울음소리가 규민의 가슴 밑바닥에서 공명하듯 울렸다.

윤의현을 처음 본 순간 규민은 멈칫했다. 하얗게 질린 그녀의 얼굴에 시선이 붙박였고 흔들리는 동공을 정면으로 바라보기 힘들 만큼 가슴 밑바닥에 작은 파문이 일었다. 끊어질 듯 가늘지만 무턱대고 질겨서 자칫 손마디에 생채기를 만들고 마는 무명실 같은 무엇이 그녀에게로 맞닿고 있었다. 이성에게 마음이 끌리는 시간이 3초면 충분하다고 했던가. 이혼한 아내와 연애할 때도 느껴보지 못한 감정이었다. 아내는 귀여운 외모에 말투가 톡톡 튀는 사랑스러운 여자였지만 참을성이 없고 싫증을 잘 냈다. 경찰대학을 다니는 규민이 멋지다고 좋아했지만, 정작 경찰이 되자 힘들다면서 못 견뎌했다. 규민이 이혼한 것은 강력계로 발령이 나기 얼마 전이었다.

규민은 의현에게 유서에 담긴 의미를 아느냐고 당장 묻고 싶은 걸 참았다. 천천히 물어봐도 늦지 않을 것이다. 흐느낌이 멈췄다.

"마음고생을 많이 한 아이였는데…… 결국 이렇게 가다니……. 이제라도 제발 편안해졌으면 좋겠는데……."

툭툭 내뱉는 의현의 말들. 자살을 확신하는 말투였다. 변사자는 어떤 삶을 살았기에 언니가 동생의 자살을 한 점의 의혹도 없이 받아들이는 걸까. 성이 다른 자매의 사연은 무엇일까. 규민은 담배에 불을 붙이며 경찰서 건너편을 바라보았다.

사위는 어두워지고 있었다. 멀리 가평국도가 보였다. 느리게 이어지는 자동차 행렬의 노란 미등들. 단풍놀이를 나온 차량일 것이다.

규민이 윤의현에게 느낀 첫인상은 '결핍'이었다. 농밀한 어둠 아래 끝이 보이지 않는 심연. 그 밑바닥에 웅크린 영혼은 외로워 보였다. 오래전 규민의 모습도 저러하지 않았을까 싶은. 아버지와 계모, 이복동생들로부터 받아온 괄시와 학대. 고등학교 시절 야간자율학습을 끝내고 오면 찬밥은커녕 라면조차 감춰놔서 배를 곯은 일은 학대 축에 끼지도 않았다. 이복동생이 저지른 잘못을 규민에게 교묘하게 뒤집어씌워 아버지에게 야구방망이로 매를 맞게 한 일도 부지기수였다. 돌아가신 어머니가 보고 싶었지만 사진 한 장 남아 있지 않았다. 거기서 벗어나고자 악착같이 공부해서 법대에 붙었다. 하지만 계모가 아버지에게 규민의 대학 등록금을 사기당했다고 거짓말하는 바람에 등록 기한을 넘겼고, 결국 입학이 취소되었다. 계모가 저지른 일 중 최악이었다. 이듬해 아르바이트를 하면서 재수를 했고, 경찰대학에 입학했다.

이혼한 아내에게선 그런 결핍이 보이지 않았다. 한 점 그늘 없이 따뜻한 가정에서 사랑받고 성장한 여자였다. 처음에는 그 빛에 이끌렸다. 하지만 아내에게서 발산되는 그 빛을 자신이 감당하기 어렵다는 걸 깨닫는 데 오랜 시간이 걸리지 않았다.

규민은 윤의현에게서 자신의 결핍을 보았다. 어둠 속에서 어깨를 웅크리고 다리를 끌어안은 채 훌쩍이던 작은 짐승의 그림자.

"형사님도 제 동생의 죽음을 자살로 확신하시는 건가요?"

규민은 머리를 갸웃했다. 여자가 하고자 하는 말의 진위가 파악되지 않아서였다.

"동생분의 죽음에 대해서 하고 싶은 말씀이 있는 겁니까?"

"아니에요. 아닙니다. 그냥 억울해서요. 동생이 살아온 시간들이……."

윤의현의 말은 여전히 툭툭 끊어진 채였다. 규민이 통화를 끝내고 경찰서 건물로 들어와 자리에 앉았다. 컴퓨터를 켜고 오기현의 생년월일을 입력하고 신원을 조회했다. 모니터에 오기현의 신원 정보가 떴다. 짧은 머리에 화장기 없는 얼굴이 앳되어 보였다. 풍성하고 긴 사체의 머리칼이 떠올랐다. 주민등록증 발급일을 확인하니 2013년이다. 당시 오기현은 20대 후반이었을 터였다. 7년이면 머리 스타일을 열 번을 바꾸고도 남을 시간이다. 어쨌든 변사자 신원은 확인된 셈이었다. 오기현의 신원 정보를 인쇄하는데, 파티션 너머에서 몸을 일으킨 동료 형사가 규민을 불렀다.

"백 형사님, 병원에서 연락이 왔습니다."

"무슨 일로요?"

"변사자 장례식을 어떻게 할 거냐고요."

아침에 면도를 하지 못해 까칠해진 턱을 손가락으로 쓰다듬으면서 규민은 현장에 다시 가봐야겠다는 생각을 했다. 전화를 끊기 전 윤의현은 변사자 아버지에게 연락을 하라고 했다. 자신은 법적으로 오기현의 가족이 아니라면서, 변사자의 아버지가 청평에 위치한 '꽃새미 화원' 주인이라는 말을 남겼다. 검색해보니 그 일대는 꽃집 밀집 지역으로, 상면 파출소 관할구역이었다. 규민은 병원에 연락해 장례식을 연기해달라고 요청한 후 청평 파출소 이 순경에게 전화를 걸었다. 이 순경이 변사자 신원이 밝혀졌느냐고 물었다. 변사자 언니가 다녀갔다고 말하자 이 순경은 투신자살로 서류를 작성하면 되겠느냐고 물었다.

"아니. 잠깐만요. 변사자 부친한테 한 번 더 연락해본 다음에요."

이 순경이 알았다고 전화를 끊었다. 자살이라고 단정하기에는 왠지 꺼림칙했다. 몇 가지 미심쩍은 것들이 있었다.

4.

예
나

의현은 형사가 건네준 명함의 전화번호를 휴대전화에 저장했다. 이름이 백규민이라고 했다. 우직해 보이는 인상이었다. 형사는 기현의 죽음을 자살로 확신하는 것 같았다.

기현의 실종이 결국 자살로 귀결되는 걸까.

시체안치실에 누워 있던 기현의 주검은 처참했다. 다시 대하고 싶지 않은 모습이었다. 보랏빛과 청회색빛으로 변색된 얼굴은 이목구비가 뭉그러져 희끗한 뼈가 보일 지경이었다. 신물이 올라왔다. 긴 손가락이 목구멍을 쑤셔대는 듯 욕지기가 솟았다. 의현은 손바닥으로 입을 막고 화장실로 달려

갔다. 변기에 얼굴을 박자마자 토악질이 솟구쳤다. 게워낸 것이라고는 노란 액체뿐이었다. 눈물이 찔끔 나왔다. 눈앞에 나타난 기현의 죽음. 살아생전 그녀의 모습이 선연하게 떠올랐다. 의현은 가까스로 일어나 양치질을 하면서 세면대 거울에 비친 얼굴을 보았다. 자신의 모습에 동생의 얼굴이 겹쳐졌다. 흰자위에는 실금 같은 핏발이 곤두서 있었다. 의현은 화장실에서 나와 뜨거운 커피를 내려 마시고 침대에 누웠다. 거짓말처럼 잠이 쏟아졌고 내처 자버렸다. 꿈도 꾸지 않는 깊은 잠이었다.

이튿날 정오가 되어서야 눈이 떠졌다. 잠을 푹 잤는데도 두들겨 맞은 듯 온몸이 찌뿌듯했다. 침대에서 몸을 일으키자 현기증이 났다. 의현은 냉장고를 열고 생수병을 거꾸로 들어 물을 마셨다. 커피머신을 켜고 토스터에 식빵 두 장을 나란히 넣었다. 금세 빵 익는 냄새와 커피 향이 퍼졌다. 달걀 프라이도 만들었다. 의현은 간이 탁자에 앉아 노릇노릇하게 구워진 식빵과 달걀 프라이와 커피를 입안으로 욱여넣었다. 위벽에 갈퀴가 들어 있기라도 한 듯 음식물이 빠르게 흡수되는 게 느껴졌다. 별안간 눈물이 왈칵 쏟아졌지만 아랫입술을 깨물었다. 의현은 설거지거리를 그대로 둔 채 휴대전화의 통화목록과 메시지를 훑어보았다. '과대'로 입력된 번호의 수발신 통화기록을 하나씩 확인했다.

의현은 랩톱 컴퓨터를 열고 Y여자대학교 홈페이지 사이트에 접속했다. 메인 화면이 떴다. 전공서적을 양팔로 끌어안은 대학생이 활짝 웃고 있었다. 그 학생을 보는 순간 의현의 가슴 밑바닥에서 무언가가 뜨겁게 올라왔다. '활동하는 여성이 미래를 주도한다!'라는 학교 슬로건이 학생의 머리 위에 흘림체로 새겨져 있었다. 학생의 미모는 보통 이상이었다. 그랬기 때문에 학교의 모델이 되었을 것이다. 하지만 그 학생만큼 예쁜 학생은 차고 넘친다. 그 학생이 모델이 된 과정이 선출 방식이 아니었다는 걸 의현도 알고 있었다. 여학생 팔꿈치 아래에 학과와 학번, 이름이 새겨져 있었다. 문예창작학과 1학년 김예나. 의현의 휴대전화에 '과대'로 저장되어 있으며 의현과 세 번 정도 통화한 학생이기도 하다. 현재 예나는 휴학 중이다. 예나 말고도 휴학생이 또 한 명 있다고 했다.

Y여자대학교는 서울의 중상위권 여자대학이다. 올해 1학기까지 의현이 시간강사로 3년째 출강하고 있는 학교다. 의현은 홈페이지 속 예나의 얼굴을 뚫어져라 바라보다가 자신의 아이디와 패스워드를 입력하고 '게시판'과 '학생신문고' 카테고리로 들어갔다. 학교와 학과에 대한 일반적인 건의사항이 대부분이었다. 예나는 아직 학교에 이의를 제기하지 않은 걸까?

의현은 문예창작과를 클릭해 교수진 카테고리로 들어갔다. 교수들의 얼굴 사진과 프로필이 떴다. '부교수 이민흠'에서 마우스 커서가 멈췄다. 그의 매끈한 경력에는 어떤 하자도 없었다. 대외적으로 알려진 기본적인 사항이 게시된 이민흠의 프로필에 그의 인간적인 면은 기록되어 있지 않았으니까.

이민흠이 Y여대 전임이 된 지 8년째다. 시간강사와 전임강사 7년 생활을 청산하고 갖게 된 교수 자리였다. 부교수이긴 하지만 65세 정년과 정년 후 연금이 보장되는 '철밥통'인 것만은 분명했다. 노교수들이 퇴임하고 나면 순차적으로 '부'자를 떼고 정교수 직함을 달 것이다. 40대 중반인 이민흠 나이로는 이 바닥에서 빠른 편에 속했다. K대학교에서 국어국문학을 전공한 그는 대학 재학 중 문단에 데뷔했다. 몇 편의 단편소설을 연달아 발표했고, 꽤 주목받는 젊은 작가로 인기를 누렸다. 유수한 문학상 후보로 자주 거론되었고 교양 프로그램에 패널로 출연하기도 했다. 그러는 사이 문예창작학과에서 석박사를 취득함으로써 일찌감치 문예창작과 교직에 적을 둔 것으로 보아 그는 분명 발 빠른 처세가였다. Y여대 문예창작학과는 십수 년 정도 된 신설 학과였다. 이민흠은 전임강사를 4, 5년 하면서 실세인 교수 라인에 줄을 섰다. 그런 그가 올해 가을학기부터 내년 봄학기까지 안식년으로 설정되어 있었다. 그러니까 현재 수업을 하지 않는 교수였다.

의현이 알고 있는 이민흠의 정보는 여기까지였다. 의현은 예나에게 전화를 걸었다. 요란한 음악이 흘러나왔다. 요즘 아이들 감각에 맞는 연결음이었다.

"네, 선생님."

짧은 대답. 의현에게 속사정은 털어놓았지만 여전히 마음을 열지 않았다는 표현일 것이다. 가까스로 쌓아올린 모래성이 한순간에 무너져 내릴까 봐 의현은 조마조마해졌다.

"학교가 너희 요구를 묵살한 거니? 아니면 너희가 결정을 못 내린 거니?"

숨소리만 들리는 침묵. 의현은 가슴을 쓸어내렸다. 예나에게 해줄 말이 없었다. 아니, 할 말이 너무 많은 게 문제일지도.

언젠가 예나가 의현에게 이민흠의 복귀 여부를 물은 적이 있다. 의현은 자신이 아는 선에서 말해주었다. 예나는 그때도 말이 없었다. 깊은 침묵 속에 녹아 있을 예나의 절망이 고스란히 느껴졌다. 예나가 가까스로 입을 열었다. 친구 한 명과 함께 학교에 정식으로 이의를 제기했지만 회신이 없었다고 했다.

"내가 너희한테 면목이 없구나. 다른 방법을 찾아봐야 할까?"

예나의 숨소리만 가쁘게 들렸을 뿐이다. 강의 깊이만큼이나 무거운 정적 아래 소용돌이치는 물살이 더 거셀 수도 있는 법이다. 그 물살을 수면 밖으로 튀어 오르게 해야 하는 걸까. 의현은 세상 밖으로 예나를 데리고 나올 시점이 다가오는 것이 두려웠다. 예나 역시 그 두려움 때문에 주저하고 망설이고 멈칫거리고 있는 것일지 몰랐다.

"다른 방법이라면 뭐가 있는데요? 친구는 이제 나서고 싶지도 않대요. 사실 저희는 학교를 믿을 수가 없어요. 저 혼자 뭘 어떻게 해야 하는지 잘 모르겠고요."

휴대전화를 움켜쥔 손바닥에 땀이 찼다. 의현은 예나에게 만나자고 했다. 장소와 시간을 정하고 전화를 끊었다. 의현은 예나의 모습을 떠올려보았다. 예나에게 일어난 일이 거짓말이라면 얼마나 좋을까. 불현듯 기현이 남겼다는 유언이 생각났다. 증오하면서 사랑한다.

의현도 알고 있었다. 예나가 의현을 썩 달가워하지 않는다는 것을. 그도 그럴 수밖에. 의현은 고장 난 기계처럼 마냥 고개를 끄덕였다. 부딪쳐보기로 작정했다면 적어도 예나의 마음을 열기 위한 노력은 해야 했다. '다른 방법'이 있긴 했다. 그걸 들이밀면 예나가 품고 있던 경계심을 다소 누그러뜨릴 수 있지 않을까. 전화를 끊기 전 예나는 의미심장한 말을 던졌다. 언제부터인지 몰라도 사람을 대하는 게 무섭고 두렵다고. 하지만 이제 그러지 않겠다고 했다. 그 말을 듣는 순간 의현의 가슴속에 얹혀 있던 묵직한 돌 위에 또 하나의 돌이 쌓였다.

의현은 시간에 맞춰 약속 장소에 나갔다. 카페 문이 열릴 때마다 몇 가지 감정들이 어지럽게 얽혔다. 하지만 그것이 어떤 감정이든 예나 앞에서는 차갑게 응고시켜야 한다는 압박감이 의현의 의식을 붙들었다. 끝까지 포커페이스를 유지해야 한다는 최종의 다짐이 제일 힘든 것일지도 몰랐다.

학교 홈페이지 속 대학생과는 달라진 모습의 예나가 카페 문을 밀고 들어왔다. 통통했을 볼살이 빠져 있었고 눈 밑에는 거무스레한 다크서클이 드리워졌다.

두 사람이 테이블을 사이에 두고 마주 앉았다. 의현이 예나의 외양을 살피듯 예나도 의현을 뜯어보고 있다는 게 느껴졌다.

의현은 연신 손으로 머리를 넘겼다. '오늘의 탐사보도'라는 선물 포장의 리본을 풀면서도 의현은 예나의 눈을 마주 보지 못했다. 반응은 예상했던 대로였다. 예나는 방송의 취지와 요즘 다루는 이슈를 정확하게 알고 있었다. 나름 눈여겨본 것이리라.

"너도 그 프로그램을 알고 있었구나. 우리가 그 프로그램 담당 PD를 한번 만나봤으면 하는데, 괜찮겠니?"

예나의 얼굴에 긴장감이 스쳤다. 두려운 모양이다.

"선생님이 어떻게 그분 연락처를……."

"음, 다른 일로 좀 알게 된 사람이야."

예나의 표정으로 보아 마음속에 품고 있던 의현에 대한 경계심이 50퍼센트쯤 허물어지고 있는 게 느껴졌다.

"그치만, 제가 좀 이해가 되지 않는 게 있어서요……."

예나는 손가락으로 머리카락을 돌리며 볼우물을 만들었다. 나머지 50퍼센트의 경계심이 팽팽하게 도사리고 있는 태도였다. 누구도 믿을 수 없다는 경계심. 생전의 기현도 그랬다. 의심과 경계와 불안이 뒤엉켜서 살쾡이처럼 곤두서 있기만 했다.

"어떤 점이 이해가 가지 않는데?"

"실례되는 질문이겠지만요. 선생님은 왜 마음을 바꾸신 건데요? 제가 처음 선생님한테 전화를 드렸을 때만 해도 지난 일은 덮으라고 하셨잖아요. 성명서에 박도우 교수님과 선생님 이름이 나란히 기재되어 있더라고요. 저희는 이민흠 교수님이 학교에서 잘린 줄 알았어요. 그런데 이민흠 교수님이 내년에 다시 복귀한다는 걸 선생님한테 듣고 얼마나 황당했는지 아세요?"

"그래, 처음에는 내가 덮으라고 했었지."

예나는 발갛게 상기된 얼굴로 고개를 끄덕거렸다.

"공연히 너희만 다칠 거 같아서 그랬던 거야. 네 말대로 내 마음이 바뀐 것은 맞아. 그런데……."

"그런데, 뭐요?"

예나가 치고 들어왔다. 당찬 아이였다. 그조차도 가슴 한 끝이 아렸다.

"사람이란 상황에 따라 마음이 바뀌기도 해. 다른 무엇보다 지금은 내가 너희 편에 서기로 했다는 게 중요하지 않을까?"

"그러니까 왜요? 저로서는 선생님이 왜 마음을 바꾸신 것인지 궁금할 수밖에 없잖아요."

예나는 제법 끈질겼다. 어깨를 토닥거려주고 싶을 만큼. 예나는 정색한 낯빛으로 의현을 응시했다. 두 번은 당하지 않겠다는 의지가 내비쳐졌다. 그 모습에는 불쑥 화가 치밀었다. 그럼 너는 왜 휴학한 거니? 당당하게 맞서서 싸우지는 못하더라도 피하지는 말았어야지. 바보들, 너희는 바보야!

"예나, 오늘 되게 무섭네. 그래, 너희가 어른이 돼가나 보다. 그럼 그 PD한테 내가 연락해도 되는 거지?"

예나도 더 이상은 의현을 추궁하지 않았다. 대신 아랫입술을 지그시 깨물었다. 결심이 선 것 같았다.

"선생님은 학교와 상관없이 정말 저희 편에 서주시는 거죠?"

"기꺼이. 네가 나를 믿어줄지는 모르겠지만. 이민흠 교
수가 그런 게 그날 처음이 아니었다며? 나도 들은 얘기가 있
어. 1학년인 네가 학교 모델이 된 것도 우연은 아니었을 테
고."

예나의 표정이 금세 딱딱하게 굳어졌다. 불우물을 만드
는 예나의 얼굴에 빛과 그림자가 순식간에 교차되었다. 눈꺼
풀을 내리깔던 예나는 천천히 고개를 들어 의현을 정면으로
바라보았다. 예나의 눈빛이 또렷하고 선명해졌다.

"네. 맞아요. 제가 학교에 이의를 제기하면서도 망설였
던 이유이기도 하고요. 다 변명에 지나지 않겠지만요."

의현은 예나의 다음 말을 기다렸다.

"이민흠 교수님이 저를 학교 모델로 추천해주시고 강력
하게 밀어주셨어요. 싫지 않았어요. 아니, 뛸 듯이 기뻤어요.
아직 1학년인 제가 교수님께나 학교에서 인정받는다는 게 흔
한 일은 아니잖아요. 그게 함정인 줄도 모르고……. 그걸 의
논한다고 자기 연구실에 저를 수시로 불렀어요. 왜 거절하지
못했냐고 할 수도 있어요. 이민흠 교수님이 제 지도교수이기
도 하고 등단도 하고 싶었거든요. 학부를 졸업하면 대학원에
도 갈 생각이었고요. 이민흠 교수님도 제 진로 계획을 다 알
고 있었어요. 그런 상황에서 정색을 한다는 게 쉽지 않았어

요. 하지만 다 제 잘못이에요. 그러다가 결국 그렇게 된 거고요."

　이런 일이 닥치면 사람은 누구나 자기 잘못이라는 자책부터 하는 걸까. 기현도 그랬다. 다 자기 잘못이라고. 의현도 그랬다. 네 잘못도 분명 인정해야 한다고. 의현은 예나에게 이민흠이 어떤 사람이냐고 물었다. 인간성이든 사생활이든 그에 대해서 의현도 알 만큼은 알아야 했다. 예나는 처음에 이민흠이 꽤 괜찮은 교수인 줄 알았다고 했다. '어떤 점이?' 의현이 물었다. 사회를 바라보는 시각이 비판적이고 신선해서 감동받았다고 예나가 대답했다. 그가 몇 년 전 촛불집회 때 광화문에서 한 연설도 봤다고 했다. 의현은 예나에게 그걸 어떻게 알았느냐고 물었다. '유튜브에서 봤어요.' 대답하는 예나의 입술 끝에 비웃음이 걸려 있었다. 그는 수업시간에 지나가는 말인 듯 자신이 얼마나 의식 있는 작가인지 어필하려 했지만, 그조차도 얄팍한 속셈이었음을 예나도 아는 것 같았다. 이민흠은 수업시간에도 표현이 다소 과격하고 거칠었지만 그조차도 교수이기 이전에 작가로서 매력적이었다고 했다. 학생들이 좋아할 만한 교수였단다.

　그는 무람없이 자신의 개인적인 일도 곧잘 언급했다. 그런데 그 부분에 이르면 뭔가 어긋나고 있다는 생각이 들었다고 예나는 털어놓았다. '어떤 부분이?' 의현이 재차 물었다.

"이민흠 교수님 사생활인데 제가 말하는 게 좀……."

예나는 주저했다.

"지금부터가 이 사건의 핵심일 수도 있을 텐데. 아니니?"

의현의 설득으로 예나는 입을 열었다. 이민흠은 결혼을 늦게 했다. 전임교수가 된 해에 결혼정보회사의 주선으로 만난 아내는 그보다 열 살 연하였다. 결혼정보회사에 입력된 이민흠의 이력은 중상위권이었을 것이다. 작가 타이틀에 30대에 전임을 땄으니 결혼 적령기 여성에게 혹할 만한 프로필이었을 게 분명했다. 인물이 없다는 게 그의 가장 큰 흠이었겠지만. 그에 비해 아내는 꽤 미인이었다. 어느 모로 보나 이민흠은 사회적으로 어느 정도 성공한 인생을 사는 사람이었다. 젊고 예쁜 아내와 정년이 보장된 직업. 그런 그의 인생에 제동이 걸렸다. 결혼 8년째에 접어들었지만 아이가 없었다. 불임의 원인이 이민흠 자신이라고 했다. 문제가 터진 그날, 술에 취한 이민흠이 예나에게 외롭다는 말을 하면서 덧붙인 말이었다. 어린 학생에게 그런 속내를 말할 정도의 상황은 무엇이었을까. 뻔한 과정과 결말. 이민흠은 겉과 속이 판이한 인간이었던 것이다.

"그런 자리는 박차고 나왔어야지."

의현이 처음으로 나무라듯 말했다. 예나의 맑은 눈망울

이 흔들렸다.

"그냥 참아야 한다고 생각했어요. 모델로 추천해주셨고, 학점도 생각하지 않을 수 없잖아요. 게다가 교수님이 개인적으로 제 작품도 봐주겠다고 약속하셨거든요. 유명한 평론가나 작가도 많이 안다고 말씀하셨고요. 제 입장에서는⋯⋯."

예나는 말을 흐리며 고개를 숙였다. 의현은 세상 사람들 잣대로 아이를 몰아붙이는 자신을 발견했다.

"미안해. 어떤 사람 때문에 내가 예민해졌나 봐. 그 사람 일로 나도 느낀 바가 크거든. 이제 어영부영 덮는 일은 그만해야겠지. 그렇다면 누군가는 용기를 내야 할 테고. 그런데 그게 하필 왜 너여야만 하는 건지⋯⋯."

예나의 눈빛이 다시 흔들렸고 설핏 물기가 고였다 사라졌다.

"용기를 내긴 했지만 어떻게 해야 하는지 잘 모르겠어요."

"어차피 일은 벌어진 거고, 힘들겠지만 어쩌겠니. PD한테 그날 일을 사실대로 얘기하면 돼."

머그를 꽉 움켜쥔 예나의 손등이 빨갰다. 의현은 예나의 어깨를 살그머니 잡았다. 예나는 얼었던 표정 그대로 어색하게 웃었다. 예나가 더 활짝 웃기를 바랐다. 스무 살에 어울리는 함박웃음으로.

카페 앞에서 예나와 헤어졌다. 투명하게 쏟아지는 가을 햇살 아래 예나가 뒤돌아섰다. 의현은 예나를 쫓아가서 힘껏 안아주고 싶었다. 하지만 두 다리가 땅에 뿌리를 내린 듯 꼼짝할 수 없었다. 예나가 행인들 사이에 섞여 한 점으로 멀어질 때까지 아이의 이름만 수없이 읊조릴 뿐이었다.

5.

변
사
자
의 부
친

꽃새미 화원은 꽃새미 마을에 있었다. 윤의현이 규민에
게 전해준 정보에 따르면 오기현의 부친이 운영하는 화원이
라고 했다. 변사자 부친에게 부고를 알리려면 그곳 관할인 상
면 파출소에 연락해야 했다. 그런데도 선뜻 수화기가 들어지
지 않는다.

강력계 형사로 6년을 구른 규민이다. 변사자를 대하는
횟수만큼 유가족을 대면했다. 젊은 나이의 유가족은 그나마
나았다. 하지만 연배가 있는, 그것도 늙은 부모에게 자식의
사망 사실을 알리는 일은 늘 곤혹스러웠다. 때로 몰매를 맞을

각오를 하기도 했다. 멱살을 잡히는 상황이 벌어지기도 했다. 이번에도 그런 사태가 벌어질지 몰랐다.

규민이 전화번호를 누르자마자 김승철이라는 순경이 전화를 받았다. 규민이 화원 이름을 대기가 무섭게 김 순경의 입에서 '오창기'라는 이름이 튀어나왔다. 김 순경은 그를 '오 사장님'이라고 지칭했다. 오기현의 이름을 듣고서는 오 사장님의 무남독녀 외동딸이라며 무슨 일이냐고 재촉했다. 규민은 최대한 업무적인 어조로 오기현의 죽음을 알렸다.

"지금 뭐라고 말씀하셨습니까? 아니, 기현 씨가 어떻게 됐다고요?"

마치 자신의 가족이 잘못되기라도 한 듯 놀란 목소리였다.

"청우산에서 변사체로 발견되었습니다."

"아이쿠! 우리 오 사장님 어쩌시나!"

김 순경이 숨이 끊어질 듯 처절하게 탄식했다. 상면 일대에서 오창기라는 인물의 입지가 어떤지 어렴풋하게 느껴졌다.

"하! 지금 생각해보니까, 그래서 며칠 전 오 사장님이 여길 다녀가셨던 거로군요. 저는 그것도 모르고. 쯧쯧쯧!"

"그게 무슨 말씀입니까?"

규민은 김 순경의 반응을 놓치지 않고 파고들었다.

"아닙니다. 아니에요."

김 순경은 바로 꼬리를 감췄다. 규민도 더 캐묻길 멈추고 김 순경에게 지금 바로 오창기와 함께 가평병원 영안실로 오라고 했다. 김 순경은 입맛을 쩝쩝 다셨다. 얼결에 자신이 불편한 소식을 전달하는 일을 떠맡은 게 떨떠름한 모양이었다. 처음 요란을 떤 것과는 사뭇 달라진 태도였다.

규민도 전화를 끊고 가평병원으로 출발했다. 먼저 도착해 영안실 앞 흡연구역에서 담배를 피우고 있을 때 은회색 제네시스 차량이 실외 주차장으로 미끄러지듯 들어오는 게 보였다. 70대 노인과 경찰복 차림의 남자가 차에서 내렸다. 변사자 부친인 오창기와 상면 파출소 김승철 순경이라는 걸 어렵지 않게 짐작할 수 있었다.

규민은 다 피우지 못한 담배를 재떨이에 버리고 두 사람에게 걸어갔다. 노인답지 않게 숱이 많은 오창기의 머리칼은 염색한 듯 새까맸다. 사방을 둘러보던 노인의 듬성듬성 센 눈썹이 팔자로 꿈틀거렸다. 노인치고 큰 키였고 길쭉한 얼굴 중앙에 주먹코와 두툼한 입술과 부리부리한 큰 눈이 인상적이었다. 이마에 난 연필심 같은 깊은 주름 두어 가닥과 팔자주름만 빼면 피부도 팽팽한 편이었다. 차림새만 보아도 돈이 좀 있는 노인이라는 걸 알 수 있었다. 둥근 눈을 이리저리 굴리는 노인의 심리상태는 불안정해 보였다. 작달막한 키에 아랫

배가 두둑한 김 순경의 경찰복 하단 단추가 살짝 벌어져 있었다. 오창기 앞에서 두 손을 모으고 굽실거리는 김 순경의 태도가 눈에 거슬렸다.

"대체 무슨 일이야. 날 여기로 왜 데리고 온 거야?"

오창기의 목소리가 우렁찼다. 호인으로 보이는 외양과는 달리 양손을 허리춤에 얹고 어깨를 젖힌 모습이 빳빳했다. 김 순경이 제대로 얘기를 전하지 않은 것 같았다. 김 순경은 뒷머리를 긁적거리다가 규민이 다가오자 한시름 놓았다는 낯빛으로 손짓을 했다. 규민은 두 사람에게 가볍게 목례를 해 보이고는 명함을 건넸다. 오창기는 명함을 힐끗 보고는 두 눈을 끔벅거렸다.

"무슨 일이야?"

다짜고짜 반말이었다. 외양과 속내가 판이한 인간들을 규민은 숱하게 보아왔다. 계모와 이복형제들을 시작으로 선의로 포장된 악마 같은 범죄자들, 그리고 파트너였던 옛 팀장까지. 규민은 겉모습만 호인인 사람을 잘 믿지 않았다.

"오창기 씨 되십니까? 저는 가평 경찰서 백규민 경위입니다."

규민은 '어르신'이라는 존칭 대신 이름을 불렀다. 상대에 따라 기선을 제압할 때 규민이 쓰는 방법 중에 하나였다.

"무슨 일로 바쁜 사람을 오라 가라 하는 거요?"

오창기가 못마땅한 눈빛으로 규민을 훑었다. 이건 어디서 구르다 온 말 뼈다귀인가 하는 표정이었지만 한풀 꺾인 어투였다.

"오기현 씨가 따님 되시죠? 오기현 씨와 연락이 닿지 않은 지 꽤 오래되지 않았습니까? 집에도 들어오지 않았고요. 그런데 왜 경찰에 신고하지 않았습니까?"

규민은 딱딱한 어조를 유지하면서도 꼬박꼬박 경어를 썼다.

"우리 딸이 집에 안 들어오고 연락도 안 됐어. 그게 뭐? 걔가 아이도 아니고 서른 살 넘은 어른이야. 집에 며칠 안 들어온다고 요란을 떠는 게 더 우습지. 신고? 무슨 신고를 해야 하는 건데? 애도 아닌데, 가출신고를 할 수도 없잖아. 그나저나 무슨 일이냐고? 우리 애한테 무슨 일이 생긴 거요?"

오창기는 반말을 섞어 따져 묻긴 했지만 얼굴에 초조함이 드러났다.

"오 사장님, 마음 단단히 잡수셔야 합니다. 아유, 참! 기현 씨를 어쩌나. 그래서 그끄저께 사장님이 파출소에 오셨던 거로군요. 형사님, 우리 오 사장님이 파출소에 오셨다 가셨다니까요. 정말이에요!"

김 순경은 진땀을 빼며 변명하듯 횡설수설했다.

"사흘 전에 오기현 씨가 변사체로 발견되었습니다. 청우산에 오르던 등산객의 제보로 발견되었습니다. 처음에는 실족사인 줄 알았습니다. 그런데 현장을 검증해본 결과 삼각바위 위에서 투신한 걸로 추정됩니다."

규민은 속사포처럼 말을 쏟아냈다. 하기 어려운 말을 속히 해치우려는 의도였다. 오만한 사람일수록 자기 피붙이에 대한 애정 또한 남다른 법이다. 까딱 잘못하다간 멱살잡이를 당할지도 몰랐다.

"그러니까, 뭐야? 지금 우리 딸이 죽었다는 거야? 그게 말이 돼?"

오창기는 휘청거리긴 했지만 서슬은 여전히 퍼랬다.

"아이고, 우리 사장님 연세도 있으신데, 어쩌신대요."

김 순경이 오창기의 어깨를 그러안으며 수선을 떨어댔다. 오창기의 얼굴색이 흙빛에서 백지처럼 하얘진다 싶더니 이내 붉은 기운이 돌아왔다. 적응이 빠른 걸까. 아니면 어느 정도 예상한 일이 터져서 내심 포기한 걸까. 규민의 촉이 날카로워졌다.

오창기는 김 순경의 부축을 받으며 시신이 안치된 영안실로 내려갔다. 허옇게 성에가 낀 보랏빛 시신이 부친을 맞았다.

"내 죄다! 시집가기 싫다던 애를 기어이 보낸 내 죄! 이혼을 당하고 와서 그렇게 힘들어했는데. 아비가 너무 무심했구나. 불쌍한 내 새끼 같으니라고."

침통한 표정의 오창기는 넋두리를 늘어놓았다. 김 순경이 자판기에서 음료를 빼 와서 오창기에게 내밀었다. 오기현이 결혼을 했다는 것은 금시초문이었다.

"오기현 씨가 결혼을 했습니까? 언제요? 왜 헤어진 거죠?"

"사위란 놈이 개차반이었어."

"헤어진 후에도 전 남편이 오기현 씨를 괴롭혔습니까?"

"그놈은 딴 년이랑 잘 살고 있어."

"오기현 씨가 전 남편을 잊지 못했나요? 둘 사이에 아이는 없었습니까?"

"무슨, 정도 없고 혼인신고도 안 했는데. 당연히 아이도 없었지."

그제야 규민의 의문이 조금 풀렸다.

"그러면 무슨 이유로 투신한 걸까요?"

"집에 돌아온 후부터 우울증이 심했어."

오창기는 몸이 허물어지긴 했지만 눈물을 쏟지는 않았다. 생각했던 것보다 훨씬 이성적인 사람이었다. 아버지가 자살을 예감할 정도로 오기현은 우울증이 심했던 걸까. 병원 기록이나 처방약이 있었느냐고 물을까 하다가 관뒀다. 나중에 조사해도 될 일이었다.

두 사람이 돌아갔다. 올 때와 달리 김 순경이 운전을 했다. 김 순경은 조수석에 오창기를 앉히고 안전벨트까지 매줬다. 관할 주민에 대한 친절이라고 볼 수도 있지만 규민 눈에 비친 두 사람의 모습은 그게 다는 아닌 듯했다. 규민도 곧바로 차에 올랐다. 목적지는 상면 파출소였다.

의경 한 명이 파출소를 지키고 있었다. 30분이 채 지나지 않아 김 순경이 파출소 문을 밀고 들어왔다. 오창기를 집에 데려다주고 오는 길인 듯싶었다. 김 순경은 규민을 보자마자 흠칫 놀라며 뒷걸음질했다.

"아니, 형사님."

"몇 가지 물어볼 일이 있어서요. 협조 좀 부탁드립니다."

"당연히 협조해드려야죠."

규민은 오창기가 파출소에 사흘 전에 왜 들른 거냐는 말로 서두를 꺼냈다. 김 순경은 눈동자를 위로 올렸다. 당시 상황을 곱씹는 표정이다. 느닷없이 찾아온 오창기가 파출소는 별일 없이 잘 돌아가느냐는 일반적인 인사를 했단다.

"오창기 씨가 관내 파출소 일까지 염려해야 하는 분이신가요?"

순간 김 순경의 얼굴이 벌게졌다.

"아니, 그런 건 아니구요. 오 사장님이 이곳 유지시거든요. 여러모로, 그러니까 물심양면으로 상면을 위해 애를 써주시는 분이라서……."

김 순경이 손등으로 이마를 훔쳤다. 이쯤에서 넘어가줘야 할 것이다.

"좋습니다. 오창기 씨가 왔던 날 상황에 대해서 자세히 얘기 좀 해주시겠습니까?"

김 순경이 처음으로 규민을 정면으로 응시했다.

"백 형사님은 뭐가 알고 싶으신 겁니까? 오기현 씨는 자살한 거라면서요?"

김 순경은 여전히 사람 좋은 낯빛이었지만 말투에는 날이 서 있었다. 규민은 말문이 막혔다.

"절차상 필요한 사항이라서 그렇습니다. 기꺼이 협조해주신다고 하시지 않았습니까. 부탁드립니다."

규민은 앉은 자리에서 김 순경에게 머리를 숙였다.

"처음에는 오 사장님이 오늘의 탐사보도 때문에 오신 줄 알았어요."

김 순경의 말투가 누그러졌다. 규민 역시 종편 채널의 시사 고발 프로그램 '오늘의 탐사보도'를 알고 있었다. TV 채널을 돌리다가 얼핏 본 적이 여러 번이었다. 사회 전반의 불합리한 사건을 시리즈로 다루는 프로그램이었다.

"성폭력 사건을 다루는 그 종편 프로그램을 말씀하시는 건가요? 그게 왜요?"

"아, 네. 뭐 그런 게 있었습니다."

김 순경이 귀찮다는 표정을 지었다. 공연한 일에 걸려들었다는 속내가 뻔히 보였다.

"말씀하시기 곤란하신 일인가 보죠? 여기 파출소가 가평 관할이니까 기록만 찾아봐도 다 알 수 있다는 건 김 순경님이 더 잘 아실 텐데요. 그러면 일이 더 복잡해질 수도 있습니다. 김 순경님이 솔직히 말씀해주시면 오창기 씨한테는 내색하지 않겠습니다. 저도 그 정도 눈치는 있는 사람입니다."

"알겠습니다. 말씀드리겠습니다. 꽃새미 화원에 일꾼이 한 명 있는데, 오 사장님이 부당하게 노동을 시킨다는 소문이 있었습니다. 오 사장님이 어릴 적에 거둬서 아들처럼 키운 사람이거든요. 게다가 장애인이고요. 그걸 외부 사람이 잘 알지도 못하면서 SNS에 올린 모양이더라고요. 방송국에서 어떻게 알았는지 요란을 떨며 취재를 한다느니 해서 제가 막은 일이 있었습니다. 그때는 그 방송에서 장애인 노동착취에 대한 걸 다루었을 때였거든요. 벌써 1년이나 지난 일이고, 대수로운 사건도 아니었습니다."

고발 프로그램을 주로 하는 방송국에서 취재까지 하러 왔다면 제법 구린내가 풍기는 일일 것이다. 하지만 규민은 캐

묻지 않았다. 지금은 쟁점을 흐릴 때가 아니다. 그게 팩트이 든 루머이든 지금 상관할 일은 아니다. 규민은 다시 그날 일 에 대해서 물었다.

"오 사장님은 그날이 사모님 기일이라고 했어요. 근데 제사상을 차린다는 말도 없으시더라고요."

"오기현 씨의 어머니가 돌아가신 지 오래됐나요?"

"20년쯤 됐다고 들었어요. 기현 씨가 어머니 기일은 꼭 챙기는 딸이었거든요. 그런데 그날은 기현 씨가 제사 음식을 준비한다는 말도 없었어요. 오 사장님도 바쁘신 것 같지 않 고, 아무튼 이상했어요. 지금 생각해보니까 따님도 없는데 제 사상을 차릴 수 없었던 거겠네요."

"오기현 씨가 집에 없다고 하던가요?"

"그런 말씀은 안 하셨어요. 오 사장님이 가출과 실종의 차이가 뭐냐고 묻더라고요. 지나고 보니까 사장님이 오기현 씨 행방이 묘연해서 물어본 게 아닌가 싶네요."

오 사장은 아이가 집을 나가 종무소식이면 경찰에 뭘 해 야 하는 거냐고 물었다고 했다. 그래서 김 순경이 누가 집을 나갔냐고 물었더니 오 사장이 정색을 했고, 김 순경은 가출과 실종에 대해 설명을 해줬단다. 가족과의 다툼 등으로 말을 하 고 나간 경우와 말을 하지 않고 나간 무단가출에 대해서.

무단가출은 실종과 같다. 실종이란 특별한 이유 없이 집을 나간 것을 말하며 이유 없이 집에 들어오지 않는 경우이다. 무단가출이나 실종의 경우 경찰에서 휴대전화 위치 추적 등으로 위치를 파악한다. 위치가 파악되면 더 이상 실종이 아니다. 이때 가출자 혹은 실종자가 경찰에게 가족과 연락하기 싫다는 의사표현을 하면 가족에게 그 내용을 통보하고 더는 사건으로 다루지 않는다. 물론 미성년자는 제외된다. 이렇게 성인의 소재가 파악된 후에는 신고의 의미가 없어지게 된다. 실종신고 후 5년이 경과하면 대부분 사망처리 되는 게 법이다. 규민도 기본적으로 알고 있는 공무상의 지식이다.

"오창기 씨가 그날 그걸 왜 물어봤다고 생각하십니까?"

"따님과 조금 다투신 거 같더라고요. 근데 따님이 연락도 두절되고 사모님 기일에도 들어오지 않으니 신고를 하려고 찾아오신 게 아닐까요?"

"두 사람이 다퉜다고요?"

"그게 뭐 대수겠어요. 부녀지간에 싸우기도 하고 그런 거죠."

"근데, 왜 신고하지 않고 돌아간 거죠?"

김 순경은 대답을 하지 않고 입맛만 다셨다.

"아까 말씀하신 장애인 노동착취 취재 말입니다."

"그게 뭐요? 그리고 누가 노동착취를 했다는 겁니까?"

김 순경의 태도가 신경질적으로 돌변했다.

"아닙니다. 제가 말이 헛나갔네요. 그러니까 현재도 그 분이 꽃새미 화원에서 일을 하고 있다는 거죠."

김 순경은 거듭 오창기를 옹호하는 말을 했다. 지적장애인인데 오창기가 어릴 적부터 키워서 아들이나 진배없는 사람이라고. 규민은 파출소를 나왔다. 해가 기울자 바깥은 어둠이 깔렸다. 다투고 집을 나간 딸과 연락이 두절되었는데도 실종신고를 망설인 아버지. 부녀 사이에 무슨 일이 있었던 게 틀림없다. 꽃새미 화원의 일꾼이라는 사람 일도 뭔가 수상쩍다. 규민의 발걸음에 힘이 실렸다. 다음 동선이 정해졌기 때문이다.

6.

글로벌 픽처스

'임 감독'에게서 부재중전화 다섯 통이 와 있었다. 임성재는 글로벌 픽처스 영화사의 메인 감독이다. 문자도 세 개나 떠 있었다. 마지막 메시지에 동생에 대한 염려가 담겨 있었다.

기현의 실종에서부터 주검을 확인하는 과정에서 임성재와의 연락이 차일피일 미뤄졌던 것이다. 의현은 실종신고를 하기 전날 임성재를 만났었다.

그날도 그가 먼저 전화를 했다. 밤 10시가 가까운 시각이었고, 취기가 묻어나는 목소리였다. 업무에 관한 일이 아니라는 것을 짐작할 수 있었다. 그는 대뜸 술집으로 나와줄 수 있느냐고 물었다.

'독일주택獨一酒宅'이라는 상호의 혼술집이었다. 술집 이름이 중의적이어서 독특했다. 임성재는 여러 병의 맥주를 혼자 비우고 있었다. 에밀리 정은 없었다.

"정아영 대표님은요?"

하나마나한 질문이었지만, 그의 마음을 확인하고자 던져본 것이다. 눈살을 찌푸리는 그의 표정에서 속마음이 읽혔다. 정아영은 글로벌 픽처스의 대표 에밀리 정의 한국 이름이다. 두 사람이 오랜 연인 사이라는 것을 의현도 익히 알고 있었다. 최근 들어 임성재가 정 대표에게 싫증을 내고 있다는 것도.

"정 대표가 제 개인적인 시간에도 함께 있어야 하는 사람입니까?"

임성재는 마뜩잖아하는 표정으로 대꾸했다.

임성재는 배우 지망생이던 시절 정아영을 만났다.

필리핀 마닐라에서 무역업으로 성공한 교포 부모를 둔 정아영은 시쳇말로 금수저를 물고 태어난 여자였다. 부모의 재력과 타고난 미모까지 갖춘 정아영은 늘 자신감이 넘쳤다. 한국에서 연예인이 되는 것쯤은 식은 죽 먹기라고 생각했다. 출발은 무난했다. 연극의 주연으로 발탁되기도 했고 흥행에 실패한 영화에 출연한 적도 있었다. 아침드라마에서 유부남과 사랑에 빠진 청순가련한 배역을 맡기도 했다. 하지만 20대 후반을 넘기기가 무섭게 단역 출연 제의마저 끊어졌다. 그에 비해 임성재는 이렇다 할 배역을 맡아본 적이 없었다. 오디션을 볼 때마다 미끄러졌다. 그는 차선책으로 서른을 훌쩍 넘긴 나이에 영상학과 대학원에 입학했고 연출로 마음을 굳혔다. 막다른 길에 이르렀을 때 또 다른 길은 열리기 마련이라던가. 대학원 졸업 작품으로 찍은 단편영화가 독립영화제에 출품작으로 올랐다.

두 사람은 각자 인생에서 좌절하고 지칠 때마다 습관적으로 연락을 주고받으며 서로 위로했고 함께 글로벌 픽처스 사업까지 벌이게 된 것이다.

빠르게 술잔을 비워가는 임성재에 비해 의현은 입술만 축이고 잔을 내려놓길 반복했다.

"윤 작가님, 주당이신 걸로 아는데 오늘은 몸을 많이 사리시네요."

"며칠째 동생과 연락이 닿지 않고 있어요. 무슨 일이 있는 건지 걱정스러워서 술이 별로네요."

"그런 일이 있었군요. 실종신고는 하셨습니까?"

"서른 넘은 성인인데, 고작 며칠 연락이 안 된다고 신고를 해야 할까요?"

"제 생각에는 하는 게 맞는 거 같습니다. 동생을 찾는 데도 도움이 될 것이고, 만약 무슨 문제가 생기더라도 정황을 맞춰보는 데도 신고가 도움이 되지 않을까요?"

취하긴 했지만 임성재의 조언은 의현의 뇌리에 숨어 있다가 반짝 불이 켜지는 꼬마전구 같았다. 다음 날 의현은 경찰서에 오기현의 실종신고를 했다.

그날 이후 임성재의 전화를 받지 못했다. 그의 입장에서는 자신이 술에 취해 의현에게 실수한 건 아닌가 하는 걱정도 될 터였다.

의현은 임성재에게 전화를 했다. 두 번도 울리지 않아 그가 전화를 받았다. 의현은 그동안 연락하지 못한 점을 사과했고 임성재는 동생의 안부를 물었다. 의현은 실종신고를 했다고만 했다. 아직은 기현의 죽음을 알리고 싶지 않았다. 임성재는 위로의 말을 건네면서 아티스트 초청 보도자료 때문에 연락했다고 말했다. 그는 의현에게 영화사 회의실로 와달라고 했다.

의현은 글로벌 픽처스 사무실이 있는 상암동 고층 빌딩에 도착했다. 상암동에는 군소영화사들이 밀집해 있었다. 의현은 건물 로비의 안내데스크에서 글로벌 픽처스의 층수를 물었다. 안내원은 21층이라면서 그 층 전부를 글로벌 픽처스가 사용한다고 부연했다. 정아영의 부모가 물주인 것만은 확실했다. 회의실은 엘리베이터에서 내려서 오른쪽이었다.

의현이 회의실 유리문을 열었다. 영화사를 알리는 홍보물과 화이트보드가 회의실 한쪽 벽을 차지했다. 중앙에는 긴 테이블이 있고 바퀴 달린 사무용 의자 몇 개가 양쪽에 놓여 있었다.

"윤 작가님, 어서 오세요. 지금 막 홍보팀에서 올라온 최종 보도자료를 검토하고 있었습니다."

임성재가 테이블에 놓인 랩톱 컴퓨터를 들여다보다가 의현을 반겼다. 의현은 의자 하나를 끌어와 임성재 옆에 앉았다.

"초청 날짜가 잡혔군요."

"그래서 이래저래 작가님한테 의논하려고 연락을 드린 겁니다. 한국콘텐츠진흥원에서 적극적으로 나서주면 좀 좋겠습니까. 그런데 손과 발만 겨우 적시면서 엉덩이는 뒤로 뺀 모양새네요. 판세를 관망하다가 콩고물이라도 떨어질 듯싶으면 성큼 다가올 것이고, 아니다 싶으면 담그고 있던 손과 발도 뺄 요량이겠죠. 하긴 콘진이 우리와 나란히 이름을 올린 것도 어디냐 싶기는 합니다."

진흥원에서 호의적인 것은 에드워드 박 덕분이었다. 에드워드 박을 움직인 것은 의현의 소설《비밀의 시대》였다.

임성재가 영화사 취지에 맞는 콘텐츠를 물색하던 중《비

밀의 시대》라는 제목의 장편소설을 발견한 것은 작년이었다. BC 18000년 방주가 우주전함이었는데, 그게 바로 성경의 모티프가 되었다는 이야기. 1만 년의 공전주기를 갖고 있는 태양계 11번째 거대행성이 지구에 접근하면서 지구는 대홍수와 엄청난 지각변동으로 생명체가 절멸할 위기에 처한다. 지구의 총독은 인간을 살리기 위해 '방주(우주선)' 제작을 기획하는데 황제는 총독을 혹세무민한다고 몰아세운다. 총독이 반란을 일으키고 황제가 이를 진압하면서 지구 최초의 전쟁이 발발한다. 영화적 요소가 충분한 작품이었다. 임성재는 정아영 대표에게 소설을 추천했고 그녀도 찬성했다. 그즈음 에드워드 박과 연결이 되긴 했지만 결정적인 한 방이 아쉬운 시기이기도 했다. 임성재는 《비밀의 시대》를 밤을 새워 읽었다. 웅장하고 스펙터클한 배경과 판타지적 서사가 콘셉트 아티스트의 손을 만난다면 훌륭한 영상으로 재탄생될 여지가 충분했다.

임성재는 작가인 의현과 출판사 담당자에게 연락을 했고 미팅이 시작되자마자 글로벌 픽처스가 지향하는 바를 거침없이 설명했다. 그는 《비밀의 시대》에서 할리우드적 요소를 발견했다고 말문을 열었다. 그의 이야기가 너무 거창해서 의현은 현실감이 들지 않았지만, 근래에 없는 일도 아니라고 편집자가 귀띔해주었다. 임성재는 글로벌 픽처스가 할리우드는 물론 넷플릭스와도 협력하는 영화사라고 강력히 어필했다. 오래전부터 할리우드는 새로운 소재에 목말라하고 있다면서, 요즘 과거 흥행작을 리메이크하거나 애니메이션을 실사화하는 것도 같은 맥락이라고 했다.

"윤 작가님의 《비밀의 시대》는 할리우드 진출작으로도 충분히 승산이 있는 작품입니다. 영화를 찍기 전에는 모든 장면과 신을 시나리오 대본에 맞춰서 그림으로 콘티를 짭니다. 영화적 전문 용어로 콘티뉴이티라고 하죠. 방송대본은 스크립트라고 하고요. 사실 미국은 우리나라와 비교도 할 수 없이 그 작업이 디테일하고 정교합니다. 그 일을 하는 사람을 콘셉트 아티스트라고 하죠. 그 방면에서 성공을 거둔 젊은 친구가 있습니다. 미국에서 현재 수석 콘셉트 아티스트로 활동 중인 에드워드 박이라는 친구입니다. 할리우드뿐만 아니라 넷플릭스와도 작업을 하는 실력자입니다. 우리 글로벌 픽처스가 에드워드 박과 MOU 체결을 하려고 합니다. 겸사겸사 내년쯤 에드워드 박을 초청해서 강연을 하려고 하는데, 그 친구에게 윤 작가님의 작품을 의뢰해볼까 합니다. 에드워드 박이 《비밀의 시대》를 마음에 들어한다면 할리우드 진출도 가능하겠지요. 에드워드 박이 함께 작업해온 감독들이 내로라하는 거장들이니까요."

의현은 출판사를 통해 글로벌 픽처스와 판권 계약을 했다. 계약금은 많지 않았지만 러닝개런티 조항이 붙었다. 나쁘지 않은 계약이었다.

임성재는 에드워드 박에게 초대장과 함께 《비밀의 시대》영문 원고를 보냈다. 한국문학번역원이 나서서 번역자를 추천했고, 번역료 일부도 지원해준 덕택에 일이 빠르게 진척되었다. 에드워드 박은 《비밀의 시대》에 관심을 보였고, 강연 초대 또한 긍정적으로 검토하겠다고 했다. 에드워드 박이 나서기만 한다면 감독뿐 아니라 투자자들도 솔깃해할 것이다.

임성재는 에드워드 박의 답신을 자료로 만들어서 한국콘텐츠진흥원을 찾아갔다. 진흥원도 호의적이었다. 그렇게 시작된 일로 작년과 올해를 정신없이 보냈다. 그사이 임성재와 정아영은 미국과 마닐라를 번차례로 다녀오기도 했다. 미국행은 에드워드 박과 미팅을 갖기 위해서였고, 마닐라행은 글로벌 픽처스의 스폰서인 정아영의 부모를 만나기 위해서였다.

그때부터 정아영의 부모는 임성재를 완전히 사윗감으로 대하기 시작했다. 그들도 둘이 오래전부터 연인 사이였다는 걸 알고 있었기에. 하지만 정아영에게 싫증을 느끼기 시작한 그였다. 부담스러운 게 그의 본심이었지만 물주에게 밉보일 수는 없었다.

의현이 보도자료를 읽으려 할 때 정아영이 회의실로 들어왔다.

"아, 윤 작가님도 오셨군요. 갑자기 무슨 일로?"

못마땅한 기색이 역력했다.

"아티스트 초청 건 보도자료를 함께 검토하자고 오시라고 한 겁니다."

임성재의 말투는 딱딱했다.

"아, 그렇군요. 감독님한테는 대표인 저보다도 윤 작가님이 우선이로군요. 저도 좀 살펴볼까요?"

정아영의 말투에서 가시가 느껴졌다. 임성재는 헛기침을 했고, 정아영은 아랑곳하지 않고 랩톱을 자기 쪽으로 돌려 내용을 소리 내어 읽었다.

미국에서 활동 중인 수석 콘셉트 아티스트 에드워드 박Edward Park이 글로벌 픽처스와 손을 잡았다. 에드워드 박은 세계적인 다수 영화제작에 참여한 콘셉트 아티스트이다. 그는 월트디즈니, 20세기 폭스 등 메이저 스튜디오와 영화, 게임, 콘셉트 디자인 작업을 함께하는 등 다방면에서 활동하고 있다.

글로벌 픽처스(대표이사 에밀리 정Emily Jung)와 에드워드 박은 글로벌 픽처스의 라인업 소설과 영화, 그래픽 노블 작업을 위해 아트&디자인 아카데미와 상호관계협력양해각서MOU

체결을 추진 중이다.

글로벌 픽처스는 《비밀의 시대The Age of Secrecy》를 영상 미디어 첫 작품으로 예정하고 있다. 《비밀의 시대》는 윤의현의 장편소설로, BC 18000년 지구의 최초 전쟁을 대서사시로 다룬 작품이다. 판타지와 스펙터클한 요소에 신화와 전설이 엉킨 스토리가 매우 흥미롭다. 이번 MOU 체결이 성사되면 글로벌 픽처스는 이 작품을 할리우드 영화, 게임 등으로 확대할 계획이다.

글로벌 픽처스는 글로벌 미디어 시장 진출과 세계적인 영화 제작자들과의 공동제작을 위해서는 스토리텔링 개발이 필요하다고 판단, 스토리텔링 R&D센터를 설립하는 등 집중적인 투자를 이어가고 있다.

보도자료를 다 읽은 정아영이 팔짱을 끼고는 고개를 갸웃거렸다.

"다소 과장된 문구가 거슬리기는 한데, 이대로 나가도 괜찮을까요?"

"에드워드 박과 진흥원에서도 이 기사를 눈여겨볼 겁니다. 대표님 부모님도 보실 거는 두말할 것도 없고요. 소스가 흘러 들어간다면 미국 투자자들에게도 호재로 작용할 겁니다. 이런저런 시너지를 위해서도 이 정도의 어필은 필요할 테지요. 윤 작가님은 어떠세요?"

임성재는 정아영을 외면한 채 의현에게 눈을 돌렸다. 의현은 미소로 대답을 대신했다. 보이지 않지만 두 사람의 묘한 신경전이 느껴졌다.

"임 감독님 의견이 그러시다면야 뭐. 그럼 저는 이만…… 두 분 말씀 나누세요."

정아영이 냉랭한 표정을 지으며 회의실을 나갔고, 임성재는 의현을 향해 뜻 모를 눈빛을 보냈다.

7.

꽃
새
미 화
원

아침저녁으로는 선선했지만 낮 기온은 여전히 높았다.
출근할 때 입고 나온 사파리 재킷을 걸치기가 후텁지근했다.
규민은 조수석에 겉옷을 던져놓고 셔츠 차림으로 운전석에
앉았다. 꽃새미 마을 주소를 내비게이션에 입력했다. 마을은
청우산에서 멀지 않은 곳에 위치해 있었다.

꽃새미 마을의 행정상 주소지는 '경기도 가평군 상면'이
다. 청우산과 수리봉에 이어 불기산이 외벽처럼 감싸고 있어
서 마을은 단풍잎 모양이었다. 분지인 마을이 '꽃을 닮은 샘'
이라는 말에서 연유된 명칭이었다. 화원 이름도 마을 이름을

따서 '꽃새미 화원'이라고 지었다고 했다. 오창기가 그 화원의 주인인 터에 상면 파출소 김 순경도 그를 '오 사장님'이라고 부른 것이다.

마을로 들어서자 1차선 도로 양편으로 비닐하우스 꽃가게가 줄지어 있었다. '무슨무슨 플라워'에서 '그린테리어'까지, 상호명도 다채로웠다. 전화번호와 함께 꽃다발과 꽃배달 및 화환 전문이라는 문구가 보였다. 어림잡아도 열 개에 육박했다. 꽃새미 화원 간판은 얼른 눈에 들어오지 않았다. 규민이 첫 번째 꽃가게 앞에 차를 세우자 비닐문이 열리고 주인이 나왔다. 규민이 꽃새미 화원이 어디 있느냐고 물었다. 주인은 꽃을 사려면 거기까지 갈 필요가 없다고 하면서 거기는 소매로 꽃을 팔지 않는다는 말을 덧붙였다. 규민이 그게 무슨 말이냐고 되묻자 꽃새미 화원은 여기 꽃가게의 모든 물건을 대주는 곳이라고 대답했다.

"꽃을 사려는 게 아니라 누굴 좀 만날까 해서요."

"누구요? 그 화원 사람은 다 여기 꽃가게 사람들인데."

알 듯 모를 듯한 대답이었다. 규민은 꽃새미 화원의 화원지기를 만나려고 한다고 했다. 주인은 느릿한 걸음으로 몇 개의 하우스를 지나 걸어갔다. 규민도 그를 따라 천천히 차를 몰았다. 주인은 불투명한 비닐 차양이 쳐진 꽃가게에서 누군가를 불렀다. 벙거지를 쓴 사내 한 명이 나왔다. 두 사람은 규민의 차 쪽을 건너다보면서 짧게 대화를 나눴다. 벙거지는 규민에게 손짓해 보이고는 비닐 차양 안으로 들어갔다. 기다리라는 제스처 같았다. 잠시 후 40대 초반으로 보이는 여자가 나왔다. 여자는 딱 붙는 오렌지색 스키니 바지에 상체 굴곡이 드러나는 검은색 티셔츠 차림이었다. 여보 어쩌고 하는 걸 보니 벙거지의 아내인 듯 보였다. 나이 차이로 보나 스타일로 보나 별로 어울리지 않는 부부였다. 여자는 규민의 허락도 없이 차 문을 열고 조수석에 탔다. 짙은 향수 냄새가 났다.

"직진하시다가 삼거리에서 좌회전하세요."

규민이 여자를 물끄러미 쳐다보았다.

"눈먼 사내의 화원에 가신다면서요?"

"꽃새미 화원을 그렇게도 부르나요? 그런데, 눈먼 사내라면?"

"화원지기요."

"화원지기 신명호 씨가 시각장애인이란 말인가요?"

김 순경으로부터도 듣지 못한 이야기였다. 화원지기 이름은 신명호이고 지적장애인이라는 말만 들었을 뿐. 규민은 여자에게 마을에 대해 이것저것 물었다.

"혹시 누가 고발이라도 한 건가요?"

여자는 은밀한 목소리로 물었다. 상면 파출소 김 순경이 방송국 취재 운운했던 게 생각났다. 규민은 경찰 공무원증을 내밀었다. 여자의 눈이 휘둥그레졌고 치켜 올린 인조 속눈썹도 파르르 떨렸다. 여자는 고분고분해진 말투로 자신은 일주일에 두세 번 아르바이트를 나온다고 했다. 흙일을 하러 오는 차림새는 아니어서 규민은 고개를 갸웃했다. 마을은 스무 가구 남짓이 모여 사는 소읍이라고 했다. 노인들만 사는 집이 반이고 나머지 젊은 사람들은 꽃가게와 화원 일에 종사한단다. 여자는 꽃새미 화원과 꽃집 모두가 오창기 소유라고 귀띔했다. 도로 양편의 비닐하우스 꽃집들을 눈으로 훑는 규민의 입술에서 절로 휘파람이 나왔다.

"형사님은 이 정도 갖고 뭘 그리 놀라세요? 화원에 가면 기절하시겠네."

까르르 웃음을 터뜨리는 여자의 향수 냄새가 코를 찔렀다.

여자는 오창기가 얼마나 부자인지 그 내력부터 읊기 시작했다. 화원은 오창기 집안의 가업이었다. 전쟁 통에 월남한 오창기의 부친이 고향에서 가져온 돈으로 가평에 땅을 샀다. 그 땅에 밭농사를 지으며 자투리땅에 꽃을 심었는데, 그때만 해도 규모가 그리 크지 않았다. 부모님이 별세한 후 오창기가 근처 부지를 사들이면서 점점 규모를 확장, 지금의 화원이 되었다고 했다. 젊었을 때는 오창기도 화원 일을 했지만 20년 전부터 완전히 손을 뗐다. 아들처럼 키웠다는 '신명호'가 화원 일을 도맡아하는 덕이었다. 어릴 적부터 여기서 살았다면 신명호도 변사자를 알고 있을 것이다.

멀리 화원 정문이 보였다. 나무 현판에 '꼬' 자 밑에 'ㅊ'이 떨어져나가 '꼬새미'라는 글자가 세로로 붙어 있었다. 가까이에서 본 화원에는 군데군데 세월의 흔적이 묻어 있었다. 현판 모서리가 마모되고 화원을 둘러친 시멘트 벽돌들도 죄다 갈라져 있었다. 하지만 쇠락해 보이지는 않았다. 그저 꽃과 나무가 어우러진 작은 수목원 같았다. 여기서 재배된 화초는 근처 꽃가게뿐 아니라 서울과 경기도 일대에까지 판매, 유통된다고 하니 마을의 자랑거리가 될 만했다.

규민은 시동을 끄면서 아까부터 궁금했던 걸 물었다. 시각장애인이 어떻게 화원지기를 하느냐고.

"다들 신기해하죠. 하지만 명호 씨가 날 때부터 맹인은 아니었다고 하더라고요. 무슨 병을 앓고 그렇게 되었는지, 아니면 사고였는지……. 그러니까 화원 일은 눈이 멀쩡했을 때부터 해온 일인 거죠."

여자는 화원 일을 하는 신명호를 지켜보면 그 질문이 얼마나 바보 같은지 금방 깨닫게 된다고 했다. 화원의 돌멩이 하나부터 풀뿌리 하나까지 신명호가 모르는 것은 없다고. 게다가 손이 어찌나 빠르고 능숙한지 남자 일꾼 두세 명 몫을 거뜬히 해치운다고 했다. 사내들은 신명호의 일처리에 혀를 내두르고, 여자들은 신명호의 건장한 몸에 반한단다. 여자는 여기까지 얘기하다가 눈웃음을 치면서 홍조 띤 두 볼을 손바닥으로 두드렸다. 규민은 여자의 차림새와 짙은 향수 냄새가 무엇을 의미하는지 짐작할 수 있었다. 규민은 아까 그 벙거지의 사내가 남편이냐고 물었다. 그렇다고 말하는 여자의 낯빛이 금방 새치름해졌다.

"길도 가르쳐주시고 여러 말씀 감사합니다. 이제 화원으로 들어가보셔야죠. 저도 여기까지 온 김에 화원 구경도 하고 신명호 씨도 한번 만나봐야겠군요."

"그렇게 하세요. 근데 너무 오래 있지는 마세요. 일하는 데 방해가 될 수도 있으니까요."

규민은 여자를 따라 화원 안으로 들어섰다. 널찍한 화원 내부가 시원하게 펼쳐졌다. 가을답게 희고 노란 국화가 흐드러졌다. 그밖에도 백일홍, 천일홍, 피튜니어, 제라늄, 달리아 등 꽃의 향연이었다.

황혼이 퍼지기 시작한 화원은 온통 귤빛이었다. 갖가지 화초들이 노을에 제 몸을 맡겨 오묘한 빛깔을 내뿜고 향기도 은은했다. 꽃들은 하나같이 특별한 생기를 머금은 듯 싱그러웠다. 화원에는 서너 명의 남자들이 분주히 움직이고 있었다. 그중 눈에 띄는 사내가 있었다. 여자의 눈빛도 곧바로 그를 향했다. 삽으로 땅을 고르다가 허리를 쭉 펴는 사내를 중심으로 귤빛 햇살이 빗살처럼 퍼지고 있었다. 족히 190센티미터에 육박하는 장신이었다. 그가 분명 화원지기일 것이다.

주황빛과 자주빛이 어우러진 하늘을 배경으로 우뚝 선 신명호는 눈을 감은 채였다. 소리와 냄새로 일몰을 음미하는 듯했다. 헝클어진 머리칼을 휘날리는 그에게서 짙은 그늘이 엿보였다. 보는 이의 가슴을 먹먹하게 만드는, 태생적인 슬픔을 간직한 사람의 모습. 남자가 볼 때도 그럴진대 여자들은 혼이 뺏길 만도 하겠다 싶었다. 이마는 햇볕에 그을려서 구릿빛이었고 날렵한 콧날과 긴 인중 아래 입술은 그리스 조각 같았다. 그가 걸친 민소매 티셔츠는 본래 색깔을 알 수 없을 지경으로 낡았지만 티셔츠 사이로 보이는 상반신은 탄탄했다. 청동빛이 도는 듯한 고동색 근육은 잘 벼리어진 시퍼런 칼날 같았다. 신명호는 남자가 보기에도 '아름다운 수컷'이었다.

여자가 그를 향해 말을 시키려는 순간 규민은 집게손가락을 입술 사이에 댔다. 신명호의 입에서 휘파람 같은 음률이 천천히 흘러나왔다. 읊조림 같은 노랫가락이 시를 낭송하는 것처럼 들렸다. 옆에 있던 여자는 두 손을 모으고는 천천히 상체를 흔들었다. 그 곡조에 자신의 몸을 온전히 내맡긴 듯했다. 묘하게 중독되는 음률이었다.

여자가 인기척을 내자 신명호가 이쪽을 향해 천천히 얼굴을 돌렸다. 그의 얼굴 속 미세한 세포들이 날카롭게 일어서는 듯 묘한 표정을 만들어냈다. 콧방울이 벌름거렸다. 규민의 존재를 냄새로 감지하려는 걸까. 여자가 무슨 말인가 하려는 순간 규민은 손을 들어 보이고는 화원을 나섰다. 신명호가 금방 왔다 간 사람이 누구냐고 묻는 듯 어눌한 말소리가 들렸다. 형사 어쩌고 하는 여자의 목소리가 멀어졌다. 규민은 화원 안팎에 설치된 4대의 보안카메라를 눈여겨보았다. 혹시라도 수색이 필요할 때가 온다면 근처에 주차된 차량의 블랙박스와 보안카메라 영상이 도움이 될 것이다. 규민은 여자가 없을 때 다시 와야겠다고 생각했다. 두 사람을 방해하고 싶지 않았다. 그것이 어떤 감정이든 규민이 상관할 바는 아니었기에. 규민은 화원을 뒤로 하고 오창기의 집으로 향했다.

8
·

인
터
뷰

예나에게서 문자메시지가 왔다.

선생님, 오늘 3시 취재 약속 맞는 거죠?

예나와 두 번째 만남이다. 방송국 PD가 동석한다는 게
다를 뿐. 오늘 예나는 그날 일에 대해 남김없이 말해야 한다.
녹음기 앞에서.

예나가 용기를 낼 수 있을까. 지금이라도 모든 걸 무산
시켜야 하는 걸까. 그것이 예나의 상처를 헤집지 않는 최선은

아닐까. 적어도 겉으로는 아무는 듯 보이는 상처를 굳이 세상에 드러내야만 하는 걸까. 의현은 속으로 고개를 저었다. 그것이야말로 이민흠이 바라는 일이겠지.

의현은 예나에게 전화를 걸었다. PD를 만나기 전에 한 시간 일찍 만나자고 했다. 예나는 이유를 묻지 않고 그 시간에 나가겠다고만 대답했다.

의현은 붙박이장을 열고 무채색 계열의 옷을 골랐다. 장례를 언제 치를지 알 수 없지만 애도 기간인 것만은 분명했다.

불과 1년 전. 기현이 의현을 찾아와 Y여대 문예창작과 수시 등급이며 학과 전망을 의논한 일이 떠올랐다. 의현이 Y여대 문예창작과에서 소설 전공을 가르치던 학기였다. 의현이 입시 정보가 왜 필요하냐고 캐묻자 기현은 오랜 망설임 끝에 침묵을 깼다. 오래전에 있었던 비밀에 대해, 숨죽이고 살아온 지난 시간에 대해 털어놓았다. 의현은 그제야 기현의 얼굴에 드리워져 있던 수심의 정체를 알게 되었다.

이틀 전 백규민 형사를 만났다. 기현의 부친이 시신을 확인하고 갔다고 했다. 그는 딸의 투신자살을 받아들였다고 했다. 백 형사는 화원에도 다녀왔다고 했다. 그러면서 의현에게 화원지기 신명호를 아느냐고 물었다. 의현은 동생을 통해서 들었다고 대답했다.

"이제 동생의 장례를 치르는 건가요?"

"그래야겠지요. 오창기 씨가 윤의현 씨를 한번 보고 싶다던데요. 장례식 전에 한 번은 만나야 하지 않겠느냐면서요."

"저는 장례식에 가지 않을 겁니다. 오창기, 그분을 만나는 일도 없을 거고요."

형사의 눈빛이 깊어졌다. 그의 생각도 의현과 같은 걸까. 오창기를 향한 그것.

"기현이와 저는 철저히 남남으로 살아왔어요. 다시 만나서 자매처럼 지내온 시간도 3, 4년 남짓밖에 되지 않아요. 동생이 이혼하고 온 직후부터였어요. 길지 않죠. 각자의 가족들도 그렇게 지내왔고요. 오창기, 그 어른도 이번에 처음 알았을 겁니다. 동생한테 나라는 언니가 있었다는 걸 말이에요. 동생과 제가 친하지 않았다는 말은 아니에요. 우리는 마치 한 몸인 듯 친했어요. 어쩌면 여느 가정의 자매보다 더 각별했을지도 몰라요. 그렇지만 각자의 가족이나 친구에게 서로의 존재를 알리지 않았어요. 형사님이 이해해주셨으면 합니다. 혼자 애도하는 시간을 갖고 싶어요. 그리고 무엇보다 저는 그 어른을 마주하고 싶지 않습니다."

의현이 말을 마쳤지만 형사는 어떤 반응도 보이지 않았다. 다만 고르고 얕은 숨소리를 천천히 밀어낼 뿐이었다. 이상했다. 그 사람 앞에선 저절로 입이 열렸다. 그는 말로 다그치지 않았다. 눈으로 혹은 숨소리로 사람의 마음을 열게 했다. 서울에서 강력계 형사였다는 게 믿기지 않았다. 형사보다는 신부에 가까운 인상을 풍겼다. 고해성사를 멈춰야 한다고 생각하면서도 어느 순간 의현은 지난날에 대해 말하고 싶어졌다. 오창기를 만나고 싶지 않은 이유를 말할 차례일지도 몰랐다. 하지만 의현은 침을 삼키는 걸로 하고 싶은 말을 대신했다. 그때까지 백 형사는 어떤 반응도 보이지 않았다. 들어주는 것이 최대의 조언이며 위로라는 것을 아는 사람이었다. 그날 저녁에 문자 한 통이 왔다. 그의 메시지였다.

오기현 씨 장례를 미루기로 했습니다. 미진한 부분이 있습니다. 양해 부탁드립니다. 오창기 씨에게도 말씀드렸습니다.

의현은 두 손바닥으로 얼굴을 훑었다. 불길한 예감은 틀리지 않았다. 미진한 부분이 무엇이냐고 물어볼까 하다가 그만두었다. 지금은 한발 물러서야 할 때일지도 모른다.

검은색 바지에 회색 민소매 셔츠를 입었다. 아침저녁으로 찬바람이 불어 검은색 카디건을 걸쳤다. 의현은 메이크업을 하고 화장대 거울 앞에서 자신을 비춰보았다. 거기에 윤의현이 서 있었다. 가슴 밑바닥에서 출렁이던 무엇이 목구멍으로 올라왔다. 꿀꺽 삼키자 명치가 뻐근했다. 의현은 주먹으로 가슴을 두드렸다. 예나 일과 영화사 일만으로도 머리가 터져나가는 것 같았다. 이번 학기에 강의가 없는 게 천만다행이었다.

의현은 신발장에서 검은 구두를 꺼냈다. 굽이 꽤 높았다. 235사이즈. 기현의 발 크기와도 같았다. 그러고 보면 닮은 점이 참 많은 자매였다. 세상의 모든 자매가 그렇지는 않다. 키 작은 언니와 키 큰 동생. 살집이 있는 언니와 빼빼 마른 동생. 예쁘장한 언니와 못생긴 동생……. 그래도 세상의 모든 자매들은 자신들이 닮았다고 믿는다. 의현과 기현도 예외는 아니었다.

의현은 높은 굽 때문에 잠시 기우뚱했다가 곧 중심을 잡았다. 여자들이 하이힐을 신기까지 고난도의 연습이 필요하다는 것을 새삼 실감했다. 다리를 곧게 뻗고 현관을 맴돌았다. 타일에 부딪혀 울리는 구두굽 소리가 경쾌했다.

약속 장소로 정한 카페는 한산했다. 월요일 오후 2시이니 그럴 법도 했다. 구석 자리에 앉아 있는 예나가 의현의 눈에 들어왔다. 후드 티셔츠를 입고 야구 모자를 눌러쓴 예나는 이어폰을 귀에 꽂고 휴대전화 화면에 머리를 박고 있었다. 의현은 아이의 모자를 벗겨버리고 싶은 충동을 느꼈다. 모자에 감춘 예나의 풍성한 머리카락과 건강한 얼굴을 드러내고 싶었다. 숨지 마. 너는 잘못이 없으니까. 스무 살은 숨어 있기에 아까운 나이잖아.

의현은 예나 맞은편에 앉으며 손가락으로 테이블을 톡톡 두드렸다. 예나는 황급히 이어폰을 빼며 머리를 꾸벅 숙였다.

"일찍 왔구나."

예나가 고른 치아를 드러내며 히죽 웃었다.

"방송국 PD님은 3시에 오기로 한 거 맞지요? 그런데 왜……."

예나의 입이 꽈리 모양으로 모아졌다.

"한 시간은 너랑 데이트 좀 하려고, 왜 싫어?"

의현의 말에 예나는 눈이 반달이 되고 입은 깊게 파인 괄호처럼 되어 웃었다. 의현은 따라 웃고 싶었지만 그럴 수가 없었다. 예나만 보면 몸이 오그라져서 어딘가로 자꾸 도망쳐 버리고 싶었다.

"선생님, 옷이 왜 그래요?"

예나가 의현이 입은 검은색 옷을 가리켰다.

"나한테 동생이 한 명 있었어. 근데, 얼마 전에 죽었어."

예나의 눈동자가 튀어나올 듯 커졌다.

"어머나! 선생님 동생분이라면 아직 젊으실 텐데."

의현은 고개를 끄덕거렸다. 예나의 말대로 세상을 떠나

기에 기현은 너무 젊었다.

"죄송해요. 전 그것도 모르고…… 동생분이 아프셨나 봐요."

이번에도 의현은 고개를 끄덕일 뿐이었다.

"많이 힘드시겠어요."

"힘들지. 정신도 없고. 하지만 죽어라고 참고 있는 거야. 좋은 곳으로 가길 빌어주는 수밖에."

의현이 머리를 쓸어 넘기고는 손바닥으로 눈과 콧잔등을 차례로 훑었다. 예나가 아, 하고 비탄 섞인 소리를 희미하게 내뱉었다. 의현은 화제를 이민흠 일로 돌렸다. 예나와 동생 죽음에 대해 더 이야기하고 싶지 않았다.

"그게 선생님이랑 저랑 한 시간 데이트할 내용인가요?"

예나는 제법 솔직한 태도로 응했다.

"나도 알고 있어야 하지 않을까 해서. 이따가 PD한테 얘기하기 전에 네 마음 정리도 할 겸."

예나는 머리를 끄덕거렸다. "발단은 술자리였어요." 그렇게 말하고는 고개를 절레절레 흔들었다.

"생각해보면, 교수님은 습관적이었어요. 어른들은 그걸 '손버릇이 안 좋다'고 하더라고요. 모델 일로 저를 연구실에 불러서도, 수업시간에 출석체크를 할 때도. 과제 때문에 연구실에 가면 항상 옆에 앉으라고 했어요. 그러곤 손으로……

반팔을 입으면 여기 팔 안쪽이 드러나잖아요."

예나는 자기 팔을 들어 겨드랑이와 팔꿈치 중간 부분을 가리켰다.

"거길 만지작거리는 거예요. 다른 친구들도 비슷한 일을 겪었어요. 그 순간에는 뭐라고 항의할 수도 없었다나 봐요. 아, 생각할수록 진짜 짱나네요. 아! 죄송해요."

예나는 또래끼리 쓰는 비속어를 내뱉고 깜짝 놀란 듯 또다시 입술을 꽈리 모양으로 말았다. 민망할 때 나오는 습관인 모양이었다. 그 모습이 귀여웠다.

예나는 술자리 얘기를 이어갔다. 올해 학기가 시작되고 한 달 남짓 되었을 때 이민흠과 학생들이 술자리를 가졌다. 수강생 스물다섯 명 모두 '서사창작실기론' 과목을 수강하는 1학년 학생들이었다. 서사창작실기론은 실기 위주의 소설 창작 수업으로, 학생들이 창작해 제출한 작품을 읽고 토론하는 방식이었다. 학생들의 작품을 두고 토론하고 문학작품을 예로 들다 보면 성적인 면에서 수위를 넘나들 때가 많았고, 듣기 거북할 때도 있었지만 학생들은 문학이라는 범위에서 대체로 용납하는 편이었다. 교수의 코멘트 하나하나가 학점과 연결되는 까닭도 있었다.

학과 특성상 문학기행이나 작가 특강 후 술자리도 잦았다. 대학원생 조교들이 교수들 술시중을 드는 것은 관례였고 학생들도 술자리를 마다하지 말아야 한다고 했다. 선배들로부터 들은 '팁'이었다. 입학하자마자 문학기행에 갔을 때도 스킨십이 있었다. 의도한 접촉과 의도하지 않은 접촉의 경계가 애매했지만 학생들의 기분은 한 가지였다. 더러울 정도로 기분 나쁘다는 것. 남자 교수가 다 그런 것은 아니지만, 학생의 기분과 상관없이 은근히 즐기는 교수들이 있다. 바로 이민흠 같은 부류였다. 그런데 이의를 제기하거나 불만을 토로하는 학생은 없었다. 새내기인 예나는 어떻게 해야 하는지 모를 수밖에 없었다.

물론, 매년 교육청에서 교강사를 대상으로 하는 교육을 학교에서 실시하긴 했다. 성희롱, 성폭력, 성매매 및 가정폭력 예방교육. 교직원은 의무적으로 수강해야 하기에 의현도 매 학기 온라인으로 수강했다. 하지만 교육은 형식에 불과했다.

'음모와 터럭의 차이가 뭘까?' 이민흠이 술자리에서 화두로 꺼낸 말이었다. 그날 수업시간에 음모와 터럭을 혼용해서 쓴 학생 소설이 있었다. 헷갈리니까 하나로 통일해서 쓰는 게 좋겠다는 의견이 있었다. 이민흠이 낄낄거리면서 터럭은 낱낱을 가리키는 개별 단위이고 음모는 터럭의 뭉텅이라는 의미가 강하다고 설명할 때까지는 괜찮았다. 어차피 객쩍은 농담일 테니. 몇몇 학생들은 입을 가리고 웃기도 했다. 하지만 술이 들어가면서 이민흠은 학생들에게 수위가 높은 성적인 발언을 하기 시작했다. 그가 '후렌치파이'라는 과자를 생리대에 빗대면서 히히덕거릴 때 학생들의 성적 수치심은 실로 최악이었다. 이민흠의 손은 옆에 앉아 있던 학생들을 더듬기 시작했다. 학생들이 그를 피해 슬금슬금 일어났지만 과대표였던 예나는 자리를 박차고 일어설 수가 없었다. 그러는 동안 이민흠의 추행은 점점 심해졌고, 마지막까지 예나와 함께 자리를 지켜주던 학우도 가버렸다. 예나는 이민흠을 택시에 태워 보내고야 집으로 돌아올 수 있었다.

다음 날은 토요일이어서 수업이 없었다. 예나의 온몸은 멍투성이였다. 술이 취한 이민흠과 씨름하는 통에 생긴 것이다. 예나보다 먼저 집으로 간 학우가 연락을 해왔다. 예나에게 아무 일 없었느냐고 물으면서 같이 있어주지 못해서 미안하다고 했다. 예나는 그 학우를 탓할 수가 없었다. 이민흠이 그 학우의 속옷에 손을 넣는 바람에 질겁해서 도망치다시피 자리를 뜬 것이었으므로. 술자리에 있었던 학우들이 단톡방에서 안부를 주고받았다. 안부는 곧이어 성토로 이어졌다. 연구실이나 강의실에서 있었던 일들이 봇물 터지듯 열거되었다. 학생들은 학교에 나와서도 삼삼오오 모여 그 이야기에 열을 올렸다. 학교 '대나무숲'에 글을 올리자는 학우도 있었고, 양성평등 상담실을 찾아가자는 의견도 나왔다. '가재는 게 편 아니겠어?' 어떤 학우가 쐐기를 박았다. 학교에 얘기해봤자 문제는 덮일 것이고, 학교는 교수를 감싸고 돌 게 분명하다고 했다. 그럼에도 이민흠한테 직접적으로 할 수 있는 단체행동이 한 가지 있었다. 수업 거부. 예나가 낸 의견이었다. 학우 대부분이 찬성했다. 학생 전체가 수업을 거부하면 이민흠도 발뺌할 수 없거니와 한 사람만 희생양이 되는 일도 없을 거라고 생각했다.

'서사창작실기론' 수업이 있는 금요일이 왔다. 스물다섯 명 모두 강의실에 들어가지 않았다. 금요일이 지났지만 잠잠했다. 학과사무실에서도 연락이 없었다. 이민흠이 발설하지 않은 것 같았다. 그도 켕기는 게 있었던 모양이다.

그다음 금요일에도 학생들은 수업을 거부했다. 담당 조교가 예나에게 연락을 해왔다. 예나는 조교에게 이 수업 거부가 단체 의사 표시라고만 전했다. 조교는 무슨 일이냐고 물었지만 예나는 교수님이 더 잘 아실 거라면서 전화를 끊었다. 수업 거부 3주째가 되자 몇몇 학우가 이제 그만하자고 의견을 내놓았다. 그즈음 이민흠이 예나에게 문자를 보냈다. 그날 술자리에서의 사건은 취한 탓이었다고, 계속적인 수업 거부는 학생들에게 불이익을 줄 것이라고 못박았다. 예나는 단톡방에 이민흠의 문자를 공유한 후 그에게 답장을 보냈다. 불미스러운 일을 술 탓으로 돌리는 교수님의 태도가 몹시 유감스럽다고, 학과에 정식으로 이의를 제출하겠다고 했다. 답신은 없었다.

수업 거부 중인 학생들 중 몇몇은 이민흠에게 창작한 소설을 개인적으로 보내기도 했다. 무엇보다 1학년인 학생들은 앞으로도 3년 넘게 이민흠을 전공 교수로 만나야 한다는 부담감이 컸다. 이민흠이 졸업논문 지도교수가 될 확률도 높았다. 당장 이번 여름방학에 그가 소개한 출판사에서 인턴으로 일하기로 예정된 학생도 여럿이었다. 장차 대학원에 진학하거나 등단을 목표로 품은 학생도 있었다. 예나도 그중 한 명이었다. 그러니 학생들도 마음을 졸일 수밖에 없었다.

"선생님은 전혀 모르셨단 말이에요?"

한참 얘기를 하던 예나가 의현에게 돌발질문을 던졌다. 의현은 휴대전화로 시각을 확인했다. 3시였다.

"나는 이민흠 교수의 강의만 맡은 거였어. 자세한 경위는 알지 못했어. 학과에서도 쉬쉬하는 일이었거든. 너는 내가 아직도 학교 편이라고 생각하는 거니?"

예나는 머리를 세차게 흔들었다. 그때 카페 문이 열리고 30대로 보이는 남자가 허겁지겁 들어왔다. 운동화를 신은 그는 청바지에 체크 무늬 셔츠 차림이었다. 어깨에 커다란 백팩과 소형 카메라를 멘 그는 한눈에 보기에도 방송국 사람 같았다. 의현도 그와 전화통화만 했을 뿐 직접 만나는 것은 처음이었다. 그는 두 사람이 있는 테이블로 성큼성큼 다가왔다.

"나한테 한 얘기, 저 사람한테 다 해야 해. 괜찮겠니?"

의현이 예나의 손을 잡으며 귀엣말을 했다. 예나는 입술을 꼭 다물었다.

"윤의현 작가님 맞으시죠? ○○ 방송국 오늘의 탐사보도 PD 설영수입니다."

남자가 의현 앞으로 다가와 명함을 건넸다. 의현은 상체를 반쯤 일으켰다. 생기 넘치던 전화 속 목소리가 떠올랐다. 목소리와 생김새가 닮은 사람이었다. 예나도 덩달아 몸을 일으켰다.

"예나 학생, 마음고생이 심했겠네요. 힘들었을 텐데 이렇게 적극적으로 취재에 응해주어서 감사합니다."

설영수는 예나에게도 명함을 건넸다.

"처음 뵙겠습니다. 예나가 상처받지 않는 범위 내에서 방송을 내보내주세요."

"물론이죠. 그것이 저희가 지켜야 할 가장 기본적인 절차이자 예의입니다. 어쨌든 두 분께서 용기 내주신 점에 거듭 감사의 말씀을 드립니다."

"아니에요. 전 그냥 윤 선생님만 믿고……."

예나가 얼굴을 숙이며 의현의 손을 잡았다. 미세하게 떨리는 예나의 손이 너무 여리고 부드러웠다. 설영수는 백팩에서 태블릿 PC와 작은 녹음기를 꺼내 테이블에 올려놓았다.

"예나 학생, 염려하지 말아요. 모든 것은 예나 학생이 허용하는 범위 내에서 방송될 테니까요."

예나가 보일 듯 말 듯 고개를 끄덕였다.

"이민흠 교수님을 만나셨나요? 찾아가겠다고 하셨잖아요?"

의현이 물었다.

"네. 학과 사무실에서 일러준 주소로 갔었죠."

"용케도 알아내셨네요. 개인정보라 잘 안 가르쳐줄 텐데."

"우리 방송국 직원 중 한 명이 그 학교 졸업생이더라고요. 그 친구한테 연기 좀 해달라고 부탁을 했죠. 자신이 이민흠 교수 제자이고 책을 보내야 하는데, 이민흠 교수가 수업도 없고 연구실에도 나오지 않아 곤란한 상황이다. 그랬더니 좀 망설이다가 가르쳐주더라고요."

"그래서 만나셨어요?"

잠자코 있던 예나가 끼어들었다.

"네, 만났습니다. 무작정 찾아가면 만나주지 않을 것 같아서 아파트 정문에서 기다렸지요. 경비실에 물어보니까 외출을 하지 않은 것 같다고 해서요."

"교수님이 뭐라고 하세요?"

이번에도 예나가 물었다.

"딱 잡아떼던데요?"

설영수의 얼굴에 비웃음이 번졌다.

"개새끼!"

의현과 설영수의 시선이 동시에 예나에게 쏠렸다. 예나
가 손바닥으로 제 입을 막았다.

"예나 학생 말이 맞네. 그 인간 개새끼예요. 이제 우리
그냥 개새끼라고 통칭할까요?"

예나가 울 듯한 표정으로 피식 웃었고, 설영수는 호탕한
웃음을 터뜨렸다. 이민흠은 근거 없는 낭설을 제보한 사람이
누구냐고 따졌다고 했다. 자신은 '옐로 저널리즘'에 강경히
맞설 것이며 명예훼손 등 법적 조처도 불사할 것이라고 항변
했단다.

예나는 눈이 빨개지고 입술이 새파랗게 질렸다.

"어쩜 그렇게 뻔뻔할 수가 있죠? 자기한테 당한 우리가,
내가 이렇게 있는데."

예나의 콧등이 붉어지면서 눈가에 물기가 고였다. 의현
은 예나의 손을 다시 잡았다.

"다 말씀드릴게요. 이민흠 교수가 우리에게 어떻게 했는

지요. 그런 교수가 학교에 복직한다니 말도 안 되는 일이잖아요. 게다가 학과에서 우리에게 뭘 요구했는지 아세요? 우리가 학생인 데다가 여자라서 혹시 불이익이 있을까 봐 참았던 건데……. 얼마 전에 정식으로 이의제기를 했는데도 학교에서는 덮으려고만 하는 거 있죠?"

예나의 목소리는 떨렸지만 카랑카랑했다.

9.

눈
먼
사
내

　　윤의현이 이메일로 동영상을 보냈다. 규민은 영상을 다운로드해 열어보았다. 아직 편집이 완료되지 않은 영상이라고 의현은 덧붙였다. 화면 가득 낯익은 공간이 펼쳐졌다. 꽃새미 화원이었다. 카메라가 롱테이크로 화원을 훑었다. 영상에 담긴 화원은 지상 낙원처럼 보였다. 잔잔하게 깔리는 배경음악에 이어 시 같은 노랫말이 들렸다.

　　아무도 볼 수 없는 그의 영혼처럼…… 오, 눈먼 사내의 은밀한 화원엔 오, 흐드러진 꽃. 춤추는 나비 바람…….*

* 정태춘의 노래 '눈먼 사내의 화원' 노랫말.

귀에 익은 음률이었다. 어디서 들었던가. 규민은 미간을 좁히고 기억을 더듬었다. 곧 이어지는 내레이션.

여기는 경기도에 위치한 K화원입니다. 여기 주민들은 이 화원을 '눈먼 사내의 화원'이라고 부릅니다. 화원지기가 시각장애인이기 때문입니다. 바로 S씨입니다. 20년 동안 화원에서 살며 일을 해왔지만 정당한 임금이나 대우를 받지 못한다고 합니다. 저희가 처음 제보를 받고 취재를 시작한 것은 1년 전쯤이었습니다. 그동안 저희는 수차례 S씨를 만나고자 했지만, 마을의 폐쇄적인 분위기 때문에 번번이 실패했습니다. 그러던 차에 새로운 제보자의 도움으로 드디어 화원지기를 만나게 되었습니다.

소개말이 끝날 즈음 노래도 잦아들었다. 눈을 감고 노래를 흥얼거리던 사내, 신명호가 떠올랐다. 그가 중얼거리던 그 노래가 맞았다.

화원을 향해 걸음을 옮기는 남자가 손을 들어 화원을 가리켰다. 목소리의 주인공이다. 설영수 PD.

화원 주차장으로 카메라가 이동하면서 낡은 컨테이너 한 채가 클로즈업되었다. 주위는 마구 자란 풀과 허섭스레기로 너저분했다. 설영수는 컨테이너 가까이 다가가 문을 두드렸다. '계십니까? 잠시 실례합니다. …… 여기가 화원지기 S씨의 거처입니다.' 카메라 앵글에 잡힌 설영수가 설명했다. 컨테이너 안에서 인기척이 들렸지만 문은 열리지 않았다. 설영수가 문 손잡이를 흔들었다. 삐거덕거리며 열리는 문틈으로 신명호의 옆모습이 보였다. 안녕하세요? 말씀 좀 나눌까 하는데 괜찮겠습니까? 설영수는 예의를 갖춰 인터뷰 요청을 했다. 컨테이너 안을 카메라로 촬영하려는 촬영팀과 이를 막아서는 신명호 사이에 실랑이가 벌어졌다. 얼마 후 신명호가 문 밖으로 모습을 드러냈다. 실내가 아닌 바깥에서 이야기한다는 조건을 붙였다. 카메라 조명을 느낀 듯 신명호가 눈살을 찌푸렸다.

화면이 바뀌었다. 신명호의 하루가 시간 순으로 나왔다. 새벽부터 밤늦게까지 이어지는 노동에 비해 변변치 않은 식사와 주거 환경이 고스란히 화면에 비쳤다. 누가 보아도 장애인 노동착취가 분명했다. 사이사이 신명호의 목소리와 설영수의 코멘트가 나왔다. 지적능력이 다소 떨어져 보이는 신명호의 말은 어눌하지만 진솔했고, 설영수의 코멘트는 신명호의 40여 년 인생을 명료하게 전달하고 있었다.

　－이 마을에서 태어났습니까?
　－태어난 건 아니오. 스무 살 넘어서부터 화원에서 지냈을 뿐.
　－눈은 태어날 때부터 보지 못했던 겁니까?
　－……

-병이었습니까?

PD의 계속되는 질문에 신명호는 입을 다물었다.

-마을 주민들이 이 화원을 '눈먼 사내의 화원'이라고 부른다
 는데, 알고 있나요?

-난 그런 건 관심 없소. 그저 꽃과 화초를 돌보는 게 내 일일
 뿐이오.

신명호의 입에서 꽃 이름이 나열되기 시작했다. 데이지,
춘란, 금낭화, 히아신스……. 그 많은 꽃의 이름을 어떻게 다
외우냐며 PD가 감탄하자 신명호가 대꾸했다. 꽃과 화초들이
자기를 향해 손짓한다고. 그럴 때마다 화초들이 풍기는 향기
가 애들의 이름이라고 말하는 신명호의 얼굴은 꿈을 꾸듯 평
온해 보였다.

-'눈먼 사내의 화원'이라는 노래를 부르시던데요?

-배웠을 뿐이오.

-누구한테요?

-……

신명호는 또 입을 닫았다. 두 사람의 인터뷰 뒤에 설영
수의 설명이 이어졌다. 'S씨는 예닐곱 살 이후 이 마을을 떠
나본 적이 없다고 했습니다. 어려서부터 화원 일을 거들다가
스무 살 무렵에 화원지기가 되었고, 실명한 시점은 30대 후
반으로 짐작됩니다. 화원에서 일하던 S씨의 부모님이 동시에

세상을 떠난 후 O사장이 후견인 자격으로 S씨를 데려다 키운 것입니다. 주민등록상으로 두 사람은 동거인으로 되어 있습니다. 하지만 사장 O씨는 말만 후견인일 뿐 S씨를 제대로 양육하지 않았을 뿐만 아니라 정규교육도 시키지 않았습니다. 그를 지적장애인과 금치산자로 등록시킨 후 S씨 부모의 재산까지 가로챈 정황이 있습니다.' 설영수는 '하지만'이라는 단서를 붙였다. '익히 알려진 것과는 달리 S씨는 지적장애인도 금치산자도 아닌 듯합니다.'

설영수는 신명호에게 부모님이 돌아가신 후 사장 집에서 함께 살았느냐고 물었다. 신명호는 고개를 끄덕였다. 신명호는 더듬거리며 당시 상황을 말해주었다. 신명호는 그곳을 지옥이라고 불렀다. 자기 안에 있던 괴물이 느닷없이 튀어나왔다는 말도 했다. 그의 말은 일정하지 않아서, 멀쩡하게 이야기를 이어가다가도 불쑥 욕설이나 이상한 말들이 끼어들곤 했다.

-괴물이라뇨?

-그 지하실에도 가끔 나타났소이다. 어렸던 나는 거기가 무서웠다오. 한마디로 씹할 좆같았거든! 거긴 너무 축축했어. 온갖 벌레가 우글거렸지. 빨간 쥐새끼들이 나를 노려보고. 그것들이 내 다리와 팔에 마구 기어 올라왔어. 나는 몸이 밧줄로 꽁꽁 묶여서 꼼짝할 수 없었지. 온몸이 근질근질했어. 얼

마나 춥고 배가 고팠는지 몰라. 그 사람이 그런 지옥에 날 가
둔 거지. 맘 같아선 다 죽여버리고만 싶었어. 내 몸을 기어
다니는 벌레는 불로 태워 지져버리고, 쥐새끼들은 쇠꼬챙이
로 통통한 배를 쑤셔버리고. 몸이 빨리 자라서 어른이 되기
만 바랐소이다. 그 순간 내 안에서 괴물이 생겼는지도 몰라.
그 괴물이 튀어나올 때면 나도 감당이 안 되었거든.

-사장님이 너무 심하게 했나 봐요.

-지금도 내가 이런 말을 하는 줄 알면 날 가만 안 둘걸. 주삿
바늘로 날 찔러댈 테니까. 내 눈을 또 찌를지도 모르지.

설영수의 설명이 이어졌다. 신명호의 끝없는 노동과 열
악한 환경에 대해, 무엇보다 그의 내면에 존재하는 또 다른
자아에 대해. 신명호는 자신의 또 다른 자아를 '괴물'이라고
불렀다. 괴물이 나타났다가 사라지면 엉망진창이 되어버린
다는 신명호의 말. 살림살이를 마구 부수고 자해도 한 것 같
았다.

-사장이 어린 ○○씨를 지하실에 묶어놓고 때렸나 봐요.

-오줌 싼다고 맞고, 운다고 맞고, 처먹는다고 맞고. 그럴 때
면 괴물이 튀어나온 것 같아. 괴물이 힘을 쓰면 사장도 꼼짝
못하긴 했소이다. 그때마다 사장이 나를 바늘로 찌르고 묶
어놨지…….

설영수는 신명호가 주의를 돌린 틈을 타서 컨테이너에 카메라를 들이밀었다. 부엌 찬장을 열자 플라스틱 통에 담긴 물건과 주사용품이 보였다. ROMPUN 즉 '럼푼'이라고 적힌 그것은 동물마취제였다. '화원에 동물마취제가 왜 필요한 것일까요?' 설영수가 의문을 제기했다. 'S씨에 따르면 동물을 마취시킨 후 죽여서 토막 낸 것 같습니다. 토막 낸 살덩이를 톱밥과 섞어 햇볕에 말린 후 갈아 화초 비료로 썼다고 합니다. 누가 그에게 이런 일을 시켰을지 어렵지 않게 짐작할 수 있습니다. 또 한 가지 합리적 의심이 드는 것은, 혹시 사장인 O씨가 S씨를 길들이는 데 이 마취제를 사용한 것은 아닐까 하는 것입니다. S씨의 조현병도 후천적인 요인에 의한 것은 아닌지 의심됩니다.' 어린 시절부터 무자비한 구타에 극심한 노동에 시달려왔다면 정상적으로 사고하는 것이 불가능할 거라고 설영수는 덧붙였다.

취재를 하는 동안에도 신명호는 끊임없이 몸을 놀렸다. 도저히 눈이 멀었다고 믿기지 않을 만큼 날렵한 몸놀림이었다. 근육질의 몸이 꽃과 수목들 사이에서 동물적인 아름다움으로 빛났다. 설영수는 그를 쫓아다니기에도 숨이 찬 듯 보였다.

설영수가 신명호에게 다시 물었다. 눈은 왜 그렇게 된 거냐고. 신명호의 얼굴 근육이 미세하게 실룩거리더니 '그 사람'이 자신의 두 눈을 찔렀다고 했다.

－사장이 그랬다고요? 대체 무슨 일이 있었던 건가요?

－내가 자기 딸을 만나는 걸 싫어했소.

－사장 딸이라면…….

－○○이. 그 애도 이 화원을 무척이나 좋아했는데…… 결혼
하고 여길 떠났지…….

－○○씨는 결혼한 후로는 못 봤나요?

－어느 날 갑자기 돌아왔더이다. 난 그 아이의 모든 것을 냄새
로 알아차릴 수 있었소. 우리 ○○이가 찡그리는지, 화를 내
는지, 웃는지, 슬퍼하는지.

－당신 안에 괴물이 산다면서요? 혹시 그 괴물이 그 여자분한
테 나쁜 짓을 한 걸까요?

－그럴 리가……. 하지만 또 모르지. 내 깊은 마음속에선 때
때로 그랬던 적이 많긴 했거든. 걜 죽이고 싶었던 적도 있었
소이다. 여자 냄새를 풍기면서 알짱거릴 때면……. 하지만
○○이한테 그러면 못쓰지. 만약에 괴물이 ○○이한테 나쁘
게 했다면……. ○○이 엄마도 나한테 참 잘해주셨는데.

－사모님은 어땠나요?

－아줌마 몸이 많이 아팠소. 비쩍 말라가지고. 사장 몰래 먹을
것도 줬소이다. 들키면 사장한테 아줌마도 매를 맞았지. 그
래도 그때가 참 좋았는데……. 꽃이 피고 풀이 우거지고 나

비가 날고 화원에서 ○○이와 맘껏 뛰어놀던 그때.

-사모님은 돌아가셨죠.

-아줌마가 죽고 사장이 지하실에서 여기 화원으로 나를 내쫓
  은 거요. ○○이는 울기만 했소이다. 근데, 걔가 갑자기 뚱뚱
  해져서…….

신명호는 두 손으로 자기 배 부분을 둥글게 마는 제스처
를 보여주었다.

-○○씨가 원래 뚱뚱했나요?

-아니. 걔 말로는 너무 많이 먹어서 그렇다고 했소이다. 근데,
  ○○이한테 꽃이, 붉은 꽃이 확 피었소이다. 순식간에…….

-당신이 꽃을 많이 꺾어다 줬나 보군요.

-음, 빨갛다가 그게 달덩이처럼 하얀 꽃으로 변했소이다. 난
  세상에서 그렇게 이쁜 꽃은 처음 봤어. 근데 ○○이가 쉬잇!
  그랬소이다. 내 입술에 대고.

-그분과 화원에서의 추억이 많았나 보군요. 근데 어쩌죠. 마
  음 굳게 먹고 제 얘기 잘 들으세요. 안타깝게도 사장님 따님
  이 청우산 삼각바위에서 떨어졌다는군요.

-지금 뭐라고 했소? 삼각바위에서 떨어졌다면…….

-사망했답니다.

신명호의 얼굴이 알루미늄 구겨지듯 일그러졌다. 클로즈
업된 얼굴은 낭떠러지에서 떨어지는 사람의 그것이었다. 신

명호와의 인터뷰는 거기서 끝났다. 아직 제대로 편집되지 않아 날것 그대로인 영상에서 신명호가 화면 밖으로 뛰쳐나올 것 같은 긴박감이 느껴졌다.

영상은 오창기의 저택으로 넘어갔다. 신명호의 컨테이너 하우스와 비교하는 설명과 함께. 규민도 간 적이 있는 그 집은 화면 속에서 더 웅장해 보였다.

카메라는 1차선 도로에 줄지어 있던 비닐하우스 꽃집으로 이동했다. 규민도 익히 알고 있는 장소였다. 꽃새미 화원뿐 아니라 이곳 꽃가게 모두 O사장의 소유라고 하니 지역 유지가 분명하다는 설명과 함께 주민 인터뷰가 나왔다. 신명호를 착취해온 사장에 대해 물었지만 꽃가게 주인들은 카메라를 꺼리는 눈치였다. 몇몇 사람만이 인터뷰에 응했다. 모자이크 처리와 음성변조를 약속했는데도 O사장이 오갈 데 없는 장애인 신명호를 돌봐준 것이라고 말할 뿐이었다. 딸 ○○씨에 대해 묻자 오창기의 무남독녀 금지옥엽이라고 이구동성으로 말했다.

"○○이가 타고 다니는 차가 을매나 삐까번쩍혔는디. 사장이 딸한테는 안 해준 게 없어. 그런 딸을 잃었으니 사장도 참 박복한 양반이여!"

동네에서 오래 살았다는 노파가 혀를 끌끌 찼다. 설영수가 오기현의 이혼에 대해 물었다. 노파는 오 사장이 고르고 고른 신랑감이 성치 않은 남자였다고 했다. 귀한 딸을 왜 그런 사람과 결혼시킨 거냐는 질문에 그쪽 집안이 부녀를 감쪽같이 속인 거 아니겠냐며 오창기를 두둔했다. 설영수는 이곳 화원이 오창기라는 인물을 중심으로 겹겹의 안개에 싸인 곳 같다는 말로 취재를 맺었다.

규민은 파일을 닫고 오창기를 떠올려보았다. 부패된 외동딸의 시신 앞에서 무너진 아버지. 제대로 말을 잇지 못하며 노래진 노인의 얼굴. 그는 결혼하기 싫다던 딸을 결혼시킨 것을 깊이 후회했다. 사위가 개차반이었다고 했다. 동네 노파의 진술과 어긋난 부분이었다. 노파는 오기현의 남편을 성치 않은 남자라고 했다. 물론 성치 않은 남자가 개차반일 수도 있지만, 오창기는 사위가 아프다는 말은 하지 않았다.

신명호의 말도 전부 믿을 수는 없었다. 시각장애인인 것은 둘째치고 진술이 워낙 들쭉날쭉했다. 게다가 정신이 온전하지 않을 때 무슨 일을 저질렀는지 기억조차 없는 위험인물이 아닌가.

취재 영상만 보면 오창기는 악덕고용주였다. 장애인인 신명호에게 임금도 지불하지 않고 노동력을 착취해왔다. 거기다 신명호의 진술로 미루어보아 아동학대도 저질렀다. 신명호의 온전치 못한 정신이나 실명된 눈도 오창기의 폭력에 의한 것이 아닐까. 의심해볼 만한 대목이었다. 오창기에게 지나치게 굽실거리던 상면 파출소 김 순경도 마음에 걸렸다. 반면, 죽은 오기현은 부친과 달리 신명호를 인간적으로 대우했던 것 같다. 그것이 동정인지 연민인지는 알 길이 없지만. 신명호가 그녀에게 연정을 품은 것만은 사실이었다.

오기현은 어떤 사람이었을까? 죽은 자는 말이 없고 그녀를 아는 자들의 증언은 중구난방이다. 윤의현은 동생이 마음고생이 심했다고 했다. 혼인신고조차 하지 않은 오기현의 결혼생활은 평탄지 않았던 모양이었다. 오창기는 그런 이유로 딸이 우울증을 앓았다고 했고, 그게 자살의 원인인 듯 말했다. 하지만 규민이 조사한 바로는 오기현의 병원 기록은 없었다. 어쨌든 가족이라 할 수 있는 두 사람은 오기현의 자살을 의심하지 않았다.

이 시점에서 윤의현이 보내온 영상파일을 어떻게 해석해야 하는 걸까? 윤의현은 설영수 PD가 신명호를 취재하려 했던 것을 알고 있었던 걸까? 하지만 방송국에서 애초에 윤의현을 어떻게 알고 접촉한 걸까? 변사자 오기현이 죽기 전에 언니에게 언질을 주었을 수도 있다. 하지만 오기현이 자기 아버지의 치부일 수도 있는 사실을 굳이 발설한 이유는 무엇일까? 의문이 꼬리를 물고 이어졌다.

규민은 윤의현과 오창기에게 변사자의 죽음이 투신자살이라고 통보했다. 아직은 그랬다. 아직 장례를 미루고 있긴 했지만. 오창기는 반발했고 윤의현은 장례식에 참석하지 않겠다고만 했다. 새삼스럽게 각자의 가족을 대면해서 얽히고 싶지 않은 모양이었다. 이해할 수 있다. 그런데 영상을 보면서 그게 다가 아니라는 생각이 들었다. 규민은 휴대전화에서 윤의현의 연락처를 찾아 전화를 걸었다.

10

의
심

휴대전화 발신에 '백규민 형사'가 떴다. 의현은 깍지를 끼고 있던 손을 풀었다. 빠른 회신이었다.

"백규민입니다. 잠시 통화 괜찮습니까?"

형사의 목소리에서 긴장감이 묻어났다. 의현이 보낸 동영상을 보고 전화한 게 맞았다.

언젠가 한 방송국 고발 프로그램이 신명호에게 접촉을 시도하다 실패했다는 이야기를 기현을 통해 들었다. 의현도 종종 눈여겨본 프로그램이었다. 장애인 노동력 착취에 이어

요즘은 문화계 전반에 걸쳐 일어나는 성폭력을 집중적으로 다루고 있다. 자연스럽게 예나 일이 떠올랐다. 망설임 끝에 담당 PD에게 연락을 취했다. 자신을 설영수라고 밝힌 PD는 1년 전 실패한 꽃새미 화원 취재 건을 언급하며 인사를 건네자 반색했다.

예나와 인터뷰한 직후, 설영수가 일이 살짝 틀어졌다고 연락해왔다. 예나 취재 방송이 유보됐다는 것이다. 이유를 묻자 방송국 대외비라고 했다. 프로그램을 만드는 PD가 설영수를 포함해서 세 명인데, 자기들 사이에 문제가 좀 있었다고만 했다. 설영수는 서둘러 방송분을 만들어야 한다면서 꽃새미 화원 취재를 다시 해보고 싶다고 했다. 의현이 일꾼들이 오지 않고 신명호 혼자 일하는 요일과 시간대를 알려주었다. 그러면서 방송이 송출되기 전 영상을 자신에게 먼저 보내줄 것을 조건으로 달았다. 그 과정에서 동생 기현의 죽음에 대해 이야기했다.

"윤 작가님은 동생분이 정말 자살했는지 의심하시는 거로군요."

설영수가 단도직입적으로 물었다.

"형사한테 문제제기라도 한번 해보고 싶을 뿐입니다."

"구미가 당기는 건수 같은데요. 아이쿠! 죄송합니다. 동생분 죽음을 두고 이런 얘기를……. 제가 취재하려고 맴돈

바로 그 마을에서 동생분까지 의문사라…… 뭔가 미심쩍네요."

설영수는 그 이상의 말은 삼가는 듯했다. 어떤 사건이 방송 프로그램을 통해 문제가 제기되고 사회적 파장을 일으키는 일이 종종 있다. 이번 건도 그렇게 된다면 해당 프로그램과 설영수가 뜨는 것은 자연스레 따라붙는 옵션일 것이다. 방송의 공정성이라는 명분 뒤에 숨겨진 자본의 또 다른 이면일 것이다.

"보셨어요?"

의현이 먼저 물었다.

"네, 봤습니다만……."

규민은 말끝을 흐렸다.

"뭐가 궁금하신 거죠?"

"형사로서의 질문이 아니어도 괜찮습니까?"

"말씀해보세요."

의현의 말에 규민은 주저하지 않고 질문을 쏟아냈다. 자매의 모친에 대해서. 영상 속 신명호가 언급한 탓일 것이다. 하긴 누구라도 자매의 모친이 이혼 후 1년 만에 재혼과 출산을 연이어 했다는 점을 쉽게 납득할 수 없을 것이다. 게다가 신명호는 자매의 모친을 두고 몸이 허약하고 마음이 여려서 오창기에게 꼼짝하지 못했다고 표현했다. 맞는 말이지만 아귀가 맞아떨어지는 상황은 아니었다.

규민은 잠시의 여지도 주지 않고 다음 질문을 이어나갔다. 모친은 의현의 부친과 왜 헤어진 거냐고. 남남처럼 지내왔던 자매가 다시 만난 계기는 무엇이었느냐고.

"이번에는 제가 형사님한테 묻겠습니다. 동생이 투신자살했다고 하셨는데, 이렇게 가족을 피의자 대하듯 심문하는 이유가 뭔가요?"

규민이 머뭇거리는 것 같더니 웃음소리가 들렸다.

"이거 한 방 먹었는데요. 하지만 뭐가 궁금하냐면서 말해보라던 쪽은 의현 씨였습니다."

"질문하실 권리가 있다면 대답하지 않을 권리도 있는 거 아닐까요."

"영원히 입을 다무시겠다는 말씀인가요? 아니면 때가 되면 말씀해주실 의향은 있다는 건가요?"

"형사님이 동영상을 어떻게 보셨는지에 따라 제 대답이 달라질 수 있을 겁니다. 이번엔 제가 묻겠습니다. 영상을 보신 형사님의 생각은 어떠신가요?"

의현으로서는 규민의 생각을 명확히 알 수 없었다. 하지만 적어도 그가 의현에게 호의적인 것만은 분명했다.

"아무래도 얘기가 길어질 것 같습니다. 오늘 시간 어떠십니까? 제가 윤의현 씨 편하신 장소로 찾아가겠습니다."

백 형사도 기현의 죽음을 미심쩍어하는 게 틀림없었다. 장례를 미룬 것만 봐도 그랬다. 그렇다면 경찰에서도 손 놓고 앉아 있지는 않았을 것이다. 의현은 수사 진척 상황을 알고 싶었다.

두 사람은 한 시간 후 약속 장소에 도착했다. 이번에는 의현이 먼저 물었다. 투신자살이라고 했으면서 장례를 미룰 정도로 미진한 부분이 무엇이었냐고.

"동생분 시신은 머리 상처뿐 아니라 팔다리도 꺾여 있었습니다. 삼각바위에서 떨어지면서 그렇게 된 거겠다 싶었죠. 그런데 검안檢案을 한 의사의 소견은 조금 달랐습니다. 사인이 실족사나 투신이 아닐지도 모른다고 하더군요."

의현은 의사의 소견이 아닌 형사의 생각을 물었다. 눈빛이 깊어진 그가 무겁게 입을 열었다. 기현의 소지품이 없는 것도 누군가 흔적을 지우기 위해 의도적으로 없앤 것일지 모른다는 의심이 든다고 했다.

"원래 사건이나 사고라는 게 퍼즐조각처럼 딱딱 맞아떨어지지 않을 때가 더 많습니다. 흡사 각본이라도 있는 양 선명하게 드러나면 그게 더 의심스러운 법이죠."

그는 오기현의 죽음이 너무 선명했다고 했다. 과정 따위는 생략된, 일목요연한 '스케줄' 같은 죽음이라면서. 백규민 형사는 유서도 마음에 걸렸다고 했다.

"'증오하면서 사랑한다'라고요? 왠지 유서라기보다 급조된 문장 같다는 생각이 듭니다. 내용이 추상적인 것은 둘째 치고 친필이 아닌 점도 이상했습니다. 필체를 확인해볼 수가 없지 않습니까. 윤의현 씨 생각은 어떠십니까?"

규민이 질문을 던졌다. 하지만 그것은 질문이 아니었다. 변사자의 인생을 잘 알고 있는 의현이 필히 설명해줘야 한다는 요구였다. 의현은 형사의 눈빛을 피하지 않았다. 단지 되묻고 싶을 뿐이었다. 죽은 자는 말이 없는 법 아닌가요. 그 말 없는 말을 듣는 것이 형사인 당신이 할 일이잖아요. 하지만 의현은 침묵으로 일관했고, 규민은 잠깐 숨을 몰아쉬고는 다시 말을 시작했다.

"문제는 거기서 끝이 아닙니다."

"끝이 있긴 한 건가요?"

형사는 담담한 표정으로 설명을 이어갔다. 범죄심리학에 따르면, 죽기 직전 유서를 남기는 자살자의 99퍼센트는 손목을 긋거나 목을 맨다고 했다. 즉 충동적인 자살일 경우를 말하는 것이다. 하지만 음독자살이나 투신자살을 하는 이들은 자살하는 당일에 유서를 작성하지 않는다고 했다. 이것은 통계에 의한 정설이다. 통계야말로 사실을 유추할 수 있는 가

장 정확한 데이터라고 말하는 백 형사의 얼굴이 확신에 차
있었다.

그는 음독과 투신에는 '준비'가 필요하다고 설명했다. 수
면제 복용이나 독극물 투여 같은 방법은 구입부터 투여 방법,
치사량까지 사전에 숙지해야 가능하다. 너무 일찍 발견되어
위세척으로 목숨을 부지하는 상황까지 계산해야 하므로. 투
신도 마찬가지다. 장소부터 물색해야 한다. 높은 절벽이나 폭
포 앞에 섰을 때 물이 끌어당기는 충동적 심리상태와는 분명
다를 테니까. 대부분의 투신자살은 미리 점찍어둔 장소에서
행해지기 마련이다. 그렇다면 유서는 그전에 작성해놓는 것
이 정석일 것이다. 그런데 유서는 오기현의 사망일 즈음에 작
성된 것이라고 했다.

"그걸 어떻게 아셨죠?"

의현이 곧바로 질문했다. 규민은 오기현의 방을 조사했
다고 했다. 오창기는 마뜩찮은 표정으로 오기현의 방을 열어
주었단다. 오기현의 랩톱 컴퓨터에는 유서 파일이나 그 흔적
이 없었다. 파일을 지워버렸을 가능성도 배제하진 않았다. 그
날 규민은 오기현의 방을 수색해 다이어리 비슷한 노트를 가
지고 나왔지만 별다른 점은 발견하지 못했다.

백규민 형사가 다음으로 한 일은 청우산 아래에 있는 덕
현리와 반대편에 위치한 수리재 인근 PC방 탐문이었다. 다행

히 PC방이 세 군데여서 일이 수월했다. 그중 한 곳에서 오기현이 다녀간 흔적을 포착했다. PC방 컴퓨터에서 오기현이 작성한 한글 파일이 발견되었다. PC방 알바생은 오기현을 얼른 떠올리지 못했다. 규민이 오기현의 사진을 보여주고 옷차림과 외모를 설명하자 그제야 그녀를 기억해냈다. PC방에 들어와 5분도 되지 않아 나간 여자. 그 날짜가 오기현의 사망 추측일과 겹쳤다.

"그래서 제가 유서의 내용이 급조된 것 같다는 말씀을 드린 것입니다."

"발품을 많이 팔고 다니셨군요."

"형사가 늘 하는 일입니다. 의심은 또 있습니다."

의현은 팔짱을 끼고 형사를 바라보았다. 규민은 사건 현장이 너무 깔끔해서 이상했다고 했다. 사람의 머리가 바닥에 세게 부딪히면 피가 나기 마련이다. 그때 엄청난 양의 피가 쏟아지는 것 또한 상식이다. 물론 혈흔은 있었다. 변사자가 발견된 삼각바위 아래에서만. 그날은 비가 와서 식별이 여의치 않았다. 비가 갠 후 다시 찾아갔을 때 주위에 혈흔으로 짐작되는 거무스레한 흔적이 남아 있었다. 그런데 오기현은 90도 각도의 빌딩이나 다리에서 추락한 게 아니다. 울퉁불퉁한 바위산에서 몸을 던졌다. 떨어지면서 당연히 바위에 부딪히거나 나뭇가지에 살이 찢겼을 것이다. 그런데 삼각바위 경사면의 울퉁불퉁한 돌이나 나뭇가지에는 혈흔이 없었다. 흡사 지문을 남기지 않으려고 장갑을 끼고 범행을 저지른 듯 깨끗했다. 그렇지만 혈흔은 지문이 아니다. 반드시 남겨져야 하는 죽음의 표지標識이다. 팔다리 골절은 있지만 삼각바위의 형태나 높이를 가늠했을 때 대단히 경미했다. 옷 상태도 양호했다. 바위산에서 굴렀다면 옷이 군데군데 찢어졌어야 맞는 거라고 규민은 주장했다.

"흔한 말로 물증은 없지만 심증이 간다는 정도가 아닙니다. 냄새가 납니다. 이건 형사로서의 직관입니다. 몇 겹을 싸고 또 싸도 포장을 뚫고 풍기는 구린내처럼."

"또 다른 구린내가 있나요?"

"옷차림입니다. 오기현 씨의 옷차림이 산행을 하기에 적합한 옷차림은 아니었거든요. 신발도 그렇고."

"그 말씀은 기현이가 다른 곳에서……."

"네. 변사자가 다른 곳에서 살해당한 후……. 죄송합니다. 그럴 수도 있다는 겁니다. 하지만 혈흔의 양으로 보면 그것도 아닌 것 같고요. 그런데 이 시점에서 윤의현 씨가 내민 영상은 무엇을 의미하는 겁니까? 윤의현 씨도 동생 죽음에 이의를 제기하고 싶으신 거 아닌가요?"

"우리는 결국 동어반복적인 얘기를 하고 있네요."

"이 영상은 어떻게 손에 넣으신 건가요?"

규민이 재차 물었다. 물음에서 해답을 찾고자 하는 사람 같았다.

"방송국에서 신명호를 인터뷰하려고 했다는 걸 기현이한테 들은 적이 있습니다."

"저도 몇 번 본 적이 있습니다. 사회문제를 고발하는 시사 프로그램이죠?"

의현은 고개를 끄덕였다.

"의현 씨도 신명호 씨가 오창기 씨한테 노동력을 착취당한다고 생각하신 건가요? 물론 동생분도 같은 생각이었겠지요. 아버지를 '디스'하는 딸이라······."

의현은 형사를 물끄러미 바라보았다. 백규민 형사도 의현이 나아가고자 하는 방향으로 감을 잡고 있는 게 분명했다.

"근데 방송이 나가기도 전의 미편집 영상을 의현 씨가 어떻게 받을 수 있었던 거죠? 분명 대외비일 텐데요."

"제보하기 전에 미리 부탁을 했었어요. 동생 죽음에 관한 일이고 수사에 도움이 될지도 모른다고요."

"의현 씨는 동생분의 죽음을 처음부터 의심하신 거로군요."

규민은 의현에게 국과수에 부검을 의뢰했으면 좋겠다는 말을 꺼냈다. 그는 가족의 동의가 있어야 한다는 말을 덧붙였다.

"오창기 씨가 그걸 선선히 동의해줄까요? 물론 저도 원하지 않습니다. 제 동생을 두 번 죽이고 싶지 않거든요. 죽어서는 온전한 모습으로 저세상에 보내고 싶습니다."

"그 마음 충분히 이해합니다. 아, 말이 나온 김에 한 가지 더 여쭙겠습니다. 혹시 동생분이 오창기 씨와 자주 다퉜나요? 실종되기 전에도 오창기 씨와 다퉜다는 말을 들었는데. 혹시 동생한테 무슨 말을 들으신 건 없나요?"

"그즈음에 동생과 통화를 하지 못해서 들은 게 없습니다."

"유가족이 원하지 않는다면야 부검할 수 없는 일이겠지만, 오창기 씨가 동의해주지 않을 거라는 말은 의미심장한데요."

말을 마친 규민이 이른 저녁을 제안했지만 의현은 오늘 처리할 일이 있다고 거절했다. 핑계가 아니었다. 학과장 박도우 교수가 의논할 일이 있다면서 오늘 저녁에 전화를 하겠다는 문자를 보내온 터였다. 예나 일이 수면에 드러난 모양이었다. 의현은 트렌치코트를 여미고 지하철 입구로 바삐 발걸음을 옮겼다. 자신의 뒷모습에 꽂혀 있는 형사의 눈빛이 감지되었다.

눈빛이란, 인간 표현 행위에서 가장 강렬한 것이다. 저쪽에서 나를, 혹은 이곳을 주시한다는 무언의 액션. 중요한 건 그 강렬함을 당사자가 온몸으로 느낀다는 것일 테다. 기현도 그랬다. 그녀를 향하던 눈빛이 볼록렌즈에 모아진 햇빛처럼 집요했다고. 결국 그 집요함이 그녀의 인생을 송두리째 태워 버린 것일지도.

11
.

오
류

규민이 오창기를 만나기 위해 그의 집으로 찾아갔을 때 먼저 온 사내가 있었다. 규민은 오창기 집 맞은편에 차를 세우고 담배를 피우면서 사내를 지켜보았다. 벙거지를 쓴 뒷모습이 낯설지 않았다. 며칠 전 꽃집에서 만났던 여자의 남편이었다. 사내의 구럭 같은 군화와 엉거주춤한 자세도 그날과 똑같았다. 짙은 향수 냄새를 풍기는 아내의 옷차림과 대조적이어서 더 기억에 남았다.

오창기의 집에는 월넛 목제 울타리가 높게 둘러쳐져 있었다. 대문 역시 두터운 원목에 검은 철제 장식이 달려 웅장했다. 까치발을 세워도 집 내부를 들여다보기 힘든 구조였다. 대문이 항상 열려 있고 집 안이 훤히 들여다보이는 다른 집과 비교가 되었다. 대문 기둥 위쪽에는 반구형 CCTV 카메라가 설치되어 있고 보안경비 업체의 스티커도 붙어 있었다. 제법 그럴싸해 보였지만 규민은 그것이 가짜임을 알아보았다. 상당한 재산을 이고 지고 살면서도 보안에 들이는 돈을 아까워하는 부자들이 생각보다 많다고 그는 생각했다.

사내가 초인종을 눌렀다. 사내의 목소리가 희미해서 들리지 않았다. 오창기가 집에 있는 것 같았다. 규민도 오창기 집을 방문한 적이 있었다. 화원에 다녀오다가 오기현의 유서 파일을 찾아보기 위해서였다. 몇 백 평인지 가늠이 되지 않을 만큼 넓은 정원에 돌과 붉은 벽돌로 지어진 견고한 집은 오창기의 재력을 보여주기에 충분했다. 그날 주차장에서 두 대의 차를 보았다. 오창기가 병원에 타고 온 은회색 제네시스와 다른 차량 한 대가 규민의 눈길을 끌었다. 정확한 모델명은 알 수 없지만 BMW 5 시리즈였는데, 오기현의 차 같았다. 예상대로 CCTV 모니터는 보이지 않았다. 집에 일하는 사람은 없는 듯했다. 오기현 혼자서는 집안일을 감당하지 못했을 것 같았다. 아니나 다를까 동네 여자들이 돌아가면서 집안일을 거들고 있다고 했다.

기계음이 나면서 대문이 철커덩 열렸다. 사내가 벙거지를 벗어 움켜쥐고는 대문 안으로 들어갔다. 규민은 두 번째 담배에 불을 붙였다. 사내가 오창기 집에 오래 머물 것 같지는 않았다. 규민의 예상대로 사내는 10분이 지나자 대문 밖으로 나왔다. 양손으로 대문을 닫는 모습에서 공손함이 배어났다. 집 안에 있는 오창기가 자신의 일거수일투족을 꿰뚫고 있기라도 한 듯.

규민은 운전석 문을 열고 나와 사내를 막아섰다. 경찰 공무원증을 사내의 코앞에 들이밀었다. 사내의 작은 눈이 재빠르게 움직였다. 사내도 규민을 기억하는 눈빛이었다. 그날 규민이 형사라는 것은 아내에게 들었을 것이다. 사내는 얼굴이 겉늙어 보였다. 실제 나이는 50대 중반일 텐데 얼핏 보기에는 60대라고 해도 믿을 만했다.

"선생님, 그날은 감사했습니다. 아내분 덕분에 꽃새미 화원을 쉽게 찾을 수 있었습니다. 오늘은 선생님께 몇 가지 좀 여쭤보려고 하는데 시간 좀 내주시겠습니까?"

사내는 벙거지를 양손에 움켜쥐었다. 반백인 머리칼이 납작하게 눌려 있었다. 벙거지를 움켜진 손아귀의 굵은 힘줄이 흙에서 바로 튀어나온 뿌리 같았다. 노동으로 단련된 손이었다.

"선생님은 무슨, 그냥 이 씨라고 부르쇼."

사내가 군화를 땅에 굴렀다. 군화 밑창에 묻어 있던 흙덩이를 터는 것 같았지만 규민의 눈길을 피하려는 행동이었다.

"그나저나 가게는 어떻게 하고 오신 겁니까?"

이 씨가 규민을 힐끗 올려다보았다. 아무리 형사라고 하지만 그것은 사생활이 아니냐고 묻는다면 규민으로서는 할 말이 없었다. 의외로 이 씨는 눈을 내리깔고 순순히 대답했다. 가게에는 다른 사람이 있단다. 어차피 자신의 가게도 아니라고, 오늘은 오 사장 지시를 받을 일이 있다고 했다.

"제가 듣기로는 신명호 씨가 화원 일을 전담한다면서요?"

"명호 그놈이 아파서요. 지랄병, 아니 몸살이 난 거요."

"지랄병이라뇨?"

이 씨의 동공이 심하게 흔들렸다. 규민은 동영상 속 신명호가 생각났다. 오기현의 죽음을 알게 된 그가 충격을 받은 게 분명했다.

"말씀해주십시오. 사실을 은폐하면 선생님도 법적으로 처벌받으실 수 있습니다."

이 씨는 겁먹은 표정이었다.

"그러니까, 안사람이 말이오. 그날 형사님 차에 같이 타고 간……."

"네, 미인이시던데요. 말씀도 재미나게 해주셔서 도움을 많이 받았습니다. 선생님 능력이 좋으신가 봅니다."

규민은 협박에 이어 회유를 건넸다.

"형사님, 담배 피우시면 한 개비만 주쇼."

경계를 푼 듯한 이 씨에게서 얘기 보따리가 나올 참이었다. 규민은 이 씨에게 담배를 건네고 불을 붙여주었다. 이 씨는 한 모금을 깊게 빨고 연기를 뱉었다.

신명호가 병이 난 것은 사나흘 전이라고 했다. 규민이 날짜를 꼽아보니 방송국 취재팀이 다녀간 날과 맞아떨어졌다. 만일 화원에 사람들이 있었다면 취재원을 막았을 거라고, 1년 전에도 비슷한 소동이 있어서 파출소 순경까지 왔었다고 했다.

"방송국 사람들이 명호만 있는 시간을 용케도 알고 왔습디다. 안사람이 우연히 화원을 들렀다가 보았기에 망정이지……."

신명호가 난동을 부리고 그 곁에 낯선 사람 두 명이 혼비백산해 있었다. 방송국 사람들이었을 것이다. 이 씨의 아내는 사장을 불렀다. 신명호를 다룰 사람은 오 사장뿐이라는 것은 동네 사람이면 다 아는 일이었다. 평소 지랄병이 나면 신명호가 괴력을 쓴다는 소문도 무성했다. 하지만 그날은 그런 차원의 발광이 아니었다고 했다. 우왕좌왕하는 사이 방송국 취재팀은 장비를 챙겨 화원을 빠져나갔다고 했다.

오 사장이 화원에 도착할 때까지 이 씨 아내는 발만 동동 굴렀다. 신명호는 성난 짐승 같았다. 제 몸보다 더 애지중지하는 화초들을 뭉텅이째 뽑아 내팽개치고 넝마 같은 웃옷도 찢어버린 채 울부짖었다고 했다. 오 사장이 도착하자마자 이 씨 아내도 집으로 돌아왔다고 했다.

규민은 이 씨가 담배 한 개비를 다 태울 때까지 몇 가지를 더 물었다. 오창기와 신명호의 관계, 오기현이 포함된 세 사람 사이의 일 등등. 이 씨는 조금 전과는 달리 손사래를 쳤다. 오기현은 사장의 귀한 딸이며, 신명호를 친아들처럼 돌봐준 사람이 바로 오 사장이라고. 규민은 주민들의 인터뷰를 떠올렸다. 그들의 말과 이 씨의 말이 천편일률적인 각본 같았다. 규민의 거듭되는 질문에 이 씨는 오창기 집 대문을 넘겨다보며 안절부절못했다. 이 씨는 벙거지를 눌러썼다. 규민에게서 벗어나고 싶다는 표현이었다.

"오늘 말씀 감사합니다. 다음에 뵐 때는 소주라도 한잔하시죠. 이 선생님과 말씀을 나누다 보니 고향 형님 같고 좋습니다."

규민은 친근한 몸짓으로 악수를 청했다. 이 씨도 어색하게 손을 맞잡고는 화원 쪽으로 바삐 걸어갔다. 마을에서 안면을 익히는 것은 다음 탐문을 위한 전초전이기도 했다. 이 씨가 돌아가고 규민은 대문 초인종을 눌렀다.

"누구야?"

오창기 목소리가 초인종 스피커를 통해서 들렸다. 누구한테나 대번 반말을 하는 모양이었다.

"가평서 백규민 형사입니다. 문 좀 열어주십시오."

대꾸도 없이 문이 열렸다. 규민은 넓은 정원으로 들어섰다. 오기현 방을 조사한 날 이후 두 번째 방문이다. 그날은 어두워서 정원을 제대로 보지 못했다. 웃자라 누래진 잔디가 눈에 띄었다. 그날 오창기가 잔디를 깎지 않는다고 신명호를 타박했던 말이 새삼 생각났다. 오창기는 신명호에게 화원 일뿐만 아니라 집안일도 시키는 모양이었다. 규민이 현관문을 열고 들어섰다. 오창기는 흑갈색 가죽 소파에 비스듬히 앉아 있었다.

"아침부터 불쑥 찾아와서 죄송합니다."

규민은 오창기 맞은편 소파에 앉았다. 오창기 안색이 싸늘했다. 지난번에 오기현의 방을 보겠다고 할 때보다 더 못마땅한 표정이었다. 규민은 오창기한테 오기현의 부검 동의서를 받아갈 생각이었다.

"이제 내 딸 장례를 치러도 되는 거요?"

오창기가 퉁명스럽게 물었다.

"아직 안 됩니다."

규민은 각진 턱을 바짝 치켜세우며 단호한 어투로 말했다. 오창기 같은 사람을 다룰 때는 '선빵'을 제대로 날려야 효과가 있었다.

싸가지 없는 자식 같으니라고. 오창기의 입에서 욕설이 튀어나왔다.

"방금 뭐라고 하셨습니까?"

"싸가지 없는 자식이라고 했소. 당신 나이가 내 자식뻘밖에 안 되는 것 같은데. 어른 대하는 태도가 영 아닌 거 같아서 한마디한 거요. 뭐 잘못한 거라도 있어?"

"아무리 자식뻘이라고 해도 제가 오창기 씨한테 욕설을 들을 이유는 없습니다. 제가 오창기 씨에게 욕먹을 행동을 한 적도 없고요."

굵은 눈썹을 여덟 팔八자로 추켜세운 오창기는 등을 젖히고 팔짱을 꼈다.

"이유를 말해. 왜 식전 댓바람부터 남의 집에 쳐들어와서 주인이 앉으란 말도 안 했는데 턱 버티고 앉아 시비를 거는 거냐고. 형사라고 그런 특권이 있는 것은 아닐 테고. 미친개한테는 매가 약인데 뻣뻣한 형사 나부랭이한테는 뭐가 약일까?"

입가에 비웃음을 매단 오창기의 얼굴에 냉기가 번졌다.

"오기현 씨의 죽음에 의심스러운 부분이 많더군요. 그래서 아침부터 실례를 무릅쓰고 찾아뵌 것입니다. 오창기 씨는 따님의 죽음을 왜 자살이라고 보시는 겁니까?"

"의심스러운 부분? 그게 뭔데? 경찰에서 자살이라며? 투신자살! 당신네가 그렇게 판단해서 나한테 통보한 거잖아. 지금 누구한테 덮어씌워, 씌우길!"

"흥분한다고 해결될 문제가 아닙니다. 오기현 씨가 이혼한 후 우울증이 심했다고 하셨죠. 혼인신고도 하지 않았으니 법적으로는 이혼이라고 말할 수 없겠습니다만. 어쨌든, 병원 진료를 받은 건 아니더라고요. 결혼 생활을 하는 동안 오기현 씨가 무슨 일을 겪었습니까? 사위는 어떤 사람이었죠?"

오창기의 얼굴이 붉으락푸르락했다. 당장 내 집에서 꺼지라고 소리치고 싶은 걸 간신히 참고 있는 것 같았다.

"하나씩 물어봐야 할 거 아니야. 우울증이 별건가? 병원에 안 가봐도 울고불고 하면 우울증이지, 헤어지고 온 년이 희희낙락했겠어? 그럼 우울한 거잖아? 사위란 놈이 개차반이라고 내가 말했지? 그런 놈한테 시집을 보낸 게 잘못이라고 말했잖아. 한 번 얘기했으면 알아먹어야 할 거 아니야. 그렇게 둔해서 형사질 해먹겠어?"

"제가 알아본 바로는 사위가 몸이 불편한 사람이라던데요. 오창기 씨는 귀한 따님을 왜 그런 사람과 결혼시키신 겁니까? 혹시 그 일 때문에 따님과 다투셨습니까? 오기현 씨가 집을 나간 날도 두 분이 다투셨다고 들었습니다."

"누가 또 그 따위로 아가리를 놀린 거야? 그래, 싸웠어. 그게 뭐? 나랑 싸워서 기현이가 자살했단 말이야? 사위가 불구자였다고 걔 언니라는 사람이 그래? 동생이 죽은 마당에 왜 나한테 연락을 안 하는 거야. 젊은 애가 어른이 보자고 하면 냉큼 달려올 것이지."

규민은 그쪽이 오창기 씨를 대면하고 싶지 않아하더라고 대답했다. 오창기는 윤의현을 두고 욕을 해댔다. 규민은 윤의현이 실종신고를 해준 덕분에 신원이 파악된 것이고 오창기에게도 소식을 전할 수 있었다고 못을 박았다. 오창기는 훅과 어퍼컷을 연거푸 맞았음에도 여전히 풀이 죽지 않았다. 규민은 대문 앞에서 이 씨를 만났다고 말했다. 오창기의 얼굴에 귀찮아하는 내색이 떠올랐다.

"화원 일꾼인 신명호 씨가 많이 아프다고 하던데, 정확히 어디가 아픈 겁니까?"

오창기도 규민이 자기 집에 처음 왔을 때 화원에서 신명호를 보고 왔다는 것을 알고 있었다.

"지랄병이 도진 거지. 그놈의 지랄병이 나면 대책이 없어. 내가 보살이지. 여태 그런 놈을 거두면서 화원 일을 턱하니 맡긴 걸 보면. 그래서 이 씨를 불렀어. 이 씨 능력이 그놈만 하면 좋겠는데. 영 미덥지가 않아. 쯧쯧쯧!"

시위에 걸린 화살처럼 팽팽하던 오창기가 늘어진 엿가락처럼 흐물흐물해졌다. 노인임을 내세워 엄살을 떠는 듯했다.

"이래저래 걱정이 많으시겠습니다."

규민도 오창기의 비위를 맞추는 척했다.

"그날 신명호 씨의 난동을 어르신이 수습하셨다고 들었습니다. 이 씨 말로는 애를 많이 쓰셨다고 하더라고요."

호칭도 '어르신'으로 바꿨다.

"가관도 아니더라고. 화초를 송두리째 뽑고 난동을 부리는데, 참 기가 막혀서."

오창기는 신명호가 가슴을 쥐어뜯으면서 포효하는 짐승이나 진배없었다면서 그가 눈물을 흘렸다고 했다.

"놈이 우는 걸 본 지 너무 오래라 이상한 생각이 들었어. 어릴 적에야 간혹 우는 모습을 보였지만 화원으로 옮긴 후부터는 그런 일이 없었거든"

오창기는 지랄병이 난 신명호에게 약을 처방해주었다고 했다.

"무슨 약입니까?"

"그런 게 있어. 그놈 재우는 약."

규민의 머릿속에 영상 속 럼푼이 떠올랐지만 고개를 저었다. 피해자에게 럼푼을 투여한 후 절도를 하려다 미수에 그친 사건을 수사한 적이 있었다. 마취되지 않은 피해자가 바로 신고해서 해프닝으로 끝났지만, 규민은 그 사건으로 럼푼에 대해 알게 되었다. 럼푼은 동물에게는 마취제이지만 사람에게는 아무런 작용을 하지 않는다는 것을. 오창기가 신명호에게 다른 약을 투여한 건 아닐까. 신명호의 상태를 살펴보는 게 급선무였다.

"화원으로 같이 가주셔야겠습니다. 신명호 씨를 감금한 혐의와 불법약물 투여로 어르신을 체포할 수도 있습니다."

규민은 협박을 한 번 더 써먹기로 했다. 규민은 구시렁거리는 오창기를 차에 밀어넣고 차를 출발시켰다.

12

한
배
를
탔
던
사
람
들

학과장 박도우가 정한 약속 장소는 서교동의 일식집이었
다. 의현은 문에 걸린 아치 모양의 주렴을 걷으며 들어섰다.
약속시간까지는 20분이 남아 있었다. 의현은 카운터에서 예
약자로 된 학과장 이름을 댔다. 홀에도 빈자리가 있었지만 직
원은 의현을 다다미방으로 안내했다. 미닫이 문설주마다 '매
란국죽梅蘭菊竹'이 새겨져 있었다.

그중 의현이 안내받은 방은 '竹'이었다. 방은 작았다. 두
사람이 마주 보고 앉는 식탁과 두 개의 좌식의자로 된 2인실
이었다. 벽에는 기모노를 입은 일본 여자와 왕벚꽃나무 그림

이 있었다. 의현은 천장의 조명을 살폈다. 조도가 낮았다. 마음이 놓였다. 의현은 물을 마시면서 입을 적셨다. 약속시간에서 5분이 지났을 때쯤 미닫이문이 열리더니 이마가 훤한 중년 남자가 들어왔다. 큼직큼직한 이목구비에 넙데데한 얼굴. 학과장 박도우였다. 시인이라는 타이틀이 어울리지 않는 외양이었다.

"윤 선생, 오래간만이야. 그동안 잘 지냈지?"

학과장이 자연스럽게 손을 내밀었다. 의현은 두 손으로 학과장의 손을 마주잡았다. 손바닥에 땀이 찼다.

"더운가? 윤 선생 손바닥이……. 아니, 아니에요. 그나저나 윤 선생 얼굴이 많이 상했네. 이번 학기에는 강의도 없었는데, 몸이 고된가 보네."

학과장이 식탁 모서리에 붙어 있는 벨을 누르자 점원이 주문을 받으러 왔다. 학과장은 '예약한 걸로 2인분'이라고 간략하게 말했다. 그러고는 술 시킬까, 하고 의현의 의향을 물어보았다.

"저는 됐습니다. 학과장님 드시고 싶으면 시키십시오."

의현이 사양하자 학과장은 자신도 술은 됐다고 했다. 주문한 음식이 차례로 나왔다. 일식집에서 흔히 볼 수 있는 코스였다. 의현은 몇 가지 음식에 젓가락질을 하다가 내려놓았다.

"강사 채용에 왜 지원서를 내지 않은 건가? 내가 이번 학기만 쉬라고 했잖아."

학과장이 회 한 조각을 초장에 찍으며 말을 꺼냈다. 빨간 고추장이 흰 광어 살에 위태롭게 매달렸다가 학과장의 입으로 들어갔다. 의현은 대답을 하지 않은 채 냅킨으로 입술을 닦았다. 학과장이 회 한 점을 연이어 우물거리며 의현의 뒤에 펼쳐진 그림을 넘겨보았다.

"나는 우리가 한 배를 탔다고 생각했었는데……. 아니었나?"

학과장은 우회의 어법을 택할 모양이었다. 학과장은 의현의 대답을 기다리며 음식을 열심히 먹었다. 의현은 개인적인 일로 강의를 맡기 어렵게 되었다고 대답했다. 학과장은 헛기침을 두어 번 했을 뿐이었지만 석연치 않은 기색이 여전했다. 그동안 설영수 PD가 학교에 전화를 했을 것이다. 그뿐인가. 이민흠을 직접 찾아가기도 했다. 학과장으로서는 의현을 의심할 수 있는 상황이었다.

"사실, 저는 지난 1학기에 일어난 일에 대해서 잘 모릅니다. 그때 학과장님이 수업을 맡으라고 하셔서 했을 뿐입니다."

"그랬군. 내가 윤 선생한테 자세한 내막을 설명하지 않았으니 그럴 수도 있었겠네. 그때는 공식적으로 얘기할 수 있는 문제가 아니었던 탓도 있었고. 그래도 윤 선생이 웬만큼 눈치는 채고 있을 줄 알았는데. 그게 말이야……."

학과장은 지난 학기에 있었던 수업 거부 사건에 관해서 설명했다. 김예나의 얘기와 겹치기도 했고 의현이 이미 알고 있는 부분도 있었다.

학생들의 수업 거부가 3주를 넘어섰을 때 학과장은 교수 회의를 소집했다. 학생들의 첫째 요구는 교수 교체였다. 기말시험까지 두 달 남은 '서사창작실기론' 과목을 거부하지 않는다는 점은 그나마 안도할 일이었다. 만약 학생들이 과목 자체를 거부한다면 학과 차원에서 문제가 해결되지 않기 때문이었다. 학생들은 자신들의 요구가 관철되지 않으면 다른 조치를 취할 것이라고 했다. 학교에 대자보가 붙거나 SNS를 타고 말이 퍼질 수 있었기에 학과장은 곤혹스러웠다. 학과장과 이민흠은 아이들이 취하겠다는 '다른 조치'가 만용에 지나지 않을 거라고 결론 내렸다. 학생들이 여성이라는 점, 학교 이미지가 추락하면 피해를 입는 것은 결국 재학생이라는 점, 문예창작학과가 예술계통이라는 점 등을 고려할 때 학맥과 인맥으로부터 자유로울 수 없기 때문이다. 과연 학생들이 이 모든 것을 감내할 용기를 낼 수 있을까. 과연 이 일이 그런 불이익을 감수하고 용기를 내야 하는 일일까. 그럼에도 학생들이 제시한 요구는 들어줘야 했다. 우선, 두 달 남짓 남아 있는 '서

사창작실기론' 강의를 맡을 대체 강사가 필요했다. 그때 학과
장이 거론한 사람이 윤의현이었다.

당시 의현은 '문학과 영화의 지평'이라는 교양 과목을 맡
고 있었다. 다른 학교에서 국문학을 전공한 의현은 Y여대 문
예창작과 대학원에서 석사와 박사를 취득했다. 대학원 석사
시절에 문예지에 단편소설로 등단했고 지금껏 소설집 한 권
과 장편소설 한 권을 출간했다. 소설집 출간 이후 윤의현은
판타지와 SF적 요소를 순문학에 결합했다는 평가를 받았다.
《비밀의 시대》는 아예 판타지로 방향을 튼 의현이 내놓은 장
편소설이었다. 장편을 출간하며 박사과정에 들어갔고, 이때
의현을 눈여겨본 박도우 교수와의 인연으로 3년째 강의를 맡
아온 것이다. 이민흠과는 얼굴 정도만 아는 사이였다.

교수회의에서 의현이 '서사창작실기론' 수업을 대신 맡
는 걸로 결정이 났다. 의현이 소설 전공 과목을 맡았을 때 강
의평가가 좋았던 점이 반영된 것이다. 학과장은 이쯤에서 일
이 무마될 줄 알았다. 그런데 또 다른 문제가 발생했다. 이민
흠이 '서사창작실기론' 수업을 맡을 수 없는 사유를 개인적으
로 맡은 연구프로젝트 때문이라고 내세운 탓에 다른 학년 수
업까지 중단해야 하는 상황이 온 것이다. 개인적인 프로젝트
에 매진하면서 다른 강의는 한다는 게 논리에 맞지 않았다.
그뿐이 아니었다. 전공 과목 펑크는 이민흠이 학기 초에 배정

받은 정량의 강의시간에도 위배되는 사항이었다. 결국 학교 행정 시스템상 이민흠은 다른 수업에서도 손을 떼야 했다. 어떻게 보면 잘된 일일 수도 있었다. 1학기 수업 전체에서 이민흠이 손을 떼는 게 신변상 안전할 수 있기에. 이민흠이 학교에서 '서사창작실기론' 1학년 학생들과 부딪혀서 좋을 게 없었다. 학과장은 이민흠에게 1년간 휴직계를 제출하라고 제안했다. 현재 1학년 '서사창작실기론' 학생들이 그 일을 잊어버릴 즈음에 복직하는 게 여러모로 나을 것이다. 문제를 무마시키는 데 시간만 한 특효약은 없었다. 이민흠은 학과장 말에 동의하고 휴직계를 제출했다.

하지만 문제는 또 있었다. 그가 맡고 있었던 다른 학년 수업을 대체할 강사가 필요했다. 학과 교수회의가 다시 소집되었다. 이민흠은 참석하지 않았다.

교수들은 각자 강사를 추천했다. 학과장은 다시 의현을 밀었다. 이유는 하나였다. 외부 강사들에게 이민흠 수업을 쪼개서 맡기게 되면 쓸데없는 말이 새나갈 우려가 있다는 것이다. 여자대학교 교수의 성추문. 여러 사람의 입을 탈수록 문예창작학과를 넘어 타 학과로 소문이 번질 수 있다. 총장 귀에 들어가는 것도 시간문제였다. 거기까지 일이 번지면 이민흠은 물론이거니와 학과장과 다른 교수들의 공동책임 문제로 확대될 공산이 컸다. 다른 강사를 추천했던 교수들도 학과장의 주장에 동의했다.

학과장은 의현에게 그 많은 수업을, 그것도 말썽을 일으킨 교수가 하다 만 강의를 대신해달라고 부탁했다. 의현에게 내년에 전임강사직을 제시하는 조건으로. 대신 학과장은 의현한테도 올해 2학기 수업은 빼겠다고 했다. '서사창작실기론'을 수강했던 1학년 학생들이 2학년이 되면 수강과목이 흩어져 결집력도 약해지리라는 게 학과장의 판단이었다.

이민흠도 학과장에게 학생들 입을 확실히 막아달라고 부탁했다. 이 시점에서 이민흠과 학과장 사이에 무슨 거래가 오고갔는지 의현은 알 길이 없었다. 이민흠은 구사일생으로 위기를 넘겼고 학과장은 학과 차원에서 무마를 했다.

학과장은 학생들에게 성명서를 받았다. 교수를 교체하는 대신 불미스러운 일을 일절 거론하지 않겠다는 내용이었다. 말이 성명서지 일종의 각서였다. 성명서 밑단에는 학과장과 의현의 이름도 함께 있었다.

"그거는 윤 선생도 동의한 일이었잖아?"

그 때문이었다. 학과장이 한 배를 탔다고 운운한 이유가. 학생들은 이민흠이 강의를 하지 않는 것에만 조건을 걸었다. 학생들은 이민흠이 징계 처리된 걸로 알았던 것이다. 누구도 학생들에게 제대로 설명해주지 않았으니까. 학과장은 일처리는 확실한 사람이었다. 의현 입장에서도 손해 볼 일이 아니었다. 단지 한 학기 강의가 없다는 것밖에. 그 후 전임강사 자리를 얻는 절호의 기회가 되었으니까. 그렇게 몇 년 구르다 보면 조교수 자리도 넘볼 수 있을지 몰랐다.

"뭐, 사실 크게 문제 될 일도 아니었잖아. 술 한잔 들어갔겠다. 남자라면 그럴 수도 있는 일이야. 윤 선생이야 여자니까 어떻게 생각할지 모르겠지만. 그런데 요즘 아이들이 만만치가 않잖아. 이 교수가 그걸 생각 못 하고 실수한 거지. 그래서 학과 차원에서 처리한 거고. 사실 윗선까지 알려지면 골치 아픈 일이잖아. 학교 이미지에 타격도 크고."

학과장은 말이 많았다. 의현은 잠자코 듣기만 했다.

"혹시, 윤 선생은 아니지?"

학과장은 뜬금없이 의현의 허를 찔렀다.

"그게 무슨 말씀인가요?"

"모 방송국에서 우리 학교로 전화가 왔다던데. 윤 선생도 알겠지만 요즘 조금 시끄럽잖아. 문단 내 성추행이니 학교 내 성폭력이니. 게다가 그 방송국에서 요즘 성폭력 사건을 시리즈로 다룬다더라고. 때가 좋지 않아. 지금 잘못 걸리면 망신당하기 십상이야. 언론도 여기저기 들쑤시다가 본보기로 하나 때려잡으려고 혈안이 된 거 같아. 누가 제보를 한 게 아니라면 그것들이 어떻게 냄새를 맡았겠어."

"제가 왜 그런 일을요? 저는 아닙니다. 그냥 여자대학이니까 찔러본 거 아닐까요?"

"나도 처음에는 그럴 거라고 대수롭지 않게 생각했어. 그런데 그 프로 담당자가 이민흠 교수를 콕 집어 찾아왔다고 하더라고."

"아, 그런 일까지 있었군요."

"PD라는 작자가 이민흠 교수 아파트까지 찾아와서 꼬치꼬치 묻더라는 거야."

"이 교수님이 많이 놀라셨겠네요."

"많이 놀랐겠지. 그런데 이런 상황에서 윤 선생이 지원서도 내지 않으니 이 교수하고 나는 이상하다고 생각할 수밖에 없지 않겠어. 정말 아닌 거지?"

학과장은 재차 확인하면서도 의심스런 눈빛은 여전했다.

"제가 그런 일에 앞장설 이유가 없잖아요."

"그렇지. 윤 선생도 동의한 일이잖아. 그렇다면 학생이 제보를 했나."

학과장은 검지로 탁자를 두드렸다. 수심이 깊은 얼굴이었다.

"근데, 왜 수업은 안 하겠다고 했어? 자꾸 대답을 미루는 이유가 뭐야?"

학과장이 재차 물었다.

"제가 개인적인 사정이 생겼습니다. 학과장님, 죄송합니다."

"개인적인 사정?"

"아직 말씀드릴 단계가 아니라서요. 다음에 기회가 되면 말씀드리겠습니다."

의현은 눈을 내리깔면서 고개를 숙였다. 학과장은 입맛을 다시면서 몸을 일으켰다. 일식집 앞에서 학과장은 석연치 않은 표정으로 몸을 돌렸다. 의심을 완전히 털어버리지 못하는 낯빛이었다. 학과장이 택시를 잡아탔다. 차창으로 보이는 그의 얼굴이 딱딱하게 굳어 있었다. 의현이 허리를 굽혀 인사를 했지만 학과장은 본체만체했다. 굽 높은 구두 때문에 뒤꿈치가 아팠지만 꼿꼿한 걸음걸이로 보도블럭을 걸었다. 땀에 젖은 등허리가 척척했다.

13.

유리알 눈

허물어져가는 컨테이너는 화원 정문 오른쪽 주차장 한 귀퉁이에 있었다. 고발 프로그램 미편집 영상에서 본 곳이었다. 사실 집이라기보다 창고에 가까워 보였다. 컨테이너 문설주 꼭대기에 반구형 카메라가 보였다. 지난번에 왔을 때는 보지 못한 보안카메라였다. 그렇다면 화원에 설치된 보안 카메라는 총 5대라는 말이 된다. 그는 휴대전화 손전등 앱을 켜고 자세히 살폈다. 카메라가 깨져 있었다. 자연스레 파손된 것일까? 아니면 누가 의도적으로 깬 것일까. 규민은 컨테이너 문을 두드리며 신명호를 불렀다. 기척이 없었다. 컨테이너 문을

밀어보자 삐거덕거리는 소리와 함께 열렸다. 생각했던 것과
는 달리 하우스 내부는 깨끗했다. 아니, 깨끗하다기보다 단출
하다는 표현이 더 맞았다. 시멘트 바닥에 타일 몇 조각이 붙
은 부엌은 세면실 겸용인 듯했다. 부엌에서 방이 정면으로 보
이는 구조였다. 쑥색 소형 냉장고와 찬장이 규민의 눈에 띄었
다. 'DAEWOO'라는 로고가 붙어 있었다. 이제는 고물상에
서도 찾아보기 힘든 모델일 것이다. 규민은 냉장고에 죽이 담
긴 일회용기와 반찬을 넣었다. 냉장고 모터 돌아가는 소리가
요란했다. 규민이 방에 들어섰다. 방 측면에 B4 용지만 한 창
문이 있었고, 그 반대편의 낡고 녹슨 캐비닛과 작은 밥상이
유일한 가구였다. 중간에 신명호가 팔베개를 하고 모로 누워
있었다.

사흘 전 오창기와 왔을 때에 이어 두 번째 방문이다. 이
씨의 아내와 왔던 날까지 치면 신명호를 세 번째 대면하는 것
이다. 영상으로도 봐서 그런지 그가 낯설게 느껴지지 않았다.

오창기와 함께 왔을 때는 오창기가 화원에서 일하던 일
꾼 두 명에게 신명호를 데리고 나오도록 시켰다. 그래서 규
민은 신명호 거처까지 들어가지 않았다. 그날 신명호는 약 기
운에 취한 듯 비몽사몽이었다. 규민의 차로 병원에 가는 동안
오창기는 그에게 투여한 약이 신경안정제라고 둘러댔다. 신
명호는 응급처치로 의식을 회복했고, 규민은 오창기가 없는

틈을 타서 신명호에게 귀엣말을 했다. 오기현의 죽음에 미심쩍은 부분이 많아서 조사 중에 있다고. 신명호의 얼굴에는 아무런 기미가 보이지 않았다. 다만 눈가에 눈물이 맺힐 뿐이었다. 그날 규민은 신명호의 퇴원일을 알려달라고 간호사에게 부탁해두었고, 어제 병원으로부터 연락을 받은 것이다.

규민이 방바닥에 앉았다. 방바닥에서 냉기가 올라왔다. 신명호는 깊은 잠에 빠진 듯했다.

컨테이너 지붕을 두드리는 소리가 났다. 빗소리였다. 창문과 조잡한 나무판으로 만든 문 사이로 바람이 들어왔다. 흙과 비가 섞인 바람의 냄새였다. 캐비닛 옆 작은 밥상 위에 책 몇 권과 가지런히 쌓인 테이프가 눈에 띄었다. 구형 카세트 플레이어도 오랜만에 보는 물건이었다. 어디선가 향내가 날 듯한 수도승의 방 같았다. 규민은 책과 테이프를 번갈아 훑어보았다. 중학교 검정고시 책이었는데, 표지며 책장이 누렇게 바래 있었다. 테이프는 고등학교 검정고시 문제풀이였다. 신명호는 복지관에서 시각장애인을 위한 테이프를 지원받아 검정고시 공부를 해온 모양이었다. 신명호가 지적장애인이 아닐 것이라는 규민의 예상이 맞았던 것이다. 규민은 카세트 열림 버튼을 눌렀다. 낡은 테이프가 꽂혀 있었다. 신명호가 흥얼거리던 곡이 담긴 음반이었다. 가수와 곡명의 글씨가 흐릿했지만 규민은 휴대전화로 사진을 찍어두었다. 신명호가 인기척을 느꼈는지 몸을 꿈지럭거렸다. 오늘은 그의 입을 통해서 들어야 할 말이 많았다. 영상을 통해서도 미처 듣지 못한 말들.

"안녕하세요? 신명호 씨, 백규민입니다. 일어날 수 있겠습니까?"

신명호의 입에서 얕은 신음소리가 나는 동시에 눈꺼풀이 미세하게 흔들렸다. 규민을 알아보는 것 같았다.

"신명호 씨한테 몇 가지 물어볼 겸해서 들렀습니다. 협조 좀 부탁드립니다. 몸은 괜찮으신 겁니까?"

신명호가 몸을 일으켰다. 규민이 다가가 부축하려 하자 손을 내저었다.

"혹시 그동안 오창기 씨가 또 다녀갔나요?"

신명호는 철제 캐비닛에 몸을 기댔다. 해쓱한 낯빛의 신명호는 하얗게 마른 입술을 천천히 열었다.

"머스크 향이 났었지. 사장 냄새거든."

신명호는 빠르지도 느리지도 않고 높지도 낮지도 않은 목소리로 말했다. 그의 목소리는 마치 동굴 속에서 울리는 공명음 같았다.

신명호는 집으로 돌아오자 온몸이 불덩어리처럼 달아올라 병원 약을 먹고 잠에 빠져 들었다고 했다. 컨테이너 안으로 스미는 사람의 기적. 혼곤한 정신 속에서도 후각은 또렷해졌다. 코를 찌르고 머리를 흔들 만큼 지독한 향내. 머스크라고 했다. 오창기가 컨테이너를 다녀간 후 그녀가 귀신같이 알아차렸다는 냄새. '아버지 다녀가셨구나.' 신명호가 어떻게 알았느냐고 물으면 얼굴을 찡그렸단다. 아버지 냄새라고. 신명호도 허공을 향해 얼굴을 쳐들고 코를 킁킁대면 특유의 향수 냄새가 났다. 꽃향기와는 다른 인공의 냄새. 오래된 걸레에서 나는 쉰 냄새와 눅눅한 공기 속에 스민 향수 냄새는 독특했다. 신명호는 싫지 않았다. 오기현 말대로 아버지 냄새일수도 있었으니까. 하지만 그녀는 그 냄새를 싫어했다.

그 머스크 향이 다녀갔다고 했다. 겨우 의식이 깨어날 즈음 나타나 신명호의 팔뚝에 주사를 찔러댔단다. 오창기가 신명호의 정신을 혼미하게 하는 이유는 뭘까?

"오창기 씨가 신명호 씨한테 또 약을 준 건가요?"

"고양이와 개한테 주는 약일 거요, 아마도……."

신명호도 그 약을 럼푼이라고 알고 있는 듯했다. 그의 말이 끊길 듯 이어졌다. 약기운에 취해 있었지만 미세한 소리가 들렸고 희미한 냄새도 났다고. 꽃향기와 풀내음 그 사이를 비집고 들어오는 흙냄새까지도. 바람과 대기가 스치면서 나는 소리도 귓가를 간지럽게 했다. 소리 이전의 소리. 냄새 바깥의 냄새. 그런 불협화음들이 신명호의 오감을 깨웠을 것이다.

그 순간에도 신명호의 의식을 정조준해서 날아온 돌멩이 하나가 있었다. 의식 한가운데로 깊숙이 꽂힌 돌멩이는 비수와도 같이 날카로웠다. 정수리가 쪼개지고 갈비뼈가 부서지면서 심장에 꽂혀버린 칼날. '사망했답니다.' 신명호의 허름한 옷에 새털 같은 마이크를 꽂아주었던 남자가 전해준 말. 신명호는 사망이라는 단어가 생급스러웠을 것이다. 게다가 그 말이 오기현과 관계되었다는 것은 더더욱 받아들이기 어려웠으리라. 오기현이 세상에 없다는 그 말은 이제 다시는 그녀의 향내를 맡을 수도, 목소리를 들을 수도 없다는 말과 다르지 않았을 테니까.

신명호는 그녀를 한 떨기 꽃이나 한 마리 나비라고 불렀다. 흐드러지게 핀 꽃 사이를 팔랑거리며 날아다니는 나비. 감히 만져볼 수도 보듬어볼 수도 없는 존재. 신명호의 거친 손이 그녀에게 닿는 순간 여린 살이 찢기고 가느다란 뼈가 부서져버릴 것 같던 사람.

신명호는 자신을 취재하는 남자와 설치된 카메라를 향해 주먹을 날렸다. 그 순간 그가 말하던 괴물이 튀어나온 것이다. 괴물은 실제의 신명호보다 어느 면에서 더 이성적이고 냉철할지도 몰랐다.

'······거짓말이야! 죽다니. 말도 안 돼! 내가 평생 사랑했던 아이였는데. 난 기현이를 손끝 하나 만져보지 못했어. 바라보기만 했을 뿐이야. 그런데 걜 쳐다봤다고 사장이 내 눈도 이 꼴로 만든 거잖아……. 사장 때문에 내 인생은 엉망진창이 된 거나 마찬가지야. 부모가 남겨놓은 집도 사장이 가로챘어……. 사장한테 복수하는 길이 하나 있긴 했지. 기현일 내 여자로 만드는 거……. 하지만 난 그럴 수 없었어. 기현인 나한테 꽃이나 나비 같은 애였거든. 그런 앨 어떻게……. 근데 이제 그 아이의 말소리도 들을 수 없고 냄새도 맡을 수 없다니…….'

영상 속에서 울부짖던 신명호의 말들이 생각났다.

캐비닛에 몸을 기댄 신명호는 환각에 빠진 듯 몽롱했다. 오기현이 죽었다고 하더라도 그녀의 몸을 꽃으로 바꿔주고 싶다고 했다. 그래서 이 화원에서 영원히 살게 하고 싶다고. 신명호는 홀연히 나타난 그녀의 목소리를 들었다고도 했다. 그녀의 잔향을 맡았다고 했다. 사람이 누군가를 너무 간절히 생각하다보면 환청과 환후가 뒤섞이는 모양이다. 그녀가 신명호에게 많은 얘기를 했단다. 꿈결 같은 이야기. 무슨 말인지 이해하기 어려웠지만 이해해보려고 했단다.

"오기현 씨와 얘길 했다고요? 꿈을 꾸신 건 아닌가요?"

"꿈이었겠지. 하지만 꿈치고 너무 생생했소. 냄새도 났고, 소리도 들렸고."

"꿈에서 기현 씨가 뭐라고 했나요?"

신명호는 망연한 낯빛으로 정면을 응시하는 듯하다가 냉장고에서 물을 꺼내 간신히 한 모금 마셨다.

"우리 기현이, 어땠소? 여전히 곱고 이뻤소?"

"옷차림을 말씀하시는 건가요?"

"옷차림?"

되묻는 신명호 목소리가 떨렸다.

"신명호 씨도 청우산 산행 코스를 가본 적이 있죠? 여기서 오랫동안 살았으니까요. 지금도 갈 수 있지 않나요? 여기서 오래 산 사람들은 청우산과 불기산을 눈 감고도 찾아간다는데요."

규민은 신명호의 표정을 살폈다. 눈 밑이 미세하게 떨리고 있었다.

"다람쥐와 청설모처럼……. 하지만, 눈이 이렇게 된 다음부터야 뭐……."

말을 얼버무리는 신명호는 탈진한 듯 보였다. 규민은 냉장고에서 죽 통을 꺼내 신명호 앞에 놓았다.

"이거 좀 드시겠어요."

신명호가 사각 플라스틱 죽 그릇에 코를 박고 냄새를 맡았다. 규민이 일회용 숟가락을 신명호의 오른손에 쥐여줬다. 신명호는 숟가락을 잡고 죽 한 그릇을 순식간에 비웠다. 그때였다. 문이 요란하게 열리는 소리가 났다.

"명호, 이눔의 새끼!"

오창기가 규민이 일어나기도 전에 튀어 들어왔다. 빗물이 흥건한 우산을 들고 방 안까지 들어온 오창기가 신명호의 뺨을 올려붙인 것은 순식간이었다. 곧이어 주먹과 발길질이 이어졌다. 그의 눈에 규민은 보이지 않는 듯했다.

"금수만도 못한 놈. 네놈이 어떻게 나한테 감히!"

오창기가 씩씩거리면서 신명호의 먹살을 잡고 흔들었다.

"이게 뭐 하는 짓입니까?"

규민이 그를 막아섰다.

"넌 뭐야? 오호라! 형사 나부랭이구먼. 이제 여기까지 납셨어? 당신이 쟤를 충동질한 거 아냐?"

오창기의 눈이 시뻘갰다.

"무슨 일인지 말씀이나 하시고 화를 내십시오."

"나야말로 저 새끼 얘기 좀 듣고 싶어. 개도야지 새끼야! 말을 하란 말이지비. 왜 그런 짓을 했는지. 소 잡아먹은 귀신 모양 그러고 있어서 꼭 사람 울화통을 터뜨리게 하지!"

흥분한 오창기에게서 이북 사투리가 나왔다. 무슨 말을 하라고 닦달하는 걸까. 신명호는 오창기에게 맞은 가슴을 손으로 쓸어내리면서 그를 향해 눈을 떴다. 하얀 눈망울. 유리알 눈이었다. 그 눈망울에 무욕의 세계가 담겨 있었다. 갇힌 세계의 벽 저 안쪽. 절대고독 속에 갇힌 그의 영혼이 느껴졌다. 반짝거리는 유리알 속에도 시선은 있었다. 끝 간 데 없는 곳을 향한 무념무상의 그것. 이 씨 아내 말이 생각났다. 여자들은 그의 눈에 안달이 난다고 했던가. 신명호의 눈 속에는 화원 속의 또 다른 화원이 있다고. 꽃 안의 또 다른 꽃의 세계. 나무의 구근을 잉태하고 있는 땅속 은밀한 곳과 가지가 뻗어나가는 허공의 언저리. 이 씨의 아내가 말한 바로 그 눈이었다.

"어디다가 그 허연 눈깔을 까뒤집고 노려봐, 노려보길!"

어금니를 악문 신명호의 주먹이 불끈 쥐어졌다. 하지만 이내 신명호의 유리알 눈은 눈꺼풀 밑으로 사라져버렸다.

"너 이 간나이 새끼, 테레비에 나왔지비. 하늘 같은 은혜를 베푼 나를 천하에 몹쓸 인간으로 만들어서, 내 얼굴에 그래 똥칠을 해야지 속이 시원하드냐? 그렇게 불만이 많은 놈이 왜 나한테 붙어살았지비? 내래 이 동네에서 행세깨나 하는 사람이여. 너 같은 게 감히 나를 개망신을 줘? 내래 망신살이 뻗쳐서 이 동네에서 얼굴을 들고 다닐 수가 없어. 니가 저지른 일 때문에 내래 이 나이에 경찰서에 불려 다녀야 속이 시원하겠느냐고? 여기 잘난 형사도 있네. 자, 이 늙은이한테 쇠고랑을 채워야 직성이 풀리겠어!"

테레비.

윤의현이 보내준 취재 영상이 방송으로 나간 모양이었

다. 오창기는 기운이 빠졌는지 털썩 주저앉았다.

"방송국 것들이 기현이 죽은 걸 말해준 거더냐? 그래서 그렇게 정신을 놓쳤던 거더냐? 그것들이 기현이 일을 어떻게 알고서……."

오창기의 목소리가 한풀 꺾였지만 마음까지 누그러진 것은 아니었다.

"지금 니놈 일이 아니더라도 내래 머리가 깨지기 직전이여. 저 형사가 날 범죄자 취급하잖어. 너래 감금하고 약을 췄다고 해서. 내래 원, 참. 기현이 년이 죽었는데, 자살이 아니라잖어. 누가 죽였다는 거야? 그래서 여태 장례도 못 치르고 있어. 이래저래 내래 속이 까맣게 타들어가 죽갔어. 형사 당신도 날 의심하고 있잖어. 내래 이 나이에 살인죄명으로 경찰서엘 불려 다녀야 하느냐고. 세상 천지에 지 딸년 목숨을 끊는 아비가 어디 있다고."

"당신이, 당신이 정말 우리 기현일……. 아, 기현이 울음소리……."

손으로 두 귀를 틀어막은 신명호의 눈가에 굵은 눈물이 흘러내렸다. 마치 오기현의 울음소리를 곁에서 듣기라도 하는 듯 괴로운 표정이었다.

"이 미친 아새끼가 지금 뭐라고 아가리질을 하는 기여?"

"기, 현, 일 죽인 거잖아! 당신이, 우리 기현일……."

"이 간나이 새끼! 미쳤나. 그 아갈머리 닥치지 못하겠나!"

오창기는 소리를 지르면서 신명호에게 다시 발길질을 해 댔다. 규민이 미처 말릴 사이도 없었다.

"오호라! 니가 우리 기현일 죽인 거지비? 그러고 나서 지금 나한테 덤터기를 씌우는 거지비?"

신명호의 감은 눈이 다시 떠졌다. 하얀 유리알이 번질거렸다. 아까와는 전혀 다른 눈이었다. 섬뜩한 눈빛이었다.

"어쩌면, 내가 죽였을지도 모르지! 꿈속에서는 수도 없이 그랬으니까. 내 손아귀에서 기현이 목이 아주 가늘어지던데. 눈알이 부풀어 오른 게 마치 툭 튀어나온 곤충 같더라고……. 뼈와 근육이 달라붙은 부분은 원래 잘 안 썰어져. 그럴 때마다 손목의 힘을 조금 더 줘야 해. 그 기분 알아? 시뻘건 아가리를 쩍쩍 벌리고 있는 맹수한테 피가 흐르는 고깃덩어리를 던져주는 거. 딱 그 느낌이 들곤 했었지!"

냉소가 흐르는 그의 입에서 마구잡이로 흘러나온 말이었다. 신명호의 표정과 말소리는 조금 전과 딴판이었다. 오창기도 얼굴이 하얗게 질린 채 뒷걸음질을 쳤다.

14

푸른
산

의현은 용산역에서 ITX 청춘열차에 탑승했다. 종착역은
춘천이었지만 의현이 내릴 역은 가평이었다. 백규민 형사의
근무지이자 사건 현장이었다. 규민은 의현에게 가평 경찰서
로 와달라고 했다. 가평역에서 내리자 그의 차가 대기하고 있
었다.

의현이 조수석에 앉자 규민은 청평 방향으로 차를 몰
았다.

"경찰서로 가시는 거 아니었나요?"

규민은 무심한 눈빛으로 의현을 쳐다보았다.

"사건 현장으로 가는 겁니다."

의현은 규민의 말에 아무런 반응도 하지 않았다. 청평은 유원지답게 형형색색의 단풍이 들기 시작했다. 규민이 차창을 내리자 청량한 숲 향기가 차 안으로 들어왔다.

"저기 보이는 곳이 잣나무 숲입니다. 도시에서만 살다가 처음 이런 풍경 속에서 근무하다 보니 보는 것만으로도 힐링이 되더군요. 자연 자체로 놔두면 좀 좋습니까. 근데 사람들은 자연을 훼손하고 유원지를 만들어내죠. 주말이면 근교에서 놀러온 사람들로 몸살을 앓는 곳이기도 합니다. 놀러 온 사람들 안전과 보호가 여기 경찰서 주요 업무라더군요. 저야 뭐, 오자마자 오기현 씨 사건에 투입되었지만요."

조금 전과 달리 규민은 말이 많았다.

"오신 지 얼마 안 되셨군요."

"나는 발령이라고 생각하는데, 사람들은 좌천이라고 부르더라고요."

"무슨 일이 있었나요? 아, 제가 물어볼 일은 아니겠군요."

"물어보셔도 됩니다. 파트너로 함께 일한 팀장이 조직폭력배에게 뇌물을 수수한 사건이 있었습니다. 전에도 종종 그런 일이 있어서 경고했지만, 내 말을 듣지 않았습니다. 결국 그 뇌물 때문에 용의자 검거에도 실패했습니다. 그 일 때문에 팀장과 부딪쳤고, 결국 윗선까지 알려져서 팀장은 옷을 벗고, 전 파트너의 잘못을 방임했다는 죄명으로 여기로 발령받은 겁니다."

뇌물수수. 징계와 좌천. 어느 조직에나 숨기려는 자와 밝히려는 자 사이의 알력은 작용하기 마련인 걸까.

"다 왔습니다."

규민은 시원시원한 몸짓으로 조수석 문을 열어줬다. 형사치고는 매너가 좋은 편이라고 의현은 생각했다. 촘촘한 나뭇잎 사이로 가을 햇살이 유리 조각처럼 반짝거렸다. 얼굴에 스치는 바람이 시원했다. 수풀에서 막 갈아낸 커피 향이 났다. 산행을 하기에 딱 좋은 날씨였다.

"여기서부터는 걸어서 올라가셔야 합니다. 등산코스거든요."

산에 오르면서 규민은 주변을 안내하기 시작했다. 여기를 덕현리라고 한다, 이곳은 진달래 동산이다, 봄이면 진달래가 흐드러져서 붙여진 이름이다, 청우산 정상에서 반대로 내려가면 수리재가 있다, 푸른 비가 내리는 산이라고 해서 청우산靑雨山이라는 이름이 붙었다……. 규민은 자신은 아직 푸른 비를 보지 못했다고 했다. 내년에는 볼 수 있을 거라며 싱겁게 웃었다. 의현은 그의 목소리를 들으며 성우를 했어도 괜찮았을 것이라고 생각했다. 전에도 비슷한 생각을 했었다. 그때가 언제였는지 돌아보려는데 그가 다시 말을 걸어왔다.

"여기 사람들은 이곳을 삼각바위라고 합니다. 경사가 70도쯤 됩니다. 지난번에 잠깐 말씀드렸듯 오기현 씨가 여기서 추락한 것은 아닌 것 같습니다. 이 바위 아래서 일이 벌어진 것인지, 아니면 다른 곳에서 데리고 온 것인지 모르겠지만요. 암튼 수사에 진척이 없다는 게 안타깝습니다."

규민은 주머니에서 캔커피를 꺼내 의현에게 내밀었다.

"어쨌든 형사님도 동생의 죽음이 타살이라고 확신하시는 건가요?"

"윤의현 씨가 나보다 한발 앞서가신 게 아닌가 싶은데요. 용의자까지 지목한 상황이지 않습니까?"

"제가 지목한 용의자가 누군데요? 형사님은 또 다른 용의자를 수사선상에 올리신 것 같은데요. 아닌가요?"

의현은 커피를 마셨다. 가을 숲 바람에 섞인 커피 냄새가 은은했다.

"이제 내려갑시다. 윤의현 씨가 보내신 동영상 파일을 한 번 더 살펴보면서 드릴 말씀이 있습니다."

"내려가긴 하겠지만, 제가 오늘 저녁 서울에 약속이 잡혀 있어서 형사님한테 긴 시간을 할애하긴 좀 그렇습니다."

"오기현 씨 사건과 관계된 약속인가요?"

"아닙니다. 제 개인적인 일입니다."

"아, 그렇군요. 윤의현 씨의 사적인 일에 관심을 가지는 것은 실례가 되겠지요."

규민은 검지로 콧등을 긁었다. 어색해하는 표정이 역력했다. 이 남자 뭐지? 의현은 그를 물끄러미 보았다.

"제가 강의를 나가는 학교의 교수가 학생들을 성추행한 사건이 있었어요. 학생들은 그 교수의 수업을 거부했고 제가 대신 해당 수업을 맡았지요. 올봄, 그러니까 1학기에 일어난 일이에요. 그 교수는 1년을 쉬고 내년 가을 2학기에 복직하기로 되어 있었고, 저는 이번 학기만 쉬고 내년 1학기부터 수업을 하기로 했어요. 그런데 제가 내년 1학기 수업을 고사했어요. 그 문제로 그 교수와 미팅이 잡혀 있어요."

산을 내려오면서 의현은 규민에게 하지 않아도 될 말을 쏟아냈다. 이유는 없었다.

"강의를 왜 안 하시려는 겁니까?"

"제가 올해 추진하는 일이 있는데, 아무래도 내년에는 그 일에 주력해야 할 듯싶어서요."

"역시 개인적인 일이겠죠. 저는 궁금해하지 말아야 하고요. 제가 이렇게 얘기하면 또 얘기해주실 수도 있을까요?"

"그 이상은 얘기하고 싶지 않다면요."

의현은 다시 선을 그었다. 경계는 명확해야 한다. 그가 머리를 끄덕거렸다.

"만나지 마세요."

뜬금없는 말이다.

"누구요?"

"그 교수지, 누구겠습니까?"

의현은 코웃음이 났다. 이 남자 대체 뭐지?

"성추행범이라면서요? 그거 습관성 질환 같은 겁니다."

"세상에는 습관성 질환 환자가 너무 많군요. 그것도 법의 사각지대에요."

"또 누가 있죠?"

"글쎄요, 누가 있을까요? 그것도 법이 미치지 못하는 영역에서요."

"법의 영역에 관계된 저를 비난하는 말처럼 들리네요. 나도 법이 미치지 않는 범위에서 살았던 사람 중에 한 명이었을 수 있습니다. 사적인 얘기이긴 하지만 어린 시절 가족이라는 울타리에서 보호받지 못했거든요. 그 때문에 인생의 반을 실패했다고도 볼 수 있죠."

규민은 자신의 어두운 시절을 무덤덤하게 이야기했다. 계모와 이복형제로부터 겪었던 일보다도 친부에게 당했던 뼈아픈 기억을 얘기할 때 그의 목소리는 냉소적이었다. 의현이 그의 옆얼굴을 보았다. 상처받은 어린 소년의 얼굴이 엿보였다. 소년이었던 그의 얼굴 어딘가에 한 아이의 모습이 겹쳐졌다. 가정과 부모로부터 보호받을 수 없었던 아이는 얼마나 외로웠을까. 의현이 그의 볼에 입술을 댄 것은 순간적이었다. 규민이 눈을 크게 뜨고 의현 쪽으로 고개를 돌렸다. 정신을 차리고 나니 아이는 홀연히 사라졌다.

아이는 어디로 간 걸까?

의현은 사방을 두리번거렸다. 바람은 습습했고 공기는 상쾌했다.

두 사람은 가평 경찰서에 도착했다. 규민이 동영상 파일을 열었다. 이미 볼 만큼 본 영상이었다. 영상이 끝나자 규민이 의현의 얼굴을 응시했다.

"신명호가 붉은 꽃과 달덩이처럼 하얀 꽃이 피었다고 말한 부분 말입니다. 대체 그 붉은 꽃과 하얀 꽃이 뭘까요? 오기현이 뚱뚱했다는 말도 좀 그렇고요. 동생이 비만이었던 적이 있나요? 그런 말들이 왜 자꾸 제 신경을 긁는지 모르겠습니다. 윤의현 씨는 뭐 짚이는 게 없습니까?"

"동생의 중학교 시절이 어땠는지 전 모르죠. 함께 산 게 아니었으니까요. 꽃이야 화원에 늘 있는 거 아닌가요? 게다가 정신이 온전하지 않은 사람 입에서 나온 말이잖아요."

"도대체 윤의현 씨가 의심하는 사람은 누구입니까?"

"형사님이 의심하는 사람은 누군데요?"

"윤의현 씨가 알고 있는 오창기와 신명호는 어떤 사람인가요? 동생한테 들은 얘기가 있을 거 아닙니까."

"동생에게 들은 얘기가 이 영상 속에 다 포함되어 있다고 보시면 됩니다. 오히려 형사님이 저보다 느낌이 있지 않을까 싶은데요. 아닌가요?"

규민이 두 손을 번쩍 들어 보였다.

"졌습니다! 네, 오창기와 신명호를 번갈아 만났습니다."

"신명호라는 사람은 어떡하고 있던가요?"

"정신이 혼미한 상태여서 병원에 데리고 갔습니다. 오기현 씨의 죽음으로 인한 충격이 이만저만이 아닌 것 같았습니다."

"그 사람은 그럴 거예요. 동생 말로는 그 사람이 동생을 많이 의지했다고 하더군요."

"아니요. 많이 좋아했나 보더라고요. 이성으로요. 신명호를 취재한 방송국 PD는 뭐라고 하던가요?"

"마침 그 동네 여자분이 화원에 오셨대요. 그분한테 뒷일을 부탁했다고 하더군요. 그분이 오창기에게 알리겠다고 했대요."

규민은 고개를 끄덕였다.

"오창기가 와서 흥분한 신명호 씨에게 무슨 약물을 투여하고 감금했었던 것 같습니다."

"오창기는 그 일로 법적 조치를 받게 되나요?"

"여러 가지로 조사할 게 많은 사람입니다. 이제 내가 질문을 좀 하겠습니다. 오창기 씨가 오기현 씨의 생물학적 친부가 맞습니까?"

"그걸 왜 저한테 물어보는 거죠? 오창기한테 확인한 거아닌가요?"

"대답을 피하더군요."

"호적 기록을 열람해보면 알 수 있는 거 아닌가요? 형사님에게는 어려운 일도 아닐 텐데요."

"상황까지 기록되어 있는 게 호적은 아니지 않습니까? 저는 윤의현 씨한테 설명을 듣고 싶습니다. 이 사건에 협조해주시려던 거 아니었습니까? 이런 일 또한 형사인 제 업무라는 걸 양해해주시기 바랍니다."

형사의 목소리가 날카로워졌다.

"형사님 예상이 맞아요. 짐작하고 물어보시는 것 같은데제가 뭘 더 감추겠어요. 오창기는 제 동생의 친부가 아닙니다. 이제 됐나요? 그러면 제가 지목한 오창기가 유력한 용의자가 되는 건가요?"

"역시 그랬군요. 그렇다 하더라도 용의자라고 할 수는없습니다. 그즈음 오창기 씨가 강원도에 다녀온 알리바이가있기도 하고요. 조사가 필요하긴 하지만요. 눈치채셨겠지만 저는 신명호 씨도 용의선상에 올려두었습니다. 그리고, 오기현 씨의 전 남편도 완전히 배제하지는 않고 있습니다. 어쨌든 오기현 씨의 주변이 많이 이상하긴 합니다."

규민의 목소리가 다시 낮아졌다. 의현은 경찰서 벽시계를 확인했다. 바늘이 2시 50분을 가리키고 있었다. 의현은 책상에 놓인 종이컵을 들어 커피를 마셨다. 자판기 커피가 미지근했다. 속이 쓰렸다. 생각해보니 점심도 거른 채 커피만 내리 두 잔째였다. 의현이 몸을 일으켰다.

"이만 가봐야 할 시간이네요."

규민도 몸을 일으켰다.

"벌써 시간이 이렇게 됐네요. 어쩌죠. 점심도 대접해드리지 못했네요. 멀리까지 오셨는데, 죄송합니다."

규민이 머리를 긁적거렸다. 정말 미안해하는 표정이었다.

"아닙니다. 밥은 나중에 먹죠. 제가 한번 대접할게요."

의현은 청우산에서의 일이 떠올랐다. 후회가 되었지만 어쩔 수 없는 일이었다. 규민이 의현을 가평역까지 데려다주었다. 덕분에 의현은 약속시간에 늦지 않았다. 중간에 샌드위치로 간단한 요기를 했다.

약속 장소에 도착해서 5분쯤 기다리자 이민흠이 왔다. 그가 먼저 의현을 알아보고 걸어왔다. 의현이 일어서서 목례를 했다. 작달막한 키에 볼품없는 외모의 이민흠은 발에 채일 정도로 흔하디흔한 중년 남자였다. 어린 학생들을 상대로 추태를 부렸다는 상상이 되지 않을 만큼 그의 행동은 정중했다. 세상에는 평범한 가면을 쓴 야수가 너무 많다.

"무슨 일로 날 보자고 했지요?"

의현을 대하는 이민흠의 낯빛이 마뜩찮았다. 학과장과 어떤 이야기가 오고 갔는지 미루어 짐작할 수 있었다.

"학과장님과 이 교수님이 저한테 오해하고 있으신 부분이 있으신 것 같더라고요. 그래서 제가 이 교수님한테 직접 해명하고 싶어서 뵙자고 했습니다."

의현은 마른침을 삼키고 서두를 열었다.

"지금 이 사태가 순전히 오해다, 그 말인가요? 윤 선생."

아니나 다를까 가시 돋친 대답이 날아왔다. 자리가 점점 불편해졌다. 청평까지 다녀온 터라 피곤하기도 했다. 하지만 불편하고 피곤하다고 모든 것을 회피하는 게 능사가 아닐 것이다.

"제가 강사 채용 지원서를 내지 않은 것은 딴 뜻이 있어서가 아니었습니다."

이민흠의 얼굴엔 여전히 의심의 빛이 가득했다.

"지금 얘기하는 게 다소 이른 시점이라서 조심스럽긴 한데, 말씀드려야 오해가 없으실 듯하네요."

"윤 선생한테 딴 뜻만 없다면야 무슨 얘기인들 못 듣겠어요. 얘기해봐요."

이민흠이 몸을 젖히고 팔짱을 꼈다.

"교수님은 모르시겠지만, 제 졸작 중에 《비밀의 시대》라는 작품이 있습니다. 그 작품에 관심을 보인 영화사가 있어 판권 계약을 했습니다. 그 일을 추진시켜야 하는 시점이라서 부득이 강의를 고사한 것입니다."

의현은 말을 마치고는 물 한 모금을 들이켰다. 늦게 먹은 샌드위치가 갈증을 부른 탓이었다.

"윤 선생, 지금 영화라고 했어요?"

팔짱을 푼 이민흠의 상체가 서서히 탁자 앞으로 쏠리는 게 느껴졌다. 동시에 그의 눈이 빛을 뿜었다.

15

자
매
의

과
거

　　규민은 오창기를 두 번이나 찾아간 끝에 부검 동의서를
받을 수 있었다. 신명호를 응급실로 데려간 날, 오창기에게
처음 부검 동의를 요청했으나 그는 석연치 않은 낯빛으로 미
적거렸다. 규민은 며칠 후 다시 찾아가서 부검을 해야 장례를
빠르게 치를 수 있다며 설득했다. 오창기는 부검을 통해 밝혀
질 게 많으냐고 물었다. 규민은 사인死因을 밝히는 데 필요한
절차라고 말했다. 오창기는 마지못한 낯빛으로 서류에 사인했
다. 그사이 규민은 꽃집과 화원에서 일하는 마을 주민들도 여
러 차례 만났다. 주민이라고 해봤자 스무 가구 남짓, 3, 40명

을 넘기지 않았다. 예닐곱 가구는 독거노인이거나 노부부였다. 70대 후반에서 90을 넘긴 노인들에게 오창기라는 인물은 한마디로 '엄지 척'이었다. 돼지머리며 막걸리를 푸지게 대접하는 잔치를 해마다 열어주고 봄이면 효도관광을 보내준다고 했다. 노인들은 앞다퉈 오창기를 추켜세웠다. 그 외의 주민들은 꽃집을 운영하거나 신명호를 도와 화원 허드렛일을 했다. 나머지는 뜨내기들이었다. 일시적으로 들어왔다가 수인사도 없이 떠나는 사람들.

마을 사람들을 만나 이야기를 하면서 규민은 새로운 사실을 알게 되었다. 오창기가 오기현의 생물학적 친부가 아니라는 것을 아무도 모른다는 것이다. 아니 모르는 척하는 것 같았다. 마을 주민들은 사실을 확인하려는 규민을 이상한 눈으로 보거나 대놓고 배척했다. 오창기에게 직접 묻는 수밖에 없었다. 윤의현의 증언을 들이밀면서. 어리석은 짓이라는 걸 알고 있었다. 사실 친부의 진위 여부는 오기현의 죽음의 직접적인 원인이 되지 못하거니와 오창기에게 따질 일도 아니었으므로. 그는 움찔하는 모습조차 보이지 않았다. 그것은 엄연한 개인사찰이며 공권력 남용이라는 으름장을 놓는 것도 잊지 않았다.

오창기와 신명호의 관계에 대해서도 마찬가지였다. 주민들은 입 열기를 꺼려했고, 화원 일꾼들도 서로 눈치만 볼

뿐이었다. 방송된 오늘의 탐사보도 화면을 보여줘도 뜨뜻미
지근했다. 그나마 입을 연 주민들은 이구동성으로 오 사장이
나 되니까 팔푼이 신명호를 거두어준 거라고 했다. 상면 파출
소 김승철 순경도 오 사장님이 대체 뭐가 문제냐는 식으로 나
왔다. 규민은 신명호를 취재한 프로그램을 언급하며 오창기
를 떠보았다. 오창기는 신명호를 장애인 시설에 맡기지 않은
일이 후회막급이라고 했다. 만약 오기현이 살해당한 것이라
면 범인은 신명호가 틀림없다고 목소리를 높였다. 규민은 부
검 결과가 나오는 대로 수사를 진행하겠다고 했다. 오창기는
범인인 신명호를 방임한다면 윗선에 말해서 규민에게 징계를
먹이겠다고 했다.

규민은 오창기 집을 나와서 화원으로 향했다. 서너 명의
인부와 함께 묵묵히 일을 하는 신명호를 먼발치에서 바라보
다가 화원을 나왔다. 일꾼들이 규민을 힐끗 쳐다보고 쑥덕거
리긴 했지만 대놓고 알은체를 하는 사람은 없었다.

이윽고 오기현의 부검 스케줄이 잡혔다. 지금으로서는
국과수 결과를 기다릴 수밖에 없었다. 현재로서 매듭을 풀어
줄 사람은 윤의현이었다. 오기현의 과거사를 들어야 할 시점
이었다. 그 과거사에는 윤의현도 포함되어 있을 것이다. 규민
도 안다. 타인에게 굳이 발설하고 싶지 않은 가족사가 누구에
게나 있기 마련이라는 것을. 범인에게도 묵비권을 행사할 권

리가 있는데, 하물며 변사자 가족에게 강요할 수는 없다. 하지만 규민은 그녀의 말을 듣고 싶었다. 아니, 들어야 했다.

규민은 윤의현의 원룸 근처 카페에 자리를 잡고 전화를 걸었다.

"또 무슨 일이시죠?"

윤의현의 목소리에서 짜증이 느껴졌다. 규민은 오기현을 부검하기로 했다는 말을 하지 말아야겠다고 생각했다. 애초에 윤의현이 동의하지 않은 사실을 군이 밝힐 필요는 없을 것이다.

"무슨 일이겠습니까?"

규민도 우답으로 응대했다. 규민이 카페 이름을 대면서 기다리겠다고 하자 윤의현은 마지못한 듯 곧 나가겠다고 했다. 규민은 커피를 마시면서 윤의현을 기다렸다. 커피보다는 담배 한 개비를 피우고 싶었지만 장소가 마땅치 않았다. 윤의현이 야구 모자에 트레이닝 바지와 가디건을 입고 슬리퍼를 신은 차림으로 유리문을 밀고 들어왔다. 화장기 없는 의현의 얼굴은 나이보다 어려 보였다. 20대 중반이라고 해도 믿을 정도였다. 의현은 앞섶을 여미며 규민 앞에 앉았다.

"저도 같은 걸로요."

윤의현이 다리를 꼬고 앉으며 규민을 친구 대하듯 했다.

행간이 없는 여자였다. 없는 행간 속에서 가끔 틈이 보이긴 했지만 너무 순식간이어서 낚아챌 기회를 잃곤 했다. 그런 모습에 규민이 끌리는지도 몰랐다. 허물없이 가까워진 것 같다가도 저만치 도망쳐버려서 도무지 갈피를 잡기 힘들다고 해야 할까.

윤의현은 규민이 주문한 아메리카노를 달게 마셨다.

"좀 살겠네요. 카페인이 떨어지면 금단증상이 오더라고요."

그녀 말대로 얼굴에 금세 생기가 돌았다.

"작가님들은 커피를 많이 드시죠. 어제 늦게까지 작업을 하신 모양이죠?"

무반응이었다.

"오늘은 윤의현 씨한테 완전히 뿌리를 뽑고 가려고 합니다. 바쁘시더라도 시간 좀 충분히 내주십시오."

규민은 너스레를 떨었다. 너스레가 통하지 않는 여자라는 건 알고 있었지만.

"이제 용의자를 불러다 심문할 일만 남은 거 아닌가요?"

"용의자를 불러서 조사하기 전, 심문할 근거를 마련해야 합니다."

"뭐가 더 알고 싶으신가요?"

"모든 걸 다요. 윤의현 씨가 알고 있는 오기현이라는 사람의 인생 전체에 대해서."

"다행이군요. 저에 대해서 알고 싶은 게 없다는 말로 들리니까."

"오기현 씨의 삶에서 윤의현 씨를 제외시킬 수는 없겠지요. 더군다나 어릴 적 이야기부터라면."

"별로 얘기하고 싶지 않다면요? 제게 얘기할 의무가 있는 건 아니잖아요."

"아니요. 있습니다. 윤의현 씨는 오기현 씨의 죽음에 대해 이의를 제기한 사람이자 의문의 중심에 선 오창기를 용의자로 지목한 사람이니까요."

"마을 사람들은 뭐라던가요? 형사님도 탐문을 하셨을 텐데, 들은 얘기는 없나요?"

"오창기만 두둔하던데요."

"김승철 순경도요?"

"김 순경이 뭘 알고 있습니까?"

"청평 파출소에 동생이 신고한 기록이 있는지 살펴봤나요?"

"그게 무슨 말입니까?"

"역시 다들 입을 다무는군요. 가해자보다 더 나쁜 사람이 누군 줄 아세요? 다 알면서 쉬쉬하는 사람들이에요. 관두죠. 제가 흥분한들 무슨 소용이 있겠어요. 그래서 제가 오창기를 만나고 싶지 않다고 한 겁니다. 제가 자기를 안 만나겠다고 하니까 그 노인네가 뭐라던가요?"

윤의현은 열을 올리다가 갑자기 대화의 물꼬를 다른 곳으로 돌렸다. 감정에 휩싸여 격앙되었다가도 이성적으로 돌아오는 게 순식간이었다. 뭔가 있긴 있구나. 윤의현이 스스로 입을 열 때까지 기다리는 일만 남은 걸까.

"윤의현 씨도 그분 성격을 어느 정도 아시는 것 같아서 말씀드리는데, 절대 좋은 말 할 노인이 아니잖습니까. 저도 개인적인 질문 하나 하죠. 성추행범 교수는 만났습니까?"

"그 답변은 거절하겠습니다. 제 동생 죽음과 관계없는 사람이니까."

규민은 알았다는 듯 양손을 들어 보였다. 윤의현이 일어나 커피를 리필해 가져왔다.

"피곤하면 카페인이 더 당기더라고요."

"그 성추행범을 만났군요."

규민의 급습에 윤의현이 기가 막힌 표정으로 규민을 바라보았다.

"만났어요. 순전히 일 때문에요. 제 작품을 영화화하는 건으로 영화사와 이야기가 오가고 있거든요. 그 교수가 그 일에 관심을 가져서 소개하려고 합니다. 됐습니까? 이번엔 제가 물어볼게요. 제 개인적인 일을 왜 그렇게 궁금해하시는 거죠?"

"이번엔 제가 대답할 차례로군요. 그 답변은 거절하겠습니다. 오기현 씨의 죽음과 상관없는 내 개인적인 관심사니까요. 내가 윤의현 씨에게 갖는 관심이 이상한 겁니까? 아니면 윤의현 씨가 건망증이 심한 겁니까?"

윤의현이 머그를 내려놓으며 희미하게 웃었다. 다행히 조소는 아니었다. 규민도 잠시 실례하겠다며 의자에서 몸을 일으켰다. 아무래도 담배를 피우고 시작해야 할 시점인 듯했다. 규민은 카페 유리문을 열고 밖으로 나와 건물 뒤로 갔다. 담배를 꺼내 불을 붙였다. 살 것 같았다. 다른 어느 때보다도 담배가 달았다. 커피가 작가의 전유물인 것처럼 니코틴은 형사의 전유물인 걸까. 물론 커피를 입에 달고 사는 형사도 있고, 글이 안 풀리면 담배를 태우는 작가도 있겠지만. 규민은 담배를 피우면서 문득 윤의현이 썼다는 소설 내용이 궁금해졌다. 우주 전쟁을 다룬 판타지라고 했던가. 규민이 자리로 돌아왔다. 윤의현은 커피를 마시며 골똘해 있는 낯빛이었다.

"어린 시절 얘기부터 거슬러 올라가야겠지요. 부모님 얘기부터 시작해도 좋고요. 두 사람의 성이 다른 이유부터 말씀해주시겠습니까?"

"수사에 도움이 된다면, 말씀드릴게요. 성이 달라서 오해하셨을 수도 있지만, 우리는 부모님이 같은 친자매간입니다. 다만 저는 친부의 호적에 올랐고 기현이는 오창기 호적에 오른 겁니다. 기현이가 태어나마자 부모님이 이혼을 하셨다고 들었어요. 우리 자매는 그때 헤어진 거지요."

자매의 모친이 1년 만에 이혼과 재혼에 이어 출산까지 가능한가 하는 의문은 풀린 셈이었다. 윤의현은 잠시 말을 끊고 카페 창가 쪽으로 시선을 돌렸다. 그 순간 규민은 자매가 참 많이 닮았다는 생각을 했다. 오기현의 신분증 사진 역시 얼굴 형태며 이목구비가 윤의현과 흡사했다. 하긴, 부모가 같으니 당연한 일일 것이다. 반면, 규민은 아버지는 같지만 어머니가 다른 이복동생들과 닮지 않은 구석이 많았다. 외모에서 성격에 이르기까지. 부모 중 한쪽 유전자만 이어받은 셈이니 그럴 수밖에 없을 것이다. 가끔 동생들을 보면 서로 참 많이 닮았구나 싶었다. 본인들도 그렇게 느끼는지는 알 수 없었지만 나이가 들수록 더욱 그렇게 보였다. 의현의 말은 계속 이어졌다. 부모님은 이혼을 하면서 두 딸의 양육을 반씩 부담하기로 했단다.

"제가 아빠한테 남겨졌어요. 친할머니 손에서 자랐지요. 친할머니가 저를 유독 예뻐하셨거든요. 조부모님들은 특히 맏손주한테 애정이 깊잖아요. 기현이는 엄마와 함께 나갔고요."

윤의현이 두 살, 오기현은 태어나자마자였을 것이다. 자매에게는 기억조차 없을 나이였다. 윤의현은 엄마가 없는 이유를 정확히 알지 못했다고 했다. 할머니와 아버지가 엄마 얘기를 하지 않았기 때문이었다. 엄마를 찾을 나이가 되었을 때 엄마에 대해서 물었지만, 엄마가 몹쓸 병에 걸려서 죽었다는 말을 들었을 뿐이었다. 병명도 가르쳐주지 않았다. 당연히 기현이라는 동생의 존재도 몰랐다.

중학교에 다닐 때 엄마라는 여자가 오기현과 함께 의현 앞에 나타났다. 의현은 그때 알았다. 초등학교 때 교문에서 자신을 유심히 지켜보던 그 여자가 엄마였다는 것을. 중학교 1학년의 눈에도 엄마는 병색이 완연해 보였다. 의현에게 엄마와 동생이라는 존재는 낯설고 생소하기만 했다. 그녀에게 엄마나 형제는 아예 없는 개념이었다. 물론 모성을 향한 근본적인 그리움이나 슬픈 감정은 있었다. 그러나 너무 막연했고 표현은 서툴 수밖에 없었다.

엄마는 얼마 남지 않은 자신의 생애를 예감하고 큰딸 앞에 나타난 것이다. 자신이 죽고 남겨질 기현에게 언니의 존재를 알려주고 싶기도 했으리라. 하지만 윤의현과 달리 오기현은 언니의 존재를 알고 있었다. 물론 아빠와 할머니에 대해서도. 윤의현은 엄마와 동생 얘기를 집에 말하지 않았다. 할머니는 물론이거니와 아빠에게도.

윤의현의 모친은 이혼한 후 오창기와 재혼했다. 첫 결혼 이전부터 모친이 오창기와 알고 지냈는지는 알 수 없다. 의현은 오창기도 결혼에 한 번 실패한 후 엄마와 재혼했다는 얘기만 들었을 뿐이다. 엄마와 오창기의 결혼생활에 대해서 들은 바는 없었다. 오기현은 의부인 오창기를 끔찍하게 싫어했다. 오창기가 오기현을 끔찍이 아낀 것과 반대였다. 신명호가 머스크 향 이야기를 할 때도 얼핏 언급한 부분이다. 아버지 냄새에도 상을 찡그렸다는 오기현이다.

"오기현 씨가 왜 그렇게 의부를 싫어했던 건가요? 신뢰가 가는 사람이 아니라는 것은 알겠지만 그래도 오기현 씨한테는 정말 잘해줬다던데요. 그렇게 싫어할 이유는 없는 거 아닙니까?"

규민은 의현에게 동생이 의부 밑에서 유복하게 자란 것은 물론이거니와 부잣집 딸로 누릴 것은 다 누렸다는 걸 알고 있었느냐고 말할까 하다가 그만두었다.

"저도 그게 궁금했어요. 엄마가 돌아가시고 기현이의 보호자 역할을 한 어른이었을 텐데요. 근데, 그게 자식한테 베푸는 사랑이 아니었다는 게 문제였겠지요. 기현이한테 그 얘길 들었을 때는 엄마까지 미워지더라고요."

의현이 건조한 목소리로 대답했다.

16

함
정

사회자가 무대에 올랐다. 300석 가까운 미디어센터 좌석이 가득 찼다. 의현과 이민흠은 중간쯤 자리를 잡고 앉았다. 지난주까지 영진위 교육센터 홈페이지에서 온라인으로 신청을 받았는데, 보도자료가 나가자마자 문의가 쇄도했다. 임성재는 이 정도면 에드워드 박에게 체면이 서겠다며 반색했다.

필리핀 교포 2세로, 미국으로 건너가 공부한 후 콘셉트 아티스트로 자리를 잡은 에드워드 박을 초청한 것은 순전히 정아영의 공이었다. 마닐라에 사는 그녀의 부모가 한인회에서 에드워드 박의 모친과 친해진 것이 계기였다. 정아영은 그 기회를 놓치지 않고 전화번호를 따냈다.

배우로서 실패한 정아영의 두 번째 도전은 임성재와 크게 다르지 않았다. 그는 돈이 없어서 감독이 되었고 그녀는 돈 많은 부모 덕에 영화사 '글로벌 픽처스'를 설립, 제작자가 된 것이 다를 뿐. 돈밖에 가진 게 없는 정아영의 부모는 우울증에서 벗어난 딸의 재기를 반겼다. 지원도 아끼지 않았다. 사업 설계는 임성재의 몫이었다. 좋은 콘텐츠를 영상 및 게임으로 확장해 국내는 물론 세계 시장으로 진출시키는 것이 글로벌 픽처스의 목표였다.

에드워드 박 내한 강연은 글로벌 픽처스 사업의 첫 번째 프로젝트였다. 영진위에서도 흔쾌히 강연장을 내주고 홍보를 해주었다.

의현은 입구와 좌석을 번갈아 살폈다. 강연 자체보다 강연 후 미팅에 더 신경이 쓰였다. 임성재는 보이지 않았다.

"이제 곧 강연이 시작될 예정이오니, 참석자 여러분은 자리에 착석해주시기 바랍니다."

사회자가 강연장을 정리했다. 웅성거리던 사람들이 자리에 앉아 단상에 주목했다. 이민흠도 주위를 둘러보며 흡족한 얼굴이었다.

"오늘 이 강연은 영화진흥위원회와 글로벌 픽처스가 주

최하고 한국콘텐츠진흥원과 △△대학교의 후원으로 진행됨을 알려드립니다. 오늘 초청된 강연자는 현재 미국에서 활발하게 활동 중인 수석 콘셉트 아티스트 에드워드 박입니다. 소개는 글로벌 픽쳐스 대표이신 에밀리 정께서 해주시겠습니다. 정 대표님, 단상으로 나와주시기 바랍니다."

와인색 원피스를 입은 정아영이 단상에 올랐다. 어깨를 드러낸 원피스가 몸매를 돋보이게 했다. 좌중에서 박수갈채가 터지면서 간간히 휘파람 소리도 들렸다. 의현 옆 좌석에 앉아 있던 여성 두 명은 휴대전화로 사진을 찍으며 속닥거렸다. '저 사람 어디서 본 것 같지 않니?' '맞아. 영화배우였던 것 같아. 예명이 뭐였더라.' 의현은 못 들은 척했다.

"저분이 영화사 대표인가요?"

이민흠은 상체를 내밀며 관심을 드러냈다. 의현은 고개만 끄덕거렸다. 상당한 미인이라며 이민흠은 눈을 떼지 못했다. 제 버릇 개 주겠는가. 의현은 속으로 혀를 찼다.

정아영은 에드워드 박의 학력과 경력을 소개했다. 그녀에게 프레젠테이션을 맡긴 것은 임성재였다. 하긴, 에드워드 박도 정아영에게 호의적이었다고 들었다. 외모지상주의는 어디에서나 통하는 걸까. 무대에 설치된 슬라이드가 환해졌다.

콘셉트 아티스트^{Concept Artist} — 비주얼 기획자를 일컫는다. 영화감독이나 스크립트 작가의 스토리를 그림으로 형상화하는 작업을 한다. 매트릭스나 스타워즈, 쥬라기공원 등 SF에 주로 투입되었지만 지금은 할리우드 모든 영상에…….

콘셉트 아티스트 개념에 이어 회사 소개까지 마친 정아영이 허리 굽혀 인사를 했다. 박수가 터졌다. 곧이어 에드워드 박이 강연을 시작했다. 무대에 오른 에드워드 박은 상상을 초월하는 할리우드 영화 제작비부터 언급했다. 실사 제작에 들어가면 실패했을 경우 비용이 너무나 크기에 그 리스크를 절감하고자 콘셉트 아티스트가 존재한다고 했다. 인정받는 아티스트가 되면 그 수입도 상상을 초월한다는 말에 좌중의 환호와 박수가 쏟아졌다. 참석자들은 사진을 찍고 메모를 하느라 여념이 없었다. 성공한 강연이었다. 어젯밤에 임성재는 의현에게 전화를 걸어 잠도 제대로 잘 수 없을 만큼 힘들다고 푸념했다. 정아영 앞에서는 자신 있다고 큰소리를 쳤지만 내심 불안했었나 보다. 두 시간의 강연이 끝나자 임성재로부터 문자가 왔다.

작가님, 어디 계십니까? 강연장 밖 로비로 오십시오. 2번 게이트로 나오시면 됩니다.

의현은 이민흠에게 나가자고 했다. 에드워드 박은 정아영이 데리고 오기로 했다. 저녁 7시가 넘었다. 로비로 나오자 외부로 향해 있는 전면 유리창 앞에 선 임성재가 보였다. 밖이 컴컴해서 검은색 유리창은 거대한 거울 같았다.

의현과 이민흠이 다가가자 인기척을 느낀 임성재가 뒤돌아섰다. 임성재의 시선이 의현에게서 벗어나서 이민흠에게 꽂혔다.

"작가님, 오늘 강연 어떠셨어요? 비전이 좀 보이셨나요? 정 대표가 프레젠테이션할 때 《비밀의 시대》도 언급했는데, 들으셨죠?"

"네. 들었습니다. 졸작을 홍보해주셔서 뭐라 감사의 말씀을 드려야 할지 모르겠네요. 고맙습니다."

의현은 말을 아꼈다. 평소 임성재가 의현의 그런 점에 호감을 가진다는 것을 알고 있었다. 임성재는 종종 문학판과 영화판을 비교했다. 영화판에서는 자신이 가진 하나를 타인에게 열 개인 듯 허세를 떠는 게 일반적이라고 했다. 그런데 문학판 사람들은 열 개의 능력이 있으면서도 드러내지 않는다고 했다. 그의 말은 맞기도 하고 틀리기도 했다. 그것은 사람 각자의 성향일 뿐이다. 이민흠이라는 대표적인 예외가 그녀 옆에 서 있으니까.

"감독님, 오늘 제가 동행이 있습니다."

의현이 이민흠을 소개했다.

"오늘은 에드워드 박과 미팅이 있다고 미리 말씀드렸을 텐데요."

"그럼요, 알고 있습니다. 그런데 이분도 소설가이십니다. 제가 출강하고 있는 학교의 교수님이기도 하고요."

"처음 뵙겠습니다. 이민흠이라고 합니다."

의현의 소개말이 끝나기 무섭게 이민흠은 임성재에게 손을 내밀었다. 의현은 이민흠의 당당함이 교수라는 직업에서 온 것이라는 생각이 들었다. 수컷들의 저런 당당함은 때때로 무례와 다르지 않았다. 임성재도 좋은 낯빛은 아니었다. 그가 마지못해 이민흠의 손을 마주 잡았다.

"안녕하세요? 글로벌 픽처스의 임성재 감독입니다. 와 주셔서 감사합니다."

인사 후 둘은 명함을 주고받았다.

"윤 선생한테 글로벌 픽처스에 대해 많이 들었습니다. 물론 임 감독님과 정 대표님에 관한 말씀도요. 두 분 생각이 평소 제가 생각했던 부분과 일치해서 너무 반가웠습니다. 제 생각을 들은 윤 선생이 제 작품을 감독님께 소개하고 싶다고 해서 이렇게 오게 되었습니다."

"윤 작가님이 추천하신 분의 작품이라면 저희는 환영입니다. 저희의 비전에 공감하신다니 더 반갑네요. 그런 마인드를 가진 교수님 작품도 궁금해지는데요. 저희 영화사는 좋은 콘텐츠에 대해서 항상 오픈 마인드이니까요. 우리와 뜻을 같이할 수 있는 콘텐츠에 더욱 호의적인 것은 말할 것도 없고요. 오늘 강연에서도 느끼셨겠지만 여러 형태로 다양한 수요자와 만날 수 있는 작품이라면 대환영입니다."

임성재 역시 비즈니스맨의 면모를 여과 없이 드러냈다. 이민흠이 처세에 능한 사람이라면 임성재는 계산이 빠른 사람이었다. 이민흠이 막 입을 열려고 할 때 정아영과 에드워드 박이 이쪽을 향해 걸어왔다. 임성재가 손을 번쩍 들어 보였고 이민흠의 시선이 정아영에게로 옮겨갔다. 일순간 이민흠의 눈에서 동물적인 생기가 번뜩였다.

17

늪
지

오후 5시. 오창기의 집 대문은 굳게 닫혀 있었다. 규민이
초인종을 몇 번이나 눌렀지만 작은 스피커에서는 아무런 반
응이 없었다. 규민은 까치발을 세우고 담장 안을 들여다보았
다. 정적만이 맴돌았다. 규민은 다시 차를 타고 꽃집이 밀집
해 있는 도로까지 와서 비상등을 켜고 내렸다. 몇몇 꽃집에
들러 오창기를 봤느냐고 물었다. 한 꽃집에서는 사흘 전 꽃
새미 화원에서 봤다고 했다. 규민은 이 씨에 대해서도 물어
보았다.

"이 씨 아저씨요? 오늘 복남이 삼촌이랑 화원 담당일걸

요. 사장님이 이 씨와 어딜 가셨나? 복남이 삼촌은 아까 화원 쪽으로 가는 거 같던데……."

규민은 그에게 이 씨의 휴대전화 번호를 물어 곧바로 통화했다. 이 씨는 이른 아침에 오 사장 집에 들렀지만 만나지 못했단다. 원래 오늘 오 사장과 꽃모종과 묘목을 사러 서울에 가기로 했는데 통화가 되지 않아서 자신도 궁금해하던 차라고 했다. 규민이 한잔하자고 제안하자 이 씨는 선선히 응했다. 규민은 차를 몰아 오창기 집으로 돌아왔다. 담벼락 아래에 차를 세우자 멀리 이 씨가 걸어오는 게 보였다. 두 사람은 차를 두고 10분 남짓 걸었다. 갈래길이 나왔다. 오른쪽이 화원으로 가는 길이고 왼쪽은 상면시장 방향이었다. 이 씨는 상면시장에 곱창볶음 잘하는 집이 있다면서 그리로 가자고 했다. 시장 입구에 들어서자 상면 파출소가 보였다. 이 씨가 상면 파출소 쪽을 슬쩍 돌아보았다.

"여기 관할 파출소 김승철 순경님 성격이 아주 좋으시던데요."

규민은 이 씨를 떠보았다.

"개뿔, 성격이 좋긴 무슨! 오 사장한테나 발바리같이 구는 거지."

반응은 즉각적이었다. 이 씨를 통해서 듣게 될 말에 기대치가 높아졌다. 둥근 양철통을 테이블로 쓰는 곱창집은 한산

했다. 아직 술손님이 오기에 이른 시간이긴 했다. 이 씨는 파란색 비닐 커버를 씌운 의자에 앉자마자 곱창 2인분을 시켰다. 주인은 이 씨와 안면을 튼 사이 같았다.

"소주는 빨간 뚜껑으로 드릴까요?"

"두말하면 잔소리지. 어때요? 형사님도 빨간 뚜껑 괜찮죠?"

그렇게 소주가 세 순배쯤 돌았을 때 규민이 입을 열었다. 외부와 단절된 꽃새미 마을이 마치 고여 있는 물 같다고 운을 뗐다.

"고여 있는 물이라……. 형사님 말씀이 맞습니다. 세상과 접촉 없이 쥐죽은 듯 살기에는 더 없이 좋은 마을입죠. 가끔 목구멍까지 차오르는 갑갑증이 문제겠지만서두."

술이 들어간 탓일까. 이 씨는 자신의 이야기를 늘어놓았다. 이 씨는 자신도 바깥세상과 절연한 사람이라고 했다. 오십 줄을 넘긴 이 씨가 열 살 아래인 아내를 만난 건 행운이었다. 오십 줄에 웬일로 넝쿨째 굴러온 호박일까 싶을 정도로 아내는 젊고 예뻤다. 아내를 안으면 꽉 찬 느낌으로 몸이 그득했고 다른 것은 보이지 않았다. 대추나무에 연 걸리듯 진 빚이 쏟아져 나오고 아내가 돈 쓰는 맛에 사는 여자라는 걸 깨달았을 때는 이미 늦었다. 전세금을 빼도 빚잔치하기에 턱없이 부족했다. 어쩔 수 없이 야반도주를 했다. 지방으로 날

품팔이를 다닐 때 만난 동료가 꽃새미 마을 얘기를 한 적이 있었다. 숨어 살기에 딱 좋은 곳이라고.

이 씨는 이 마을이 외지와 떨어져 있어서 돈을 쓰거나 돈을 빌릴 데도 없다는 것이 가장 마음에 들었다고 했다. 이참에 아내의 씀씀이를 고칠 수 있겠다 싶기도 했다. 꽃새미 마을에 터를 잡자는 이 씨의 제안에 아내도 순순히 따랐다. 불평을 할 처지가 아니었을 것이다.

꽃새미 마을로 들어오자마자 아내는 다시 요란한 옷치장에 진한 화장을 하고 다녔다. 그리고 짜증을 자주 냈다. 돈을 쓰고 싶어도 쓸 수 없다는 게 짜증의 이유였으리라. 그런데 어느 순간부터 그 짜증이 누그러들기 시작했다. 화원에 드나들기 시작하면서부터였다. '눈먼 사내'를 중심으로 떠도는 소문은 장마철 습기처럼 끈적거렸다. 여자들의 화장이 짙어지고 향수까지 뿌려대면 신명호와의 사이를 의심해봐야 한다는 우스갯소리에 이 씨는 귀를 닫고 눈도 감기로 했다. 아내의 화장품 가짓수와 향수병이 늘어나는 것에 비례해서 짜증이 줄어든 대가라고 여기기로 했다. 애초에 그에게 과분한 여자였으니까.

규민이 이 씨의 잔에 술을 따라주었다.

"내가 속이 좁은 놈이라 신경이 쓰이는 걸 어쩌겠습니까. 그렇다고 여기를 뜨자니 갈 데도 없고, 나가봤자 빚쟁이

들한테 쫓길 것 같고. 그냥 나 죽었소, 하고 살 수밖에. 근데 근래 들어 여기가 꽤 시끄럽네요. 형사님도 드나들고. 기현이 죽음이 시작이었던 거 아니겠소? 부잣집 딸내미가 자살을 하다니. 이혼을 하고 왔다고는 하지만 지금 세상에 이혼이 무슨 대순가요. 하긴 따져보면 자살할 이유가 아주 없는 것도 아니겠지만서두."

"이 선생님이 볼 때도 오기현 씨가 자살할 이유가 있었다는 거네요. 파출소에 무슨 신고도 했다던데, 무슨 일이 있었던 겁니까?"

"그 얘긴 또 어디서 들었습니까? 그래서 내가 김 순경을 오 사장 발바리라고 했던 거요."

"속 시원하게 말씀 좀 해주십시오."

"내 입으로 말하기는 그렇습죠. 나도 건너건너 들은 얘기니까. 벌써 몇 년 된 일일걸. 우리도 그때 눈치챈 거라오. 귀먹고 눈 침침한 노인들 빼고 꽃새미 마을 사람들은 삼삼오오 모이면 그 일로 쑥덕거렸으니까. 형사님도 곧 알게 될 거요."

이 씨는 주위를 한 번 둘러보더니 어깨를 웅숭그렸다.

"하긴, 꽃새미 마을에서 오 사장에 관한 이야기는 금기입죠, 금기! 기현이가 동네 여자 몇 사람한테는 하소연을 했다고도 하더이다. 그렇지만 우리가 무슨 힘이 있어야 말이지.

다 오 사장 그늘에서 먹고사는 사람들인데."

이 씨는 목소리를 한껏 낮추며 주민 중 누군가가 오 사장의 눈과 귀라는 소문이 있다고 했다. 그래서 오기현이 죽음에 이르게 된 정황에 대해서 서로 약속이나 한 것처럼 입을 다물었던 것일까.

규민은 신명호 이야기로 화제를 돌렸다. 신명호가 나온 고발 프로그램을 봤느냐고 묻자 이 씨는 눈살을 찌푸렸다. 신명호 대신 화원 일을 하느라 바쁜데 그런 거 볼 새가 어디 있느냐면서, 아내가 방송을 보고 호들갑을 떨더라고 퉁명스럽게 내뱉었다. 모자이크 처리와 음성 변조를 했지만 아내는 그게 신명호라는 걸 단박에 알아봤다고 했다. 신명호 뒤로 펼쳐진 배경이 꽃새미 화원이라는 것 역시 동네 사람이라면 누구나 알았을 것이다. 아내는 평소에도 신명호 얘기만 나오면 얼굴에 홍조를 띠고 눈을 반짝였다. 그날도 신명호가 불쌍하다고 오창기를 헐뜯는 말을 했다. 이 씨는 아내의 말이 듣기 싫었다. 방송 프로그램에 대해서도 관심을 껐다고 했다.

"내가 미쳤소? 그놈 나온 프로를 보게. 그래요. 한잔 마신 김에 남자 자존심 한번 구겨버리겠소. 우리 마누라가 놈한테 얼마나 폭 빠져 있는지 나도 짐작하고 있소. 이런 하소연을 어디다 하겠습니까. 형사님은 꽃새미 마을 사람이 아니니 한 귀로 듣고 한 귀로 흘릴 거 아니겠소. 그러니까 맘 놓고 속 좀 털어놓을게요. 하긴 뭐, 이 마을에서 명호 그놈한테 반해서 오줌 지리는 여편네가 한둘이 아니니 말 다했지."

"신명호가 동네 여자들과 깊은 관계를 맺는다, 그 말인가요? 아이쿠! 죄송합니다. 형수님이야 그러실 리 없겠지만요."

"딱히 드러난 일은 없수다. 본 놈이 없고 들은 놈도 없고 말만 무성한 게지. 하지만 그게 더 속 터지는 거라오. 아, 탁까놓고 얘기해서 물증이 있었으면 남자들이 명호 그 새끼를 요절을 냈지 그냥 놔뒀겠소?"

"신명호 씨는 오기현 씨를 마음에 두고 있었던 걸로 아는데……."

"남자라는 게 몸 따로 마음 따로일 수도 있는 거 아니오? 명호 처지에 감히 기현일 넘볼 수 있는 것도 아니고."

이 씨는 연거푸 술잔을 비웠다. 그는 언젠가 명호의 물건을 본 적이 있다고 털어놓았다. 그 모양이 흡사 '네펜데스' 같았단다. 규민에게는 생소한 단어였다. 이 씨는 네펜데스는 식충식물의 일종이라고 설명했다.

"파리지옥, 뭐 그런 종류입니까?"

"형사님이라서 아는 것도 많으시네. 맞소이다. 식충식물로는 파리지옥이 제일 유명하죠. 벌레를 순식간에 해치우는 걸 보면 남자가 여자와 그 짓거리를 하는 모습이 떠오른다니까요."

이 씨가 소주잔을 한입에 털어 넣으며 계면쩍게 웃고 설명을 이어나갔다. 식충식물은 파리지옥만 있는 게 아니다. 사라세니아도 있고 흔히 벌레잡이통풀로 불리는 네펜데스가 있다. 그중 네펜데스는 남자의 그것과 생김새까지 똑같다. 통통하게 생겨서 축 늘어진 모양이며 잔뜩 성이 나서 부풀어 올랐을 때의 불그스레한 색깔까지 영락없다. 이 씨는 신명호의 물건을 보는 순간 용심이 났다. 튼실한 저 물건에 여자들이 혹하는 건 아닐까. 한번 상상이 시작되자 자다가도 벌떡증이 일었다. 그러던 차에 며칠 전 오 사장이 이 씨를 불러 신명호가 화원 일을 내팽개치고 널브러져 있다면서 화원 일을 총괄해 맡아달라고 했다. 이 씨는 이참에 신명호를 밀어내고 자기가 화원지기 자리를 꿰차길 바랐다.

이 씨는 방송에서 신명호 스스로 언급한 '괴물'이라는 말을 끌어다 쓰며 그가 '저능아라서 더 위험한 인물'이라고 몰아붙였다. 규민이 신명호는 치료가 필요한 환자라고 말해주었다.

"신명호 씨는 지적장애인이라기보다 조현병인 것 같습니다."

"조…… 뭐라고요? 그게 무슨 병이오? 그놈이 앓고 있는 병이 한 두 가지가 아니었군."

"예전에는 정신분열증이라고 불렀습니다."

이 씨는 집게손가락을 들어 관자놀이 근처에서 빙빙 돌렸다.

"아, 정신병! 맞소이다. 그놈이 머리가 이상하긴 해. 한 번 지랄이 나면 누구도 말릴 수가 없거든. 오 사장이니까 다루지 아무나 못 다룹니다. 그런 병신을 아들처럼 키운 오 사장도 꿍꿍이가 있긴 하겠지만서두……."

"아들 같은 사람을 그런 데서 살게 하면서 일만 죽어라고 시킨답니까?"

규민의 말에 이 씨는 무르춤해하며 소주잔만 비웠다. 신명호를 응급실로 데려가던 날도 다른 인부들이 신명호를 데리고 나왔지 이 씨는 나 몰라라 하고 화원 일만 했던 게 생각났다. 이 씨에게는 오창기도 달갑지 않은 사람이겠지만, 신명호는 더 미운 존재일 것이다.

"그야 화원 책임자니까 화원 안에 임시 숙소를 마련해준 거 아니겠소. 사장님도 참, 그 큰 화원을 온통 정신병자 새끼한테 맡기고. 쯧쯧쯧! 형사님, 나도 하나 물어봅시다. 기현이가 자살한 게 맞는 거요? 타살이라는 말도 들리던데. 그래서 형사님이 우리 마을을 뻔질나게 드나드는 거 아니냐고."

규민은 아직 조사 중인 사건이라서 섣불리 말하기가 어렵다고 얼버무렸다. 이 씨 역시 단도직입적인 말을 피했다.

성처럼 높고 단단한 오창기의 집은 마을 소문의 진원지였다. 견고한 벽을 뚫고 스멀스멀 새어 나오는 검은 연기. 그러나 꽃새미 마을 주민들은 눈을 감고 귀를 닫고 입을 막았다. 말이 새는 순간 오창기 귀로 흘러들어가는 것은 시간문제였기에.

"근데 이상하네. 아침나절부터 오 사장 차가 보이질 않더라고. 이 양반이 나랑 서울 가기로 한 걸 잊어버릴 양반이 아닌데."

"오창기 씨 차가 없다는 어떻게 아셨어요?"

"차고 쪽으로 들어갈 수 있는 쪽문 하나가 있거든요. 대문을 열어주지 않으니까 그 쪽문을 통해 마당엘 들어가봤지. 그런데 오 사장 차가 없었어요. 현관문은 두들겼지만 안에서 기척도 없고."

두 사람은 소주 다섯 병을 비우고 곱창 집을 나왔다.

"난 화원에 한번 들러봐야겠소. 복남이 삼촌이 화원에 있다니까 물어봐야겠네."

"저도 아까 들었습니다. 오늘이 복남이 삼촌이라는 분과 화원 담당이시라면서요. 저도 함께 가보겠습니다."

규민이 이 씨 옆에 따라붙었다. 빠른 걸음으로 20분 정도 걸리는 거리였다. 산책하기 딱 좋은 길이었다. 멀리 화원이 보였다. 입구에서부터 꽃향기가 풍겼다. 두 사람이 화원 안으로 들어섰다. 일년초 군락지로 수레를 끌고 가는 신명호의 뒷모습이 보였다. 복남이 삼촌이라는 사람은 보이지 않았다. 이 씨는 바닥에 굵은 가래침을 뱉었다. 신명호를 보는 것만으로도 기분이 나빠지는 듯했다. 규민도 신명호가 짐승처럼 으르렁거리던 그날 이후 첫 대면이었다.

일년초 화초 군락지 옆이 주차장 겸 공터였다. 신명호의 거처인 컨테이너도 거기에 있었다. 이 씨가 운전하는 화물 트럭이 세워져 있고 그 옆에 은회색 제네시스가 눈에 들어왔다. 아침부터 지금까지 오창기가 화원에 있었던 것일까. 이 씨도 고개를 갸웃했다. 규민이 사방을 둘러보았지만 오창기는 보이지 않았다.

"어이!"

이 씨는 평소 오창기가 그러듯 신명호를 불렀다. 신명호는 들은 척도 하지 않았다. 이 씨는 신명호의 등짝을 손바닥으로 후려쳤다. 그는 지금은 순한 양이었다. 신명호는 꾸물거리면서 이 씨 쪽으로 몸을 돌렸다. 눈을 감은 채 알은체를 했다.

"형님이 불렀으면 대답을 해야 할 거 아니야!"

신명호는 실눈을 끔벅거릴 뿐이었다. 신명호는 어지간해서는 눈을 홉뜨지 않았다. 하얀 유리알이 번뜩거리는 그 눈을 규민도 본 적이 있다. 이 씨가 말을 건넸다.

"너, 정신이 좀 들었구나. 복남이 삼촌은?"

고개를 숙인 신명호는 작은 목소리로 할 일이 없어서 돌아갔다고 대답하는 것 같았다.

"사장님 차가 저기 있네. 그린테리아 현태는 사흘 전에 사장님을 여기서 봤다고 하던데. 그때 사장님이 오셨다 가신 거냐?"

신명호의 얼굴에 그늘이 깊어졌다. 신명호가 이 씨의 소매 끝을 잡아당기며 귀엣말을 했다.

"이 새끼가 지금 무슨 헛소리를 하는 거야? 드럼통? 그걸 어떻게 하라고? 네까짓 새끼가 무슨 돈이 있다고 나한테 돈을 준다는 거야?"

이 씨는 코웃음을 쳤다. 규민이 두 사람 가까이로 다가가자 신명호가 코를 벌름거렸다.

"오창기 씨가 사흘 전에 여기 오신 거는 맞죠?"

규민이 나섰다. 얼굴에 핏기가 가신 신명호의 입에서 동물의 신음소리 같은 흐느낌이 흘러나왔다. 규민은 본능적으로 컨테이너로 눈을 돌렸고, 그쪽으로 뛰어갔다. 쪽문을 여는데 쇠 비린내가 와락 끼쳤다. 사건 현장에서 숱하게 맡아온 냄새였다. 부엌 겸 세면장에 드럼통 하나가 덩그러니 놓여 있었다.

"어휴, 이게 무슨 냄새야? 저건 웬 드럼통이고?"

규민이 안으로 발을 들이는 순간 뒤쫓아 온 이 씨가 손으로 코를 막았다. 규민은 고개를 돌려 신명호 쪽을 바라보았다. 해가 진 하늘에 손톱같이 떠오른 달을 향해 목을 길게 뺀 채 서 있는 그는 한 마리 늑대 같았다. 남색으로 짙어지는 어둠 속에서 희미한 콧노래가 퍼졌다.

누구도 초대할 수 없는 새벽들의 단 한사람만의 고요한 늪지.*

콧노래에 맞춘 가사가 떠오르는 순간, 규민이야말로 늪지 한가운데로 깊이 빠지는 기분이 들었다.

* 정태춘의 노래 '눈먼 사내의 화원' 노랫말.

18

양날의 검

설영수는 방송이 오늘 저녁 9시에 나간다고 했다. 사흘 전, 연락이 왔었다. '윤 작가님 덕분에 방송분 두 개를 건졌습니다. 저를 살려주셨다니까요.' 설영수의 목소리는 의현이 앞에 있으면 절이라도 넙죽 할 듯 들떠 있었다. 자신이 취재한 프로그램이 두 주 연속 연이어 나가게 된 것이다. 설영수는 다른 PD들과의 경쟁에서 이긴 것에 신바람이 난 것 같았다. 테마도 시의적절했다. 문단 내 성추행과 학내 성폭력 사건에 대한 문제 제기가 빈번하게 일어나는 때였기에.

"예나한테도 본방 날짜와 시간을 얘기해줬나요?"

의현이 묻자 설영수의 목소리가 의기소침해졌다.

"아직 연락 못 했습니다."

방송이 나갔을 때 가해자만큼이나 피해자도 주목받는 게 고발 프로그램이다. 양날의 검처럼 어느 쪽에 위치하든 당사자는 깊이 베일 수밖에 없다. 음지에 웅크려 있다가 가까스로 양지를 향해 손을 뻗고자 용기를 낸 예나다. 그러나 그 강렬한 빛에 눈조차 제대로 뜰 수 없을지도 모른다.

당신들은 결국 방송이 최종 목적이었지? 당신들의 방송으로 가해자뿐만 아니라 피해자들도 고통받는다는 사실을 알기나 해?

의현은 목구멍까지 올라온 말을 가까스로 삼켰다. 법의 사각지대에서 일상처럼 자행되는 폭력의 형태들. 몰라서 당하기도 하고 알면서도 당한다. 신명호가 전자라면 김예나는 후자일 것이다.

설영수와 방송국은 피해자의 입장을 대변해 가해자를 응징하는 무리일지도 몰랐다. 하지만 그들이 오직 사명감에 불타서, 혹은 방송의 공정성이나 정의를 위해서 세상에 숨겨진 악의 존재를 까발리는 걸까. 의현은 그게 다는 아닐 거라고 생각했다.

의현의 랩톱 컴퓨터 속 작품 폴더에도 그와 비슷한 작업이 진행되고 있었다. 소설의 글감은 기현의 어긋난 인생이었다. 과연 누구를 위한 작업이었나. 기현의 억울한 인생이 세상에 알려진다고 해서 그녀의 지나온 세월이 보상받을 수 있는 것이 아니라면 말이다. 의현은 완강하게 고개를 저었다. 의현에게도 기현의 인생은 단지 글감으로써 필요했을 뿐이라고.

"윤 작가님은 취재 이후에 예나 학생과 연락해보셨나요?"

설영수가 걱정이 담긴 목소리로 물었다. 물론 의현은 예나를 만났다. 취재나 방송 따위와 상관없이 함께 맛있는 음식을 사 먹고 길거리를 쏘다녔다. 예나는 제 얘기를 조잘거리며 들려줬다. 부모가 누군지도 모르고 자랐지만 불행하지 않았던 지난날에 대해서. 예나는 여느 스무 살 아이와 다르지 않았다. 의현은 예나와 헤어지고 돌아오면서 여행사에 들렀다. '보라카이'와 '세부'라는 섬을 더 자세히 알아보기 위해서였다. 세상에 남은 마지막 천국이라는 그곳을 예나의 맑은 눈 속에 담게 하고 싶은 간절함은 간단하게 설명할 수 있는 게 아니었다.

"저도 못 했습니다. 연락하기가 좀 그래서요."

의현은 설영수에게 거짓말을 했다.

"그러면 사흘 후에 방영되는 본방송 얘기도 하지 말까요?"

"안 하시는 게 좋을 듯하네요. 신명호 씨 방송은 어떻게 하셨어요? 그분한테 연락을 따로 했나요?"

"어휴! 그날 저희 팀이 얼마나 기겁했는지 아세요? 그분이 어찌나 난동을 피우던지. 신명호 씨한테 동생분 사망 소식을 공연히 알렸나 봐요."

그건 의현이 시킨 일이었다. 설영수의 목소리는 의현을 설핏 원망하는 투였다. 하지만 의현은 기현의 죽음을 신명호가 알아야 한다고 생각했다. 평소 기현을 각별히 생각한 신명호가 아닌가. 오창기가 신명호에게 기현의 죽음을 알렸을 리 만무했기에.

"신명호 씨한테는 방송이 나간다는 연락을 아예 하지 않았겠군요."

"그분은 방송을 보실 수도 없지 않습니까. 경찰에서는 뭐라고 합니까? 오창기를 불러다 수사를 한다던가요?"

"곧 그렇게 하지 않을까 싶은데, 저로서는 알 수 없죠."

"동생분 죽음의 진실이 어서 밝혀져야 할 텐데. 이런 와중에도 우리 방송에 협조까지 해주시고……."

설영수가 말끝을 흐렸다. 원래 이민흠 건이 먼저였지만 방송국 데스크 사정에 따라 방영 순서가 바뀐 것이다. 설영수는 예나가 원하면 영상 파일을 보내주겠다며 전화를 끊었다. 그게 사흘 전이었다.

의현은 점심도 거른 채 기다렸다. 의현 역시 신명호 취재 건의 본방송은 시청하지 않았다. 설영수가 보내온 파일을 보았을 뿐이다. 라면으로 늦은 끼니를 해결하는데 학과장으로부터 전화가 왔다. 이민흠에게 무슨 얘기를 들은 모양이었다.

"윤 선생을 믿기로 했어요. 이 교수가 윤 선생은 아니라고 합디다. 윤 선생이 내년 수업을 안 하려는 이유가 따로 있다면서?"

학과장은 큼큼거리며 헛기침을 했다. 어디까지 얘기를 해야 하는 걸까.

지난 학기 이후 이민흠은 학교에서 암암리에 옐로카드를 받고 있는 형편일 것이다. 어찌어찌 일은 무마되었지만 학교에서의 입지가 좁아졌으리라. 교수 승진도 몇 해 밀릴 게 뻔했다. 이민흠으로서는 이 모든 것을 만회할 '한 방'이 간절했다. 문예창작학과 교수가 날릴 한 방이라면 물론 작품이다. 이름 있는 문학상을 받든지, 출간하는 작품이 베스트셀러에 오르든지. 하지만 현재로서는 두 가지 모두 멀기만 했다. 학회지에 몇 년에 한 번씩 제출하는 논문과 마이너 출판사에서 한두 권 내는 책으로 버티는 형편인 터에 내년 2학기 강단에 다시 설 때 체면치레는 해줄 정도의 '약발'이 그에게는 필요했다. 지난 학기에 받은 옐로카드를 잊히게 만들 정도의 약발. 그것이 의현이 던진 미끼를 덥석 문 이유였으리라.

"이 교수가 그러는데, 윤 선생한테 좋은 일이 있다면서?"

학과장이 의표를 찔렀다. 학과장도 알고 있는 것이다. 의현이나 이민흠 모두 이제 작품으로 승부를 볼 시기는 지났음을. 학과장은 조금 다른 케이스였다. 학위를 딴 시인인 그의 뒤에는 굵직한 문학상 후광이 함께했다. 학계와 문단에 두루 발을 넓힌 덕에 몇 달에 한 번씩은 시와 논문을 발표하면서 원로의 자리를 굳건히 지키고 있는 그였다.

"좋은 일까지는 아닙니다만, 말이 나왔다니 말씀드리겠습니다. 《비밀의 시대》라는 제 장편소설이 있습니다."

"그래요. 윤 선생한테 그 책을 받은 것도 같네. 그런데?"

"다른 매체와 판권 계약을 했습니다."

"아, 그래요. 잘된 일이네. 그런데 그게 강의를 못할 이유가 되는 건가?"

학과장의 반응은 시큰둥했다. 2차 저작권이 팔렸다고 해서 곧바로 작가로서의 입지가 달라지거나 인세를 많이 받는 것도 아니다.

"아직 갈 길이 멀긴 하지만……." 의현은 목소리를 낮췄다. 학과장의 목울대로 침 넘어가는 소리가 들렸다. "2차 저작권을 구입한 영화사가 국내 시장보다는 해외 진출에 초점을 맞추고 있는 영화사입니다. 제 작품 역시 해외 시장을 타깃으로 하고 있고요."

"해외 시장요?"

"내년에는 그 일 때문에 바빠질 거라 강의를 맡기 어려워진 것뿐입니다. 출국도 여러 번 해야 하고요."

"아니, 그럴수록 윤 선생이 우리 학교에서 수업을 해줘야지. 언론에 보도라도 되면 윤 선생이 뜨는 건 시간문제 아닌가."

이럴 때는 머리 회전이 빠른 학과장이었다.

"학과장님, 얘기 나온 김에 다 말씀드리겠습니다. 제가 이 교수님도 소개했습니다. 그쪽에서 이 교수님 작품도 검토해보겠다고 하더라고요."

"그건 또 무슨 말이오?"

이번엔 학과장 목소리가 한 톤 높아졌다.

"학과장님도 아시겠지만 《중세의 무덤》이라는 이 교수님 작품이 있지 않습니까. 그쪽에서 그 작품을 검토해보겠다고 했습니다. 아직 미확정이니 학과장님만 알고 계십시오."

학과장의 껄껄거리는 웃음소리가 들렸다.

"이런 좋은 일을 왜 나만 알고 있으라고 협박을 해요, 하긴. 일이 제대로 성사되면 학과 차원에서도 더할 수 없는 명예가 될 텐데. 알았습니다. 다음에 만나서 이야기해요."

학과장은 특유의 호탕한 웃음을 터뜨리며 전화를 끊었다.

강연이 있던 날, 임성재는 이민흠을 끝까지 달가워하지 않았다. 이민흠은 그런 임성재가 아니꼬웠는지 그를 제쳐두고 정아영에게 자신의 장편소설 《중세의 무덤》을 건넸다. 의현에게 얻은 정보에 맞춰 고른 책이었을 것이다. 이민흠은 자신의 작품이 《비밀의 시대》와 견주어 밀리지 않는다고 판단한 것 같았다. 이민흠의 장편은 《비밀의 시대》처럼 스케일이 방대하거나 판타지적 요소는 없었다. 다만 시대적 배경이 중세 유럽이라는 게 특이했다. 시공간을 뛰어넘어 인간 욕망을 천착했다고 홍보했던 만큼 소설은 독보적이라는 평가를 받았다. 이민흠이 작가로서 입지를 굳히게 해준 작품이기도 했다.

'면밀히 검토해보고 연락드릴게요.' 정아영이 이민흠에게 말했다. 이민흠의 얼굴은 득의에 차 있었다. 임성재를 제치고 영화사 대표와 단독 밀담을 나눴다고 생각해서일 것이다. 하지만 이민흠은 하나만 알았지 둘은 몰랐다. 글로벌 픽처스의 실무는 임성재가 맡아 한다는 것을.

9시 정각.

의현은 이민흠의 의기양양했던 모습을 떠올리며 텔레비전을 켰다. 음성변조와 모자이크 처리는 완벽했다. 예나의 절친이라 해도 알아보지 못할 정도였다. 의현이 취재팀에 여러 번 부탁한 사항이기도 했다. 9시 50분. 방송이 끝나자 의현은 이민흠에게 전화를 걸었다.

"그렇잖아도 윤 선생에게 연락할 참이었어요. 학과장님과 통화했지요? 그 양반 걱정이 만만치 않지요. 그분 성격이 원래 좀 그렇잖아요. 젊은 우리가 이해해야지 어쩌겠어요."

그는 의현에게 학과장과 무슨 얘기가 오고갔느냐고 물었다.

"제 얘기도 하고, 이 교수님 얘기도 말씀드렸습니다."

"잘했어요. 학과장님도 기대하시겠네요. 그사이 글로벌에서 연락 온 건 없나요?"

강연에 다녀온 지 이틀밖에 지나지 않았는데 어지간히 애간장이 타는 모양이었다.

"벌써 무슨 연락이 오겠습니까. 기다리면 좋은 소식이 오겠지요. 제가 전화드린 것은 다름이 아니라 다른 문제가 좀……."

의현은 잠시 숨을 골랐다. 아니 고르는 척했다.

"어떡하지? 윤 선생. 내가 그만 오지랖 넓은 짓을 했네요. 하지만 길게 보면 윤 선생한테도 좋은 일일 거네요. 두루두루 좋은 일이지요."

이민흠은 의현의 말을 무지르며 선수를 쳤다.

"그게 무슨 말씀이시죠?"

"내가 학과장님한테 우리 일을 슬쩍 말씀드렸어요. 상세한 내용은 추후에 말씀드리기로 하고, 운만 뗐어요, 운만. 그런데 윤 선생이 다 말씀드렸다니까 이제 학과장님도 아셨을 테고. 어쨌든 내년에는 윤 선생도 바쁘다고 하니까, 내후년쯤 우리 학과에 윤 선생 자리 하나 만들 기회로 삼읍시다. 어때요? 괜찮죠? 윤 선생도 내 일에 힘써주리라 믿고 있어요. 서로 상부상조합시다. 지난 학기 일만 해도 우리가 한 팀이었잖아요. 물론 그리 좋은 일은 아니었지만요. 사람 관계가 다 그렇게 얽히면서 넓어지는 거 아니겠어요?"

"이 교수님이 알아서 잘해주시겠지요. 그건 그렇고, 지금 다른 문제가……."

"다른 문제?"

옐로카드에서 레드카드로 넘어가는 순간.

"조금 전, 오늘의 탐사보도라는 프로그램에 교수님 얘기가 나왔어요. 학교 이름은 이니셜로만 나왔지만, 내부 사람들은 교수님인 걸 알 텐데……. 괜찮으실지 걱정이 되네요."

"그게 무슨 말이에요? 내 얘기라면, 설마……."

의현은 전화를 끊고 스마트폰으로 기사를 검색했다. 이민흠이 인터넷에서 볼 정보를 공유하고 싶었다. 검색창에 '오늘의 탐사보도'를 써넣고 엔터 키를 눌렀다. 방송에 대한 몇몇 기사가 순위권에 올라와 있었다. '문단 내 성폭력, 학내 성폭력으로 번져'가 타이틀이었다. 전체 영상은 아니지만 음성 변조와 모자이크 처리된 예나가 울먹거리며 인터뷰를 하는 짧은 비디오 클립이 유튜브에 서너 건 떠 있었다. 영상에서 이민흠이 술자리에서 했던 작태가 낱낱이 까발려졌고, 그 일로 어떤 학생은 휴학을 하고 정신과 치료를 받는 중이라고도 했다. 인터뷰하는 예나는 현재 안식년을 보내고 있는 가해 교수가 내년에 복귀해 강단에 선다는 사실에 분노를 느낀다고 했다. 이민흠의 본명은 나오지 않았지만,《중세의 무덤》표지가 희미하게 카메라에 잡혔다. 댓글창은 눈 뜨고 봐줄 수 없을 만큼 욕설로 도배되어 있었다. 아무 연락이 없는 것으로 보아 학과장은 아직 모르고 있는 게 분명했다.

인터넷 창을 닫기도 전에 휴대전화에 이민흠 이름이 떴다. 의현은 바로 전화를 받았다. 이민흠의 목소리는 분노와 당혹감으로 엉켜 있었다. 그 아이가 누군지 밝혀지면 당장 쫓아가겠다는 그의 말에서 살의가 느껴졌다. 의현은 몸을 웅크리고 떨고 있을 예나가 생각나서 온몸에 소름이 끼쳤다.

19

흰
꽃

규민은 평소 살인의 동기를 세 가지로 집약하곤 했다. 첫째는 돈, 둘째는 원한, 마지막은 쾌감. 지극히 명료해서 단순한 것 같지만, 이 세 가지에 인생의 희로애락이 고스란히 담겨 있다.

드럼통 속 시신은 오창기였다. 신명호는 범행 일체를 순순히 자백했다. 범인이 체포된 마당에 동기를 찾는다는 것이 무의미한 일일지도 모른다. 하지만 오창기가 살해되기 전 오기현을 죽인 범인으로 신명호를 지목했다는 점을 간과할 수 없었다. 신명호가 오기현을 살해했고, 그 사실을 발설하고 다니는 오창기까지 죽였다는 것도 가능한 추측이다. 만일 신명호가 오기현을 살해했다면 그것은 쾌감에 의한 살인일 것이고, 오창기 살해는 원한 관계라는 두 번째 동기를 적용시킬 수도 있다. 신명호는 영상에서도 자기 안의 괴물이 오기현에게 나쁜 짓을 했을지 모른다고 토로한 적이 있다. 어쨌든 오창기 살인사건이 오기현의 죽음과 연관되어 있을 가능성을 배제할 수 없기에 동기는 여전히 중요했다.

살인의 동기 이전에 더 큰 문제가 있었다. 신명호의 컨테이너에서 발견된 의문의 드럼통. 드럼통은 성인 남자의 가슴 높이에 이를 정도로 큼지막했다. 화원 구석에 처박힌 채 녹이 잔뜩 슨 드럼통이 아니었다면 신명호는 자백하지 않았을지도 모른다.

신명호는 수갑을 찬 채 쓰레기통 쪽을 가리켰다. 그 안에서 '졸레틸' 약병이 나왔다. 오창기가 신명호에게 주사한 약물은 럼푼이 아니라 졸레틸이었다. 졸레틸은 럼푼과 달리 사람에게 투여했을 때 환각과 분열을 일으키는 동물마취제였다. 때문에 향정신의약품으로 지정된 지 오래다. 신명호는 오창기가 자신에게 지속적으로 주사해온 약물이 바로 그 졸레틸이었다고 진술했다. 그런데, 이번에는 신명호가 오창기에게 그 약물을 투여한 것이다. 그것도 살해를 위한 준비단계로.

졸레틸을 맞은 오창기의 몸은 힘없이 축 늘어졌을 것이다. 신명호는 미리 준비한, 아니면 원래 있었던 합성 비닐을 컨테이너 바닥에 깔았다고 했다. 비닐의 크기도 만만치 않게 넓었으리라. 신명호는 그 비닐 위에서 시체 처리 작업을 한 것이다. 부엌 바닥 군데군데 박혀 있는 못에 남은 파란 비닐 잔해가 신명호의 진술을 뒷받침해주었다.

"목에 칼을 깊이 꽂았어…… 피 냄새가 진동했지…… 드럼통에 시체를 통째로 넣을 수가 없었어…… 그래서 비닐을 깔고 도끼하고 톱으로……."

도끼와 톱과 같은 연장은 화원 창고에 있었을 것이다. 개와 고양이 사체를 토막 내는 데 쓰였다는 것은 영상에서도 진술한 바 있었다.

"그 모든 일을 혼자 했습니까?"

수갑을 찬 신명호는 규민의 얼굴을 피해 취조실 철문 쪽으로 머리를 돌리고 고개를 끄덕였다. 오창기의 혈흔이 묻은 연장은 감식반에서 증거물로 수거해놓았을 것이다. 신명호는 목과 팔다리를 자르고 나니 몸통과 합쳐 여섯 토막이 나오더라고 했다. 감정이 실리지 않은 목소리로 진술하는 신명호의 담담함에 규민은 소름이 끼쳤다. 다음 진술을 더 듣고 싶지 않을 정도였다.

"여섯 토막을 냈는데도 드럼통에 다 넣기가 어렵겠더라

고……."

신명호는 팔과 다리의 관절을 한 번씩 더 잘랐다고 말했다. 몸통을 자를까도 생각했지만 쏟아져 나올 내장을 감당하기 어려울 것 같았다고 했다.

"머리와 몸통, 그리고 한 번씩 더 토막을 낸 팔과 다리까지 쳐서 모두 열 토막이 됐어."

"그걸 어떻게 알았습니까?"

"……?"

"여섯 토막이 드럼통에 들어가지 않으니 팔다리의 관절을 한 번씩 더 잘라야 한다는 걸 말이에요. 혹시 누가 가르쳐준 겁니까?"

신명호는 머리를 떨어뜨렸다. 한동안 아무 말도 하지 않은 채. 이윽고 입을 열었다. 괴물이 그랬다고. 신명호는 한 음절씩 끊듯 중얼거렸다. 규민이 원한 대답이 아니었다.

"계속해보세요."

규민은 다시 심문을 시작했다. 열 개로 토막낸 시신을 드럼통 안에 넣었단다. 피범벅이 된 비닐과 신명호가 입고 있던 우비와 장갑도 벗어서 드럼통 안에 쑤셔 넣은 후 석유 한 통을 붓고 불을 붙였다. 피가 튈까 봐 우비와 장갑까지 착용하고 시체를 처리했다니. 극악무도는 둘째치고 그 주도면밀함에 의문이 들었다. 눈도 보이지 않고 정신마저 온전치 못한 사람이 원한 하나로 저지른 살인이라고 치부해버릴 수 없는 그 무엇이.

드럼통에서 시신이 하루 종일 타더라고 진술하며 신명호는 코를 씰룩거리고 찡그렸다. 마치 그 냄새가 콧속에 남아 있기라도 한 듯했다. 사자 갈기 같은 머리칼 사이로 보이는 눈꺼풀이 가늘게 떨렸다. 규민은 속이 메스꺼워졌다.

"잠시 쉬었다가 갑시다."

규민은 탁자 위에 작동시켜놓은 녹음기를 끄고 몸을 일으켰다. 신명호에게도 물 한 병을 쥐여줬다. 신명호는 수갑 찬 손으로 페트병을 거꾸로 들어 물을 들이켰다. 규민은 취조실을 나와서 옥상으로 올라왔다. 급하게 담배에 불을 붙였다. 몇 가지 의문이 꼬리를 물었다. 범인은 있지만 범행 과정과 그 동기가 모호한 사건이다. 신명호가 오창기한테 학대와 매질을 당해온 세월이 한두 해가 아니었다. 여태껏 참고 살다가 왜 느닷없이 살해한 걸까. 오기현의 죽음이 어떤 식으로든 관련되어 있으리라는 생각이 들었다. 신명호는 자신이 단독범이라고 진술했다. 물론 그가 화원 구석구석을 꿰뚫고 있고 손놀림과 일처리가 능수능란하다는 것은 이미 알고 있다. 하지만 아무리 그렇다고 할지라도 신명호는 시각장애인이다. 게다가 조현병 기질이 다분한 그가 단독으로 범행을 저질렀다고 보기에 의심스러운 구석이 한두 가지가 아니었다. 시체의 신원을 감추기 위해 토막을 내서 소각하고 시멘트를 붓는 완전범죄는 지능범이 아니면 생각해낼 수 없는 과정이다. 신명호를 사주한 인물이 있는 걸까. 그러나 사건 현장에 신명호 외의 인물이 남긴 흔적을 찾을 수 없었다. 규민은 신명호에게 컨테이너에 달려 있던, 파손된 보안카메라에 대해 물었다. 신명호는 의아한 표정을 짓다가 이내 자신이 깼다고 했다. 그걸 발견한 날짜로 미루어보면 신명호는 오창기 살해를 오래전부터 계획했다는 말이 된다. 우발적인 살해가 아니라는 의미이다. 화원에 설치된 나머지 보안카메라도 살펴보았다. 2대는 작동 자체가 되지 않았고 나머지 2대중 하나에 오창기의 실루엣이 흐릿하게 잡혔다. 살해된 날과 맞춰보지 않는다면 그것이 오창기의 실루엣임을 알아보기 어려울 정도로 명확하지 않은 영상이었다. 화원의 동선을 훤히 꿰고 있는 신명호가 보안카메라를 교묘하게 피해 범행을 저지른 것일까. 신명호가 그렇게까지 용의주도한 사람일까?

복남이 삼촌과 몇몇 일꾼들을 참고인으로 불렀지만 별소득이 없었다. 만약 공범이 있다면 인부들이 오지 않는 날짜와 시간을 알고 있는 사람일 것이다. 그리고 또 하나의 의문은 바로 드럼통이었다. 시신을 완벽하게 처리한 그 드럼통을 어떻게 할 요량이었던 걸까. 컨테이너나 화원 구석에 방치할 작정이었다면 앞선 일련의 범행이 아무런 의미가 없지 않은

가. 규민은 두 번째 담배에 불을 붙이려다가 재떨이에 버리고 취조실로 향했다.

취조실에 들어온 규민은 다시 녹음기 전원을 눌렀다.

"시멘트는요? 드럼통에서 시신을 태울 때 개어놓은 겁니까?"

신명호는 순순히 머리를 끄덕거렸다.

"그건 누가 한 거지요?"

신명호의 비틀린 입가에 슬쩍 비치는 냉소. 규민을 비웃는 걸까. 신명호는 지적장애인뿐만 아니라 조현병 환자도 아닐지 모른다는 생각이 스쳤다.

"왜 그렇게 한 겁니까? 완전범죄를 하려던 겁니까?"

신명호는 입을 다물었다.

"그 드럼통을 어떻게 없앨 생각이었습니까? 드럼통을 없애야 완전범죄가 되잖아요."

규민은 질문의 방향을 바꿨다.

"이 씨 형님!"

신명호의 입에서 생각지도 못한 인물이 튀어나왔다. 규민은 당황했다. 그날 이 씨는 규민과 함께 있었다. 이 씨가 규민에게 감춘 게 있었던 걸까. 그러고 보니 그날 신명호가 이씨에게 돈을 운운하며 귀엣말을 한 게 생각났다.

"이 씨라뇨?

"드럼통."

신명호의 진술은 급격히 짧아졌다.

"이 씨가 드럼통을 처리해준다고 했습니까? 이 씨가 도 운 겁니까?"

신명호의 단답식 진술을 종합해보면 이 씨를 돈으로 매수해서 드럼통을 인천 바다에 버릴 작정이었다는 것이다. 시멘트를 부어 잘 굳힌 드럼통은 바윗덩어리와 다를 게 없다. 바다에 던져졌더라면 오창기 시신은 서해 밑바닥에 수장된 채 영원히 떠오르지 않았을 것이다. 이번엔 규민이 고개를 저었다. 그 또한 신명호의 머릿속에서 나온 계획이라는 게 믿기지 않았다. 게다가 매수라니. 무슨 돈으로? 누구의 돈으로? 만약 이 사건에 돈이 얽혀 있다면 살인의 동기에서 첫 번째와 두 번째가 모두 적용되는 걸까. 참고인으로 이 씨를 불러서 확인하면 밝혀질 것이다.

"신명호 씨! 내 얘기 똑똑히 듣고 대답하세요."

규민이 냉랭한 목소리로 물었다. 그도 규민 쪽을 향해서 얼굴을 바짝 치켜세웠다.

"오창기는 누가 죽였습니까?"

"내가 죽였다고 하지 않았소. 내 안에 있던 괴물이 오 사장을 죽인 거라고."

순간 신명호의 눈이 떠졌다. 검은 동공이 없는 하얀 눈알이 취조실 LED 불빛을 받아 번들거렸다. 거울처럼 매끄러운 그 눈알이야말로 화원에서 일어난 일을 세세히 알고 있을 것이다.

"그렇다면 오기현은 누가 죽인 겁니까? 신명호 씨는 알고 있죠. 말씀해주세요."

규민은 목소리에 힘을 실었다. 신명호는 입을 다물었다. 그의 입을 열어야 한다. 신명호의 하얀 눈알이 본 진실을 알아야 한다.

"또 묻겠습니다. 텔레비전에 나온 신명호 씨 취재 영상 말입니다. 신명호 씨가 오 사장 집 지하실에서 나왔을 때 오기현이 살이 많이 불어서 배가 뚱뚱하다고 했지요? 그날 오기현에게서 붉은 꽃과 달덩이 같은 흰 꽃이 피었다고 했잖아요. 그게 뭔가요? 오기현한테서 뭘 본 겁니까? 그때는 신명호 씨가 눈을 다치기 전이었잖아요."

신명호는 머리를 세차게 흔들어대더니 수갑 찬 손으로 자신의 이마를 몇 번 때렸다. 규민은 휴대전화 앱으로 노래를 틀었다. 신명호의 거처에서 찍어온 테이프의 노래를 검색해 찾아놓았다. 절의 풍경소리와 비슷한 음률이 천천히 흘러나왔다. 오늘의 탐사보도 영상 속 그 노래, 신명호가 읊조리던 '눈먼 사내의 화원'이 두 번쯤 반복되자 신명호는 수갑 찬 손을 늘어뜨렸다. 그의 입에서 허밍이 흘러나왔고 낯빛이 차츰 온화해졌다.

"붉은 꽃이 뭡니까?"

규민이 조용히 물었다.

"피……."

"피라뇨? 붉은 피말이에요?"

"그 아이 몸에서 흘러나온 거."

"오기현이 피를 흘릴 정도로 어디가 많이 다친 겁니까?"

신명호는 대답이 없었다.

"그럼 흰 꽃은요? 달덩이 같다던 그것은 뭐지요?"

"처음엔 빨갛다가 뽀얗고 하얀…… 애기……."

"애기? 지금 아기라고 했어!"

규민의 목소리가 높아졌다. 이게 무슨 말일까. 오기현의 모친이 죽은 후에 신명호가 그 집을 나왔다면 그녀의 나이 고작 열너댓 살이었을 것이다.

"당신 미쳤었군. 어린 여자애한테 무슨 짓을 했던 거야?"

규민이 벌떡 몸을 일으키자 철제 의자가 요란스런 소리를 내며 쓰러졌다. 규민은 신명호의 멱살을 움켜쥐었다.

20
.

음
모 陰
謀

　의현은 교수회관의 널찍한 로비를 지나 엘리베이터 앞에
섰다. 엘리베이터는 지하에서 올라오는 중이었다. 학과장 연
구실은 621호였다.

　엘리베이터 문이 1층에서 열렸다. 이민흠이 엘리베이터
안에 서 있었다. 지하 주차장에 차를 대고 올라온 참인 것 같
았다. 그의 표정이 딱딱하게 굳어 있었다. 의현은 가볍게 목
례를 하고 엘리베이터에 탔다. 손바닥으로 얼굴을 쓸어내리
는 이민흠의 머리칼이 엉클어져 있었다. 한숨도 못 잔 얼굴이
었다.

"어떻게 이런 일이……."

이민흠 입에서 신음처럼 흘러나온 말이었다. 6층에서 내린 두 사람은 오른쪽에서 세 번째 연구실 문 앞에 섰다. '박도우 교수'라고 새겨진 명패가 상단에 붙어 있었다. 이번 학기 강의 시간표 아래 '재실' 표시가 눈에 들어왔다.

이민흠이 문을 노크했다. 들어오라는 소리에 그가 문을 열고 의현은 뒤따라 들어갔다. 책이 빼꼭히 꽂힌 책장이 두 개의 벽면을 에워쌌다. 책장이 없는 벽 쪽으로 책상과 의자가 배치되어 있었다. 학과장은 랩톱 컴퓨터와 서류들이 어지럽게 널린 책상 앞에 앉아 있다가 몸을 일으켰다. 학과장이 책상 옆 탁자와 긴 소파를 가리켰다. 학과장은 장식장 앞으로 걸어와 두 사람에게 인사말을 건넸다.

"어서들 와요. 차 한 잔씩 마시고 시작합시다. 마침 커피 내리려던 참이었거든."

"커피 좀 진하게 주십시오. 요새 잠을 통 못 잤더니 정신이 몽롱하네요."

이민흠이 머리칼에 손가락을 쑤셔 넣으며 한숨을 쉬었다. 그의 입에서 단내가 났다. 학과장이 커피 석 잔을 가져왔다. 세 사람은 잠자코 커피를 마셨고 누구 하나 먼저 입을 떼지 않았다. 학과장이 잔을 내려놓으며 입을 열었다.

"하! 일이 왜 이렇게 꼬이는지 모르겠네. 다른 매체에서도 전화가 오고 난리도 아니에요. 이제 총장님도 아실 텐데, 이 일을 어찌할꼬."

"죄송합니다."

이민흠이 고개를 숙이자 학과장이 혀를 찼다.

"지금 사과 한마디로 무마될 상황이 아니에요."

이민흠의 얼굴이 벌겋게 달아올랐다. 손가락으로 탁자를 두드리던 학과장이 의현에게 시선을 던졌다.

"윤 선생, 혹시 짚이는 학생 없나?"

의현이 아랫입술을 빨며 입을 열려는 순간에 학과장이 고개를 가로젓더니 시선을 이민흠 쪽으로 옮겼다.

"아니, 아니다. 윤 선생이야 두 달도 안 가르친 학생들인데 생각이 나겠어. 이 교수가 알겠네. 어디 가르치기만 했나. 만지기도 했지."

"학과장님, 말씀이 좀 심하십니다."

이민흠은 의현의 눈치를 보며 목소리에 각을 세웠다. 학과장이 주먹을 말아서 입 주위에 대고 큼큼, 헛기침을 했다.

"그러니까, 이 교수도 걔가 누군지 모르겠단 말이에요?"

"제가 알면 그냥 놔두겠습니까? 지금 제 인생이 작살나게 생겼는데요."

"그냥 놔두지 않으면, 이 교수가 뭘 어떻게 한다는 거요?"

"압니다. 알아요. 애초에 물의를 일으킨 게 저라는 걸. 그렇지만 교수만 바꿔주면 없었던 일로 넘어가겠다고 약속한 거 아니었습니까? 왜 이제 와서 일을 터뜨리는 거냐고요? 무슨 불순한 음모가 있지 않고서야 이럴 수는 없습니다."

이민흠은 벌개진 눈으로 목소리를 높였다. 억울해서 죽겠다는 표정은 여전했다.

"불순한 음모라뇨? 지금 무슨 얘길 하는 겁니까?"

학과장의 언성이 높아졌다.

"죄송합니다. 제가 너무 흥분해서 실언을 했습니다."

"이 교수가 불안하고 초조하다는 건 이해합니다. 하지만 만약 이 일이 일파만파로 퍼지면 이 교수만 궁지에 몰리는 게 아닙니다. 학교에 감사라도 떠봐요. 학과 차원에서 나도 책임이 있어요. 아이들 성명서에 올라 있는 윤 선생도 좋을 거 없고요. 윤 선생, 안 그래?"

학과장이 의현을 넌지시 바라보았다. 의현에게 동의를 구하는 낯빛이었다. 의도는 충분히 납득이 갔다. 하지만 두 사람에 비해 의현은 피라미였다. 강의도 맡지 않은 의현은 학교의 문제와 아무런 연관이 없었다.

"윤 선생이야 뭐, 무슨 큰 피해가 있겠어요. 그나마 다행인 거죠. 윤 선생은 개인적인 일이 바빠서 수업도 안 하겠다고 했잖습니까."

이민흠이 의현을 옹호하고 나섰다.

"아, 참! 윤 선생. 그 일은 잘 진행되고 있는 건가? 정신이 없어서 제대로 축하 인사도 못했네." 학과장이 머쓱해하며 의현에게 새삼스럽게 손을 내밀었다. "이런 일만 아니면, 술이라도 한잔하면서 축하를 했어야 하는데……."

"아니에요, 학과장님. 아직 어떻게 될지도 모르는 일인걸요. 판권만 팔렸다 뿐이지 투자도 받아야 하고요. 아직 크랭크인까지 첩첩산중입니다."

"시작이 반이라는 말도 있잖아. 이 교수 작품은 어떻게, 뭐 좀 돼가고 있는 건가?"

"아직 아무 연락이 없습니다."

이민흠이 의현 쪽을 힐끗 보면서 뒤통수를 긁적거렸다.

"그건 그렇다고 치고. 지금은 당면한 문제 수습이 시급한 상황이라. 이 교수한테 내 한번 물어봅시다. 윤 선생이 동석한 자리라서 좀 그렇지만……. 윤 선생, 이해해."

이민흠이 등을 꼿꼿이 세웠다.

"이 교수, 도대체 어디까지 간 거요?"

학과장의 얼굴에 경멸의 기미가 스치는 걸 의현은 놓치지 않았다. 이민흠이라고 그걸 느끼지 않았을 리 만무했다.

"무슨 말씀이신지."

"하, 참! 학생들한테 어디까지 몹쓸 짓을 했냐고요? 정확히 알아야지 이쪽에서도 변명을 하든지 대처를 하든지 할 게 아니에요. 무조건 아니다, 하고 버티면서 발뺌을 하는 데에도 한계가 있지. 성희롱 정도였지 성추행까지는 아니다, 아니면 공연한 추문일 뿐 성희롱도 아니었다, 하는 마지노선은 있어야 할 거 아니에요. 설마 끝까지 간 건 아니겠지?"

이민흠이 고개를 푹 숙였다.

"그게 사실…… 기억이 잘 안 납니다. 그날 제가 술을 너무 많이 마셨거든요."

이민흠은 또다시 술을 핑계로 보호막을 치고 있었다. 두 사람은 그런 일이 마치 처음인 것처럼 얘기를 하고 있었다. 예나는 이민흠의 추행이 습관적이라고 했다. 학생들이 어떤 상태인지는 관심 밖이면서 변명만 일삼는 두 사람이 뻔뻔스러워 보였다.

"허, 참! 그때는 가벼운 농담 수준이었다고 했잖아요. 성희롱 정도도 아니었다면서? 그런데 이제 와서 기억이 안 난다고 하면 어떡해요?"

"학과장님, 여대에서 이 정도는 흔하디흔한 일 아닙니까. 막말로 제가 걔네들을 모텔 방에 끌고 간 것도 아니잖습니까. 이번만 잘 지나가면 유야무야 넘어갈 수도 있지 않을까요? 몇 년 전 모 작가 사건이나 모 교수의 학내 성폭력 사건도 인터넷 검색 순위에도 오르지 않고 넘어갔지 않습니까.

학교에서도 이 문제가 번지는 걸 바라지는 않을 거 아닙니까. 부탁 좀 드리겠습니다. 그러는 동안 저는 윤 선생과 영화사 건을 어떻게든 진행시켜보겠습니다. 이번 일만 잘 무마되면 학과장님 은혜는 잊지 않겠습니다. 하루빨리 정상궤도만 찾게 되면, 혹시 압니까? 우리 작품이 세계적인 주목을 받게 될지. 만일 그렇게 된다면 이런 작은 실수쯤은 묻히지 않을까요?"

이민흠 나름대로 며칠 밤잠을 설쳐가며 머리를 짜낸 구상이겠지만 목불인견이었다. 학과장의 눈이 가늘어졌다. 천천히 고개를 끄덕거리는 학과장의 입 꼬리에 씁쓸함이 매달렸다.

"그때야 국정농단으로 세상이 시끄러우니까 묻힌 거였고……. 아무튼 우리 모두 힘을 합쳐 잘 막아봅시다."

그때 책상 위의 내선전화 벨이 울렸다. 학과장이 번호를 보더니 상을 찌푸렸다. 학과장이 이민흠에게 엄지를 곧추세우며 올 게 왔다는 사인을 보냈다. 학과장은 숨을 고르고 전화를 받았다.

"네, 총장님. 네, 네. 심려를 끼쳐드려서 정말 죄송합니다. 순전히 저희 학과의 불찰입니다만 더 번지는 것만은 막아야 하지 않겠습니까. 네, 네. 제가 지금 바로 올라가겠습니다."

학과장은 허리를 굽히고 머리를 연신 머리를 조아렸다. 학과장은 한숨을 토하며 전화를 끊었다.

"드디어 올 게 왔군요. 총장님 호출입니다. 같이 나갑시다."

학과장이 심호흡을 하면서 몸을 일으켰다. 이민흠은 머리칼을 쥐어뜯었다. 세 사람은 학과장 연구실을 나와 엘리베이터 앞에 섰다. 학과장은 총장실이 있는 꼭대기 층으로 올라갔고 의현과 이민흠은 아래로 내려가는 엘리베이터를 탔다.

"글로벌에서는 아무런 소식이 없는 건가요?"

"그렇지 않아도 제가 조만간 찾아가볼까 하는 중이에요."

"아, 그랬군요. 그럼 나도 같이 갈까요? 내가 식사라도 대접해야 도리가 아닐까요?"

"아니에요. 지금 교수님이 나서실 때는 아닌 듯싶어요. 제가 먼저 만나서 두 사람이 교수님 작품을 어떻게 생각하는지 들어볼게요."

"윤 선생이 거기다 말 좀 잘해주면 나야 고마운 일이죠. 이번 고비만 잘 넘어가면 나도 윤 선생 은혜는 잊지 않을게요. 학과장님과 잘 의논해서 윤 선생 자리는 준비해볼게요."

이민흠은 1층에서 내리는 의현의 손을 두 손으로 맞잡았다. 의현은 1층 로비를 가로질러 가면서 임성재에게 전화를 걸었다.

"윤 작가님! 안녕하세요."

임성재의 목소리가 밝았다.

"임 감독님 좀 찾아뵐까 하는데 언제가 좋을까요?"

"윤 작가님이 시간을 내라고 하면 없는 시간이라도 만들어야지요. 이민흠 교수님 작품도 의논하러 오시는 거죠?"

"겸사겸사해서요."

의현은 임성재와 약속을 잡고 전화를 끊었다.

21

재
수
사

　신명호는 치료감호소 의료진에게 뇌파와 인성과 행동 감
정을 받았다. 의료진은 조현병 판명이 날 가능성이 매우 높
다고 했다. 형법 제10조에 의하면 심신장애로 인하여 사물을
변별할 능력이 없거나 의사를 결정할 능력이 없는 자의 행위
는 벌하지 않는다고 되어 있다. 하지만 신명호가 계획에 의한
완전범죄를 시도했다는 혐의에서 벗어날 수 없다면 재판 결
과를 예측하기는 어려웠다.

　규민은 연거푸 담배를 피웠다. 자신이 피운 담배 연기가
머릿속에 다시 들어가 꽉 차는 느낌이었다. 두 건의 살인사건

이 연결되어 있다는 의심이 점점 깊어졌다.

검안檢案한 의사의 소견과 정황으로 미루어볼 때 오기현의 죽음은 타살이 확실했고, 지금껏 그것에 맞춰 수사를 진행해왔다. 수사망이 좁혀지면서 세 명이 주요 용의자선상에 올랐다. 오창기와 신명호와 오기현의 전 남편이었다. 그런데 느닷없이 오창기 살해사건이 터진 것이다.

유력한 용의자였던 오창기는 꽃새미 마을의 토호 세력임을 자처했던 인물이다. 수천 평에 이르는 꽃새미 화원과 열 개가 넘는 꽃집, 마을 대부분의 땅이 오창기 소유로 되어 있을 뿐만 아니라 서울 근교 목 좋은 곳의 건물주인 그는 백억 원대 자산가였다. 돈이 권력 위에 군림하고 명예도 살 수 있다는 것을 알았으니 웬만한 중견기업의 대표가 부럽지 않았으리라. 걸핏하면 윗선 운운하는 걸 봐서 지자체 관료 누군가와 끈이 닿아 있을 가능성도 높았다. 순전히 허세일지도 모를 일이지만. 그는 34, 5년 전에 오기현의 모친과 결혼했다. 오기현의 모친이 갓난아기를 데리고 그에게 온 것이다. 그전에 오창기와 오기현의 모친이 어떤 관계였는지는 알 수 없다. 그 관계 때문에 오기현의 모친이 이혼을 당했다는 것만 어림짐작해볼 뿐이다.

두 사람의 결혼 생활은 오기현 모친의 죽음으로 14년 만에 종료되었다. 그 후 오창기는 재혼도 하지 않고 의붓딸을 키우며 20여 년을 홀아비로 지내왔다.

의붓딸인 오기현을 친딸처럼 키워낸 오창기는 미담의 주인공으로 등극해도 손색이 없을 인물이다. 그렇게 아낌없는 사랑을 쏟아부은 의붓딸이 죽었다. 평화롭지도 자연스럽지도 않은 죽음의 형태로.

규민은 강원도로 향했다. 오기현이 사망할 시점에 친구 장례식에 참석하기 위해 오창기가 강원도에 머물고 있었다는 알리바이를 확인하기 위해서였다. 어릴 적 전쟁 통에 부모 손에 이끌려 내려온 오창기는 근처에 변변한 친척도 없었다. 부모님과 함께 월남한 친구 한 명이 유일했다. 그의 가족들은 오창기가 삼우제를 치르는 동안 자리를 비우지 않았다고 증언했다.

"세상에나! 창기 아저씨가 돌아가셨군요. 그 5촌인가 7촌 조카라는 이가 상주 노릇을 했겠네요."

규민이 고인의 딸에게 그의 죽음을 알리자마자 툭 튀어나온 말이었다. 오창기에게 조카가 있었다는 것은 금시초문이었다. 규민은 그녀에게 조카의 연락처를 알 수 있겠냐고 물었다. 그녀는 조카 연락처는 모르지만 이북도민 향우회에 연락하면 조카의 전화번호를 가르쳐줄 거라고 했다.

규민이 그녀 집에서 나와 차에 타려는데 전화가 왔다. 국과수 결과가 나왔다고 했다. 규민은 곧바로 국과수에 가서 부검의를 만났다.

　부검의는 변사자의 두정부에 9센티미터와 12센티미터 정도의 열상이 관찰되었고, 골절로 인한 기뇌증이 발견되었다고 했다. 두정부의 외상이 변사자의 직접적인 사망 원인이었던 것이다. 두정부는 머리의 정수리 부분, 열상은 피부가 찢어져서 생긴 상처를 일컫는다. 기뇌증은 두개골 안에 공기가 생겼다는 뜻이다. 이 모든 용어는 변사자가 죽음에 이르게 된 상흔을 지칭하는 것이다. 두부 손상에 있어서 거기에 작용하는 외력은 종류에 따라 각각 다른 상흔을 남긴다. 부검의사의 소견이 아니더라도 범죄현장을 내 집처럼 드나들던 형사라면 웬만한 '통밥'으로 유추가 가능한 일이다. 가령, 기다란 막대기로 내리쳐서 생긴 상처와 돌로 때린 상처의 모양은 각기 다를 수밖에 없다는 의미다. 추락하면서 바위에 부딪친 상처와 흉기로 내려친 상처는 엄연히 차이가 날 수밖에 없었다. 즉 오기현의 직접적인 사인이 땅에 부딪히며 생긴 파열이나 뇌진탕이 아니라는 것이다. 오기현의 두정부에 남은 상흔은 망치 같은 둔기로 내리쳐서 생긴 것으로 추측된다고 부검의는 덧붙였다.

　오기현이 추락했다고 여겨진 삼각바위는 경사가 대략 70도였다. 경사가 70도 정도 되는 바위라면 멀리서 도움닫기를 하고 뛰지 않는 이상 떨어지면서 갖가지 형태의 바위에 온

몸이 부딪히는 게 정상이었다. 낙하 도중 이 바위에 몸이 부 딪혀서 튕기면, 또 다른 바위에 부딪히며 구르기 반복하다가 흙바닥에 떨어졌을 것이다. 상식적으로 생각해도 온몸이 으 스러졌을 것이다. 물론 변사자의 몸이 변형되어 있긴 했다. 하지만 오른팔과 왼다리의 골절상은 바위나 나뭇가지에서 입 은 상흔이 아니라는 게 국과수 소견이었다. 더군다나 사망 원 인이 단지 두 군데 두정부의 열상과 기뇌증이라는 판명은 아 무리 생각해도 모순이다. 바위에 부딪히면서 두부 손상이 발 생했다면 몸과 함께 머리도 거의 으깨졌을 테니까. 그런데 정 수리 부분의 열상이 사인이라니. 부검 담당의사는 팔다리의 골절상도 두정부 열상과 흡사한 외상이라는 말을 했다. 부검 의가 보여준 시뮬레이션 영상이 그것을 입증해주었다. 두정 부의 열상과 팔다리 골절상의 파열된 상흔이 겹쳐졌다. 동일 한 흉기와 압력에 의한 상흔이라는 증명이었다.

오기현은 추락사한 게 아니었다. 강한 압력이 머리를 두 번 강타한 게 직접적인 사인이었고 팔다리도 똑같은 압력으 로 내리쳐진 것이 분명했다. 명백한 타살이다. 규민의 직관이 사실로 드러난 셈이다. 오기현의 옷차림과 신발도 가파른 산 행과는 거리가 멀었다. 그렇다면 다른 곳에서 살해된 후 그곳 으로 옮겨졌을 수도 있는 걸까.

이 지점에서 신명호를 의심해봐야 하는 것일까. 치정으

로 얽힌 세 사람의 관계도 의심이 가는 부분이었다. 신명호의 정신질환이 두 사람의 목숨을 앗아간 사건으로 종결시켜야 하는 걸까. 오기현의 살해 당일로 추정되는 날에 신명호의 알리바이는 없었다. 이 씨와 신명호를 심문해봐야 할 터였다.

규민은 오기현의 방에서 가져온 다이어리에서 친구들 연락처를 뒤졌다. 하지만 전화번호도 남아 있지 않았고 일정을 보아도 자주 만나는 친구 하나 없었다. 마음을 털어놓는 사람은 오직 언니뿐인 것 같았다. 오기현의 인생을 통째로 알고 있었던 사람도 윤의현이 유일했다. 규민의 채널은 다시금 윤의현에게 맞춰졌다. 다른 것은 몰라도 오창기를 살해한 공범이 윤의현이 아닐까 하는 의심이 들었기 때문이다.

하지만 그 또한 논리에 어긋났다. 오기현의 살해 용의자로 오창기를 지목해서 규민에게 소스를 줬던 사람이 윤의현이다. 윤의현은 오창기의 알리바이와 상관없이 그가 오기현을 죽였다고 믿고 있었다. 그래서 수사의 화살도 오창기를 향했다. 그런 시점에서 윤의현이 신명호와 공모, 혹은 사주해서 오창기를 살해할 명분이 없었다. 게다가 윤의현은 신명호와 일면식도 없는 사이 아닌가.

규민이 다음 날 찾아간 곳은 서울 변두리에 위치한 요양병원이었다. 동네에서 듣던 말과는 다소 차이가 있었다. 오기현의 전 남편은 장기 신장투석 환자였다. 어쨌거나 오기현을 직접 살해할 수 있는 상태가 아니었다. 규민은 그에게 오기현과 헤어진 이유를 물었다. 뼈와 가죽만 앙상하게 남은 그는 규민을 반기지 않았다. 오창기에게 알려질까 두려워하는 눈치였다.

"오창기 씨는 죽었습니다. 모르셨습니까?"

"그 노인네가 죽었다고요? 그럴 리가요. 젊은 사람 못지 않게 건강했는데요."

"살해당했습니다."

"살해라고요? 그 노인네, 천벌을 받았군요. 범인은 누군가요? 기현이는 어떡하고 있나요? 혹시 기현이가……."

그는 오기현의 죽음 자체를 모르고 있었다. 그가 오기현의 살해 용의자가 아닌 것은 분명했다.

"오창기 씨에게 거액의 위자료를 받으셨죠. 혼인신고도 하지 않았으면서 그렇게 큰돈을 받은 이유가 뭡니까? 여기 요양원도 그 돈으로 입원해 계신 거 아닌가요?"

"네 받았습니다. 주는 돈을 왜 안 받겠습니까. 글쎄요. 그 노인이 내 입을 막고 싶었던 걸지도 모르죠."

"입막음이라면…… 두 사람 사이에 문제가 있었던 게 아니었겠군요."

"저도 할 말 많은 사람입니다. 저도 피해자라면 피해자입니다. 정신적인 피해자요. 한마디로 웃기는 부녀였어요. 제가 몸이 부실한 놈이긴 했지만 그 노인네하고 기현이하고 그렇고 그런 사이라는 걸 몰랐겠습니까?"

"오기현은 아버지를 어떻게 생각하는 것 같았습니까?"

"티는 많이 안 냈지만, 좋기만 했겠습니까. 어떻게 보면 기현이도 불쌍한 사람이었죠."

"아까 오기현이 오창기를 살해했을 수도 있다는 말씀을 흘리셨는데, 그 이유 때문이라고 보는 겁니까?"

그는 손사래를 쳤다. 오창기가 오기현의 손에 그렇게 쉽게 죽임을 당할 인물은 아니라면서. 규민은 비로소 그에게 오기현의 죽음을 알렸다. 그의 작은 눈이 커졌다. 누가 먼저 죽은 거냐고 다급하게 물으며 두 사람 중 누군가는 다른 누군가에 의해 죽임을 당했을 거라고 했다. 그들의 관계는 둘 중 한 사람이 죽어야 끝날 수 있는 성격의 것이라는 의미심장한 말도 덧붙였다. 규민은 요양원을 나와서 가평 경찰서로 급하게 차를 몰았다. 참고인으로 부른 이 씨를 만나기 위해서였다.

"신명호가 이 선생님한테 도움을 요청한 일이 있었습니까?"

"난 아무것도 몰랐습니다. 아, 형사님도 아시잖소. 그날 형사님과 내가 곱창 집에서 한잔 걸치고 화원에 갔으니."

이 씨 말대로 그의 알리바이는 확실했다.

"좋습니다. 저도 이 선생님이 관계하지 않았단 걸 믿습니다. 하지만 신명호 단독 범행이라고 보기에는 아무래도 이상합니다. 만약 공범이 있다면 누구일까요? 동네에서 신명호를 도울 만한 사람이 있을까요?"

"명호, 그 미친 새끼가…… 저 혼자 한 일이라고 자백했다면서요? 형사님도 생각해보시구려. 동네에서 누가 그런 일에 끼어들겠소. 머리에 총을 맞지 않은 다음에야. 우리 마을 사람들이 어떻게 먹고살고 있는데. 오 사장이 성질은 더럽지만 그래도 그 덕에 살고 있다는 건 다 알아요. 그런데 누가 오 사장 죽이는 일에 끼어들겠소. 그 새낀 완전 똘아이라오. 그 똘아이 새끼가 그런 엄청난 일을 저지를지 누가 알았겠소."

"신명호가 돈으로 이 선생님을 매수하려고 했다고 하던데, 그에게 돈에 관한 얘기를 한 적이 있었나요?"

"어허, 그 새끼가 그런 말을 했습니까? 그래요, 다 내 못난 탓이오. 명호, 그 새끼한테 돈만 있으면 여길 떠나고 싶다는 말은 한 적이 있소. 사실 그 새끼 때문에라도 떠나고 싶었소. 돈이 없는 게 웬수지. 내 마누라가 그 새끼한테 홀딱 반해서 쫓아 다니는데 명호 그 새끼가 밉지 않으면 내가 사람이겠소? 우리 마누라가 그동안 돈 사고는 쳤어도 색기는 안 부렸거든. 그런데 그 새끼가 동네 여자들 맥을 못 추게 하는 통에 우리 마누라도 정신 못 차리는 꼬락서니를 보고 있자니…….

게다가 여자만 후리는 놈인 줄 알았는데 이제 사람까지 죽이다니. 그것도 지 부모나 마찬가지인 오 사장을……. 거기다 돈으로 나를 꼬드기려고 했다는 애먼 소리나 해대고. 완전히 미친 새끼라니까."

이 씨는 목소리를 높였다. 규민은 이 씨에게 담배 한 개비를 건넸다. 이 씨는 담배를 피우며 흥분을 가라앉혔다.

"선생님이 지난번에 저한테 물어보셨지요. 오기현이 자살한 게 아니라 타살 아니냐고. 동네 사람들도 그렇게 수군거리고 있다고. 맞습니다. 오기현은 살해된 것입니다."

"형사님이 우리 마을을 드나들며 동네 사람들을 만나고 다녔는데, 그걸 모르겠습니까."

"그럼 오기현의 살인용의자가 오창기라는 것도 알고 있었습니까?"

"형사 양반이 오 사장을 의심하고 있다는 생각은 했지. 하지만 그건 아닐 거요. 이제 형사님도 다 알았겠지만, 오 사장한테 기현이는 딸이 아니었소이다. 그 능구렁이 염감탱이가 기현일 얼마나 예뻐했는데 죽였겠습니까. 글쎄요, 기현이가 오 사장을 죽였다면 또 몰라도. 이제 다 밝혀진 거 아니오. 오 사장이 기현이를 죽이지 않았다는 게."

"그럼 누가 오기현을 살해했다는 건가요?"

"참, 답답하긴! 형사 양반이 그걸 모르신다는 말이오?

누구긴 누구겠소. 저 똘아이 새끼가 기현이도 죽였을 테지. 한 명 죽이는 놈이 두 명은 못 죽이겠소. 순전히 사이코패스 같은 놈이라니까."

"평소에 신명호가 오기현을 좋아한 건 알고 있었나요?"

"알고 있다마다. 그러니까 죽였겠지. 기현이는 지 놈한 테 그런 마음이 아니었거든. 화가 났겠지. 그런데 오 사장이 딱 버티고 있지. 그러니까 지 맘대로 할 수는 없지. 기현일 덮 쳐보려고 했다가 안 되니까 죽인 걸 거요. 저 새끼, 족쳐보시 구랴."

"그런데 오창기는 왜 죽였답니까?"

"아, 형사님도! 오 사장이 저 새끼가 기현일 죽인 걸 알 고 다그쳤겠지. 그러니까 홧김에 오 사장을 죽인 게 아니겠 소. 저놈이 두 사람 다 죽인 게 분명하다니까."

이 씨는 얼굴이 벌겋게 달아오른 채 다시 목소리를 높 였다.

22

벼
랑

임 감독의 방으로 들어가기 전에 의현은 화장실에 먼저 들렀다. 약속 시간보다 30분이 일렀다. 의현은 화장실 거울에 비친 검은 정장 차림의 자신을 보았다. 그새 자란 머리카락이 목덜미 근처에서 찰랑거렸다. 볼살이 빠져서인지 얼굴이 더 갸름해졌다.

지난 강연장에서 의현은 임성재에게 오기현의 죽음을 알렸다. 아무도 듣지 못할 때 그에게만 한 얘기였다. 임성재는 일순간 눈이 커지긴 했지만 별다른 내색은 하지 않았다.

화장실 입구의 오른편이 글로벌 픽처스 회의실이다. 벽

이 끝나는 지점에 유리문이 있었다. 보도자료 건으로 방문했을 때 들어갔던 곳이었다. 회의용 긴 테이블과 바퀴 달린 의자들이 줄지어 배치되어 있던 방. 회의실 맞은편은 임성재의 집무실이다. 오른편 끝은 정아영이 있는 대표실이고 나머지 공간은 직원들 사무실이었다. 로비 안내데스크에서 21층을 통째로 글로벌 픽처스가 사용한다는 말을 들은 적이 있었다. 한 층에는 화장실이 두 개였다. 엘리베이터 입구 옆의 화장실과 직원들이 근무하는 사무실 옆에 또 하나의 화장실이 있었다. 의현은 엘리베이터 입구 화장실을 다녀온 참이었다.

임성재의 방에 막 노크를 하려던 차에 귀에 익은 목소리가 들렸다. 회의실에서 나는 소리였다. 공교롭게도 회의실 문이 활짝 열려 있었다. 의현은 발소리를 죽이고 회의실 벽으로 다가갔다. 유리문 바로 옆까지 갔을 때 목소리의 주인공이 임성재와 정아영이라는 것을 알 수 있었다. 그들의 말소리와 내용도 또렷하게 들렸다.

"윤 작가는 왜 또 온다는 거예요?"

정아영의 볼멘 목소리가 의현의 귀에 박혔다.

"이민흠 교수 작품 때문이겠지. 우리가 어떤 결정을 내릴지 알고 싶은가 보지. 윤 작가가 소개한 사람이니까."

임성재의 목소리는 사무적이고 딱딱했다. 정아영이 임성재를 향해 눈을 흘기는 모습이 그려졌다. 곧이어 정아영의 격

앙된 음성이 들렸다.

"그 여자한테 오빠가 관심을 보이는 게 내 입장에서 좋게만 보이지 않아서 그래. 내가 이러는 게 지나친 거야? 윤 작가에 대한 오빠의 진짜 감정은 뭔데?"

"아영아! 너 요즘 너무 예민한 거 알아? 내가 윤 작가한테 호의적인 게 사적인 감정이겠어? 다 우리 회사를 위해서인 걸 몰라서 그래? 서로 쓸데없는 일에 에너지 낭비하지 말자. 우리 갈 길이 멀잖니."

두 사람이 사석에서 편한 호칭을 쓰는 사이라는 건 익히 아는 일이었다. 정아영을 대놓고 싫어할 수 없다는 것이 임성재의 입장이기도 했다.

"알았어요. 난 감독님만 믿을게요. 그나저나 어떻게 할 건데요? 이민흠 교수 작품이 우리 쪽에서 트라이해볼 만한 물건이긴 한 거예요?"

"대표님은 어떻게 생각해요?

두 사람은 다시 존칭을 썼다.

"나는 좋던데요. 에드워드 박한테 보낼 정도의 수준은 되는 작품이더라고요. 근데, 지난번에 이민흠 교수가 나한테 다른 원고를 좀 봐달라고 하던데. 그게 오늘 아침 이메일로 왔어요."

"이 교수가 원고를 보냈다고?"

임성재가 목소리를 높였고 의현도 귀를 세웠다. 이민흠이 정아영에게 원고를 보냈다니, 금시초문이었다. 이민흠이 정아영을 통해서 다른 시도를 하려는 게 틀림없었다. 의현은 일부러 구두굽 소리를 냈다. 마치 금방 엘리베이터에 내려서 복도를 걸어온 것처럼. 의현은 열린 유리문 앞에서 노크하는 시늉을 했다. 두 사람이 동시에 유리문에 서 있는 의현을 바라보았다.

"이 교수님이 그 원고를 벌써 보내셨군요. 죄송합니다. 문밖에서 들리더라고요."

의현이 선수를 쳤다. 임성재가 의아한 표정으로 두 사람을 번갈아 쳐다보았다.

"어머, 윤 작가님도 알고 있으셨군요. 이 교수님이 올해 봄부터 집필했다는 작품인데, 저한테 한번 읽어봐달라고 하더라고요. 《중세의 무덤》도 좋았는데, 이번 작품도 기대가 크네요. 그럼 두 분 말씀 나누세요."

정아영이 자기 방으로 돌아가자 의현은 임성재를 따라 그의 집무실로 왔다.

"에드워드 박과는 언제 다시 만나기로 한 건가요?"

"윤 작가님도 급하실 때가 다 있네요. 궁금하신 거죠. 하긴 윤 작가님 작품을 에드워드 박이 맡는다면 미국 투자자들도 대번에 움직일 테니까요."

의현은 웃음으로 답을 대신했다.

"조만간 에드워드 박이 부모님을 만나러 마닐라에 온다고 해서 그때 미팅을 갖기로 했습니다. 이번엔 윤 작가님도 동행하시는 겁니다. 에드워드 박과의 일도 중요하지만 정 대표 부모님과도 미팅 자리도 만들 생각이거든요."

"저야 임 감독님만 믿고 가야겠지요."

"그나저나 이 교수님은 무슨 소설을 또 보냈다는 건지. 그것도 정 대표한테만……."

임성재가 미간을 좁히며 말끝을 흐렸다. 강연장에서 정아영을 바라보던 이민흠의 눈빛이 생각났다. 임성재가 책상 서랍에서 흰 봉투를 꺼내 의현 앞으로 내밀었다. 의현은 임성재와 봉투를 번갈아 쳐다보았다.

"동생분의 안타까운 일에 심심한 조의를 표합니다. 제 생각에 장례는 치르셨을 것 같고요. 사실 작가님이 연락을 주실 줄 알았습니다. 근데 말씀이 없으시더라고요. 윤 작가님이 워낙 깔끔한 성격이라서 그런가 보다 하고 이해했습니다. 저희로서는 작은 성의 표시일 뿐이니까 받아주시기 바랍니다."

의현은 감사 인사를 하고 봉투를 받았다.

"실례되는 말씀이겠지만, 실종되었다는 동생분이 그렇게 되었다니, 참 뭐라고 할 말이 없네요. 교통사고였나요?"

"교통사고는 아니었고요. 산에 오르다가 발을 헛디뎠나

봐요. 실족사였어요."

"어떻게 그런 일이……. 참 안타까운 일이었군요. 윤 작가님, 그동안 많이 힘드셨겠어요."

"마음이 아프지만 추스르고 있는 중이에요. 그건 그렇고 이 교수님의 《중세의 무덤》은 어떻게 하기로 하셨나요?"

"제가 볼 때는 괜찮더라고요. 아까 정 대표도 꽤나 긍정적이지 않았습니까."

"그래서요?"

"그래서라뇨?"

임성재가 의현의 질문에 꼬리를 물고 늘어졌다.

"판권 계약을 하실 생각이신가요?"

의현이 소파 등받이에 상체를 깊게 묻으며 팔짱을 꼈다.

"저희는 긍정적으로 검토하는 중입니다만. 왜 그러시는 거죠? 판권 계약 다음부터가 본게임이라는 건 작가님이 더 잘 아시잖아요."

"감독님, 한 번 더 생각해보시는 게 좋지 않을까요. 신중하게 생각하신 후 결정해도 늦지 않습니다."

"그게 무슨 말씀이신지? 이 교수는 윤 작가님이 소개한 분이잖아요."

"단도직입적으로 말씀드리겠습니다. 그 결정을 보류해 주셨으면 좋겠습니다. 아니, 무리한 부탁일지 모르지만 거절해주세요. 그게 글로벌 픽처스를 위해서도 바람직한 선택일 겁니다."

의현은 이민흠 교수를 둘러싼 일들에 대해서 입을 열었다. 지나가는 말로 한 번 운을 뗐던 이야기였다. 그래서 임성재도 이민흠을 꺼려했다. 하지만 콘텐츠가 괜찮다고 판단되면 얘기는 달라질 수 있었다. 글로벌 픽처스가 지향하는 목표에 부합되는 콘텐츠를 끌어오는데 원작자가 쓰레기면 어떻고, 폐기처분 직전의 인간이 대수겠는가. 그것이 임성재의 비즈니스 마인드이기도 했다.

의현은 이민흠이 학생들을 성추행한 일이 방송을 탔다고 했다. 문단 내 성추행과 대학가 교수의 성폭력이 뜨거운 감자가 된 상황에서 이민흠 일이 기폭제가 될 수 있다면서. 문단과 교수라는 두 가지 타이틀을 가지고 있는 이민흠은 본보기 타깃이 될 가능성이 높았다.

이민흠 한 사람 망신당하고 끝날 문제가 아니라고 의현은 경고했다. 그와 관계된 모든 곳에 불똥이 튈 수 있다. 재직 중인 학교 이미지 실추는 물론이거니와 논문이 게재된 학술지 및 그의 책을 낸 출판사도 불명예스러울 게 뻔했다. 이대로 간다면 이민흠은 학교뿐 아니라 문단에서도 제명당할 처지에 놓일 것이라는 말로 끝을 맺었다.

"지금 상황에서 이민흠 교수의 작품을 계약한다면 우리

도 그 흙탕물에 발을 담그는 꼴이 되겠군요."

임성재의 반응은 빨랐다.

"그런 대미지를 감수할 만큼 이 교수 작품이 월등하다면
야 저로서는 할 말이 없습니다만."

"윤 작가님도 읽어보셨을 거 아닙니까? 윤 작가님은 생
각은 어떠세요?"

"저는 항상 임 감독님 생각과 같습니다."

"잘 알겠습니다. 없던 일로 하겠습니다."

"이 교수가 대표님한테 이메일로 보냈다는 원고는요?"

"글쎄요. 검토는 해보겠지만 원작자 자질이 문제가 되는
상황인데, 어떤 원고는 안 되고 또 다른 원고는 된다는 것은
좀 그렇겠죠. 그런데, 작가님은 왜 그런 사람을 우리에게 소
개하신 거죠?"

임성재는 집요했다. 이민흠의 작품이 그만큼 놓치기 아
까운 물건인 걸까. 아니면 의현의 저의가 궁금했던 걸까. 의
현은 자신이 강의를 안 하겠다고 하자 뒤가 구린 이민흠이 그
이유를 물었고, 그 때문에 글로벌 픽처스에 대해서 말하게 되
었다고 했다. 그러자 이민흠이 강연이 있었던 그날 따라왔다
고 했다.

"권모술수에 능한 작자로군요. 게다가 성추행범이라니.
별로 가까이하고 싶지 않군요. 어떻게 할까요? 윤 작가님이

이민흠 교수에게 전달해주시겠습니까?"

임성재의 말 속에 비웃음이 담겨 있었다. 그러고 보면 임성재와 이민흠은 비슷한 부류였다. 사람은 자신과 같은 부류의 사람을 기꺼워하지 않는다고 하던가. 같은 극끼리 밀어내는 자기장의 원리처럼.

"아닙니다. 이 교수는 지금 벼랑 끝에 서 있는 사람입니다. 그 벼랑 끝에서 잡은 지푸라기가 글로벌 픽처스일 것입니다. 그 사람은 지금 제가 자기의 든든한 다리 역할을 해줄 거라고 믿고 있습니다. 제가 전달하기는 곤란합니다. 양해해주세요. 제가 감독님한테 부탁했지만 작품이 글로벌 픽처스가 지향하는 점과 적합하지 않아서 결정을 유보한 걸로 해주시면 어떻겠습니까?"

"충분히 알아들었습니다. 굳이 윤 작가님을 거론할 필요도 없습니다. 우리와 맞지 않는다고 통보하면 되니까요. 윤 작가님이 이민흠 교수보다 저희 편에서 생각해주신 점은 감사드리겠습니다. 앞으로 저희 영화사에 좋은 콘텐츠를 제공해주신다면야 저희야 더할 나위 없겠지요. 그런데 이민흠 교수는 윤 작가님이 왜 자기를 도울 거라고 확신하고 있는 거지요?"

의현은 그 질문에도 대답하지 않았다. 임성재도 더 묻지 않았다.

23

은
퇴
이
민

휴대전화가 계속 울렸다. 혼곤한 낮잠 속에 빠져 있을 때였다. 의현은 비몽사몽 간에 전화를 받았다. 이민흠이었다.

"이 교수님!"

"윤 선생, 글로벌 픽처스 대표한테 메일이 왔어요."

"어떻게 되셨어요? 잘되셨지요?"

"윤 선생이 글로벌 픽처스에 가본다고 했지요? 가서 내 얘기 좀 잘해주겠다고 했잖아요."

"네, 볼일이 있어서 며칠 전에 다녀오긴 했는데, 왜요? 교수님."

"그때 무슨 얘기 못 들었나요?"

"아니요."

"내 작품, 부탁했어요?"

"긍정적으로 검토해달라고 얘기는 했습니다만."

"반응이 어땠어요?"

"그냥, 뭐. 별로…… 메일이 뭐라고 왔는데요?"

의현이 말끝을 흐리면서 물었다.

"《중세의 무덤》이 자기네 방향이랑 안 맞는대요. 보기 좋게 거절당한 거지요. 지금 학교도 말이 아니에요. 학과장 말로는 애들이 정식으로 학교에 이의를 제기했다나 봐요. 얼마 전까지 인터넷에서도 내 얘기가 떠돌아다니고. 우선 잠잠해지길 기다리고 있긴 한데, 학교에서도 압박을 해오고 있어요. 총장님도 내가 언론에 공식사과를 하길 바라고 있고요. 글로벌 픽처스 일까지 이렇게 꼬여버리면 학교에서도 날 버릴 거예요. 이렇게 가다가는 교수 자리도 위태로울 지경이에요."

의현은 이민흠의 얘기를 잠자코 듣기만 했다. 그의 말이 새고 꼬이는 게 느껴졌다. 술김에 전화를 한 모양이었다.

"교수님, 술 드셨어요?"

"마셨어요. 내가 할 수 있는 일은 아무것도 없어요. 아내도 집을 나가버렸어요. 엉망입니다. 어디서부터 잘못된 것인지 하나도 모르겠어요. 내가 이렇게 곤욕을 치를 만큼 잘못한 건가? 그 기집애한테 따지고 싶어요. 일을 터뜨리려면 그때 하든지. 사람 조롱하는 것도 아니고. 6, 7개월이나 지난 일을 왜 느닷없이 들쑤시는 거냐고. 아니야! 이건 뒤에서 누군가 사주하는 인간이 있는 건지도 몰라."

이민흠의 하소연이 이어졌다. 방송의 파급 효과가 생각보다 컸단다. 음성변조와 모자이크 처리된 한 여대생의 성추행 고발이 대수롭지 않을 수도 있었다. 학교 이름뿐 아니라 그의 이름도 이니셜로 표기되어 나왔으니까. 그 프로가 3사 정규방송도 아니고 그렇게 인기 높은 종편 채널도 아니었다.

그런데 이민흠을 알아본 몇몇 사람이 그 방송을 보고 전달하는 말은 빛의 속도보다 빨랐다. 소문이 그렇게 급속도로 번질 수밖에 없었던 것은 이민흠의 소설 표지가 카메라에 잡힌 탓이었다. 블러 처리된 희미한 표지를 본 주변 사람들이 이민흠의 소설임을 알아본 것이다. 그 책이 나왔을 때 작가가 직접 사인본을 건넨 사람들조차 방구석에 던져놓았을 것이 분명한 책. 라면 냄비받침으로 사용하지 않으면 다행일 그 책의 저자에 대해 사람들은 귀를 쫑긋 세웠다. 그를 둘러싼 일은 사람들의 오감을 자극하면서도 들입다 씹기에 만만한 가십거리였을 테니까.

이민흠을 향해 대놓고 비아냥거리는 사람도 있었을 것

이고, 그를 시기하고 질투했던 무리 중 몇몇은 잔인하기도 했을 것이다. 이민흠의 본가 부모님도 머리를 싸매고 누웠고 형제와 친구들은 위로하는 중에도 혀를 차더라고 했다. 총장이나 학과장도 이민흠이 책임지고 물러나길 바라는 눈치라고 했다.

"그 기집애, 누군지 좀 알 수 없을까요? 방송에 인터뷰한 애 말이에요. 윤 선생, 정말 짚이는 애 없어요? 지금 상황에서 내가 알아보긴 그렇잖아요. 윤 선생이 좀 알아봐줄래요?"

"그 여학생을 찾아내서 어떻게 하시려고요?"

의현이 냉랭한 목소리로 받아쳤다.

"찾아서 요절을 낼 거예요. 저까짓 게 뭔데, 내 인생을 이렇게 망가뜨리느냐고!"

"교수님, 저도 그 학생을 찾기는 힘듭니다. 일개 시간강사가 무슨 권한으로 학과사무실에다 학생의 개인정보를 알아봐달라고 하겠어요. 더군다나 저는 이제 그 학교에 강의도 나가지 않는 사람인걸요."

"그렇겠군. 그러면 이 사태를 어떻게 수습해야 하는 거지? 난 정말 아무것도 모르겠어."

"교수님이 책임을 져야 하는 시점인 것 같은데요."

"왜 나만 책임을 져야 하지? 박 교수와 윤 선생도 나와 함께 작당한 일 아니었나? 왜 나만 똥물을 뒤집어써야 하느냐고?"

이민흠의 말끝마다 쌍욕이 매달렸다.

"교수님이 화가 나시는 것은 이해하겠지만, 감정적으로 처리하실 문제는 아닌 것 같습니다. 저는 도울 만큼은 도왔다고 생각합니다. 그럼, 이만 전화 끊겠습니다."

의현은 시간을 확인하고 침대에서 몸을 일으켰다. 저녁에 임성재와의 약속이 잡혀 있고, 그에 앞서 처리할 일도 있었다.

화장을 하고 귀밑과 목덜미에 향수를 뿌렸다. 미세한 향수입자가 공중에서 흩날리다가 사라졌다. 의현은 붙박이장을 열어서 니트 원피스를 골랐다. 몸의 라인이 고스란히 드러나는 옷이었다. 의현은 트렌치코트를 어깨에 걸치고 원룸을 나와서 택시를 잡아탔다.

의현이 의뢰를 한 로펌은 서초구에 있었다. 담당 변호사와는 세 번째 만남이다. 일은 순차적으로 진행되고 있었다. 20만 원 남짓의 상담비를 내고 처음 만났고, 두 번째 방문에서 구비된 서류와 파일을 전해줬다. 일의 진행 상황은 전화와 이메일을 통해 수시로 보고받았다. 상담을 마친 의현은 변호사 사무실을 나와서 약속 장소인 상암동으로 향했다. 호텔 레스토랑에서 임성재가 의현을 맞았다.

"우린 마닐라에 언제 가게 되는 건가요?"

"에드워드 박이 미국 일이 다 끝나지 않아서 조금 딜레이되나 봅니다. 저희도 할 일이 태산입니다. 급할수록 돌아가라는 말도 있잖습니까. 윤 작가님, 우리 크게 보고 길게 갑시다."

주문한 음식이 나왔다. 애피타이저로 나온 해산물 모둠과 훈제연어에 이어 쟁반만 한 접시에 나온 음식은 전부 한 입거리도 되지 않는 양이었다. 먹물 빵과 흑미 빵에 감자스프가 곁들여 나왔다. 송아지 안심 스테이크와 왕새우가 메인요리였다. 디저트로 나온 케이크와 티라미수를 먹을 때까지 임성재는 의현에게서 눈을 떼지 않았다. 식사를 하는 동안 와인한 병이 비워졌다. 의현이 말했다.

"이번에 가면 저도 거기서 정착해볼까 하는 생각을 하고 있습니다. 정 대표님 부모님께서 그곳에 사신다니까 도움을 받을 수 있지 않을까요?"

정 대표의 부모를 거론한 것은 핑계였다. 이민자를 배척하는 미국의 현 상황을 고려해 쉽게 이주할 수 있는 필리핀을 고른 것이다. 훗날 미국의 정치적 상황이 달라지고《비밀의 시대》가 성공적으로 영상화되면 미국으로 옮길 방향을 모색하겠다는 게 의현의 생각이었다.

"필리핀에서 사실 생각이라고요? 그렇게 쉽지는 않을 텐데요."

임성재는 다소 놀란 것 같았다.

"쉽진 않지만 방법을 찾아보는 중입니다."

"그런데 왜 갑자기 한국을 떠나서 거기에 정착하려는 생각을 하신 겁니까?"

의현은 동생의 죽음이 실족사가 아니었다고 입을 뗐다. 임성재는 그러면 자살이었던 거냐고 조심스럽게 물었다. 의현은 자기도 처음에는 자살인 줄 알았다고 했다. 그런데 여러 정황으로 볼 때 자살이 아니었고, 경찰에서도 타살에 맞춰 수사 중이라고 대답했다. 그러자 임성재는 장례가 미뤄진 것도 그 때문이었냐고 물었다.

"그럼 사건은 종결됐나요? 범인은 잡힌 건가요?"

임성재의 물음에 의현은 동생의 살해 용의자로 지목된 사람은 의부였다고 했다. 동생이 의부에게 당한 성적 폭력이 빚은 참사였다는 것과 자매의 과거사까지 털어놓았다.

"부모님 불화의 원인이 오창기 때문이었는지는 잘 모르겠어요. 어쨌든 두 분은 헤어졌어요. 친할머니는 동생보다 저를 더 예뻐하셨어요. 노인들은 맏손주한테 남다른 애정이 있다잖아요. 그래서 저는 아빠와 남게 되었고, 동생은 엄마를 따라간 거지요. 친할머니는 동생이 오창기의 자식일지 모른다고 의심했는지도 모르죠. 그래서 동생이 아빠 호적에도 오르지 못한 게 아닌가 싶기도 하고요. 하지만 오창기가 제 동생의 친부는 아니에요. 돌아가신 엄마한테도 확인한 사실이에요. 동생은 심한 우울증에 시달렸어요. 의부에게 오랜 세월 몹쓸 짓을 당해왔는데, 어떻게 정신이 온전할 수 있었겠어요. 그래서 저도 처음에는 동생의 죽음이 자살이라고 생각했던 거고요. 그런데 알고 보니 의부한테 살해당한 거였더라고요. 그러니 제 마음이 어떻겠어요. 여기선 정말 살고 싶지가 않네요."

"아, 그런 불행한 일이…… 그동안 마음고생이 정말 심했겠군요. 동생이 그렇게 세상을 떠난 한국 땅이 싫기도 하겠어요."

"죽여버리고 싶었어요. 가능하면 내 손으로."

의현의 앙다문 입술 사이로 흘러나온 말이었다.

"충분히 그런 마음이 들었겠네요. 그 망종은 몇 년 형을 선고받았나요?"

"죽었어요."

의현의 대답에 물을 마시던 임성재는 사레가 들렸는지 컥컥거리면서 얼굴이 시뻘게졌다. 금방 의현이 동생의 의부를 죽여버리고 싶다는 말에 놀랐을 터였다.

"필리핀에는 은퇴 이민 제도가 있더라고요. 그걸 신청하면 장기체류자격을 받을 수 있다면서요?"

의현이 알아본 바로는 은퇴 이민 신청자는 필리핀 정부가 지정한 은행에 일정액을 달러로 예치해야 한다. 6개월의 의무예치 기간이 끝나면 그 돈을 필리핀 본국에 투자해야 하는 시스템이었다. 신청자는 투자로 얻는 이익을 챙길 수 있었다. 임성재가 그걸 모를 리가 없었다.

"네, 그런 제도가 있다는 건 알고 있습니다. 결국은 돈이 문제겠죠. 예치금에다 의식주를 해결하려면 최소 억 단위는 있어야 움직여볼 수 있을 겁니다. 윤 작가님이 그런 돈이…… 혹시, 동생 의부였다는 분한테 재산이 좀 있었습니까?"

임성재가 정색한 표정으로 물었다. 실향민이었던 오창기의 유일한 상속자는 오기현이다. 오기현에게 유일한 피붙이라고는 친언니인 의현뿐이었고. 하지만 두 자매는 호적도 성도 달랐다.

"우리는 양쪽 부모님이 똑같은 친자매였지요. 동생이 죽기 전에 유전자 검사를 해뒀습니다. 오창기가 죽더라도 동생과 내가 그 사람의 재산을 공동으로 소유할 수 있도록 동생이 미리 준비해둔 것일지도 몰라요."

오창기의 재산 규모를 들은 임성재의 입가에 보일 듯 말 듯한 미소가 스치고 지나갔다. 임성재는 의현에게 2차를 가자고 권했다. 두 사람이 칵테일 바로 자리를 옮겼다. 그녀의 취향을 고려한 술집이었다. 임성재는 위스키를 시켰고 의현은 칵테일을 주문했다. 임성재의 손이 의현의 어깨로 자연스럽게 얹어졌다. 곧이어 의현의 목덜미에 닿는 그의 입김이 느껴졌다. 두 사람은 칵테일 바를 나와서 호텔 프런트에서 체크인을 했다. 엘리베이터 안에서 의현의 허리를 감싸 안는 그의 손이 뜨거웠다.

24

증오하면서 사랑한다

규민은 윤의현을 찾아갔다. 규민이 오기현의 전 남편을 만났다고 했지만 그녀의 표정은 의외로 담담했다.

"오창기도 죽은 마당입니다. 이제 다 말씀해주셔도 되지 않습니까."

윤의현은 그동안 입을 닫은 사람답지 않게 긴 이야기를 시작했다. 오기현의 인생은 엄마가 죽은 날 끝났다고 했다. 열다섯 소녀는 의붓아버지를 막아낼 힘이 없었다. 높은 성벽과도 같은 집 안에 갇혀진 채 20년 동안 이어진 폭력은 기현의 일상으로 굳어졌다. 그러는 동안 오기현의 몸과 마음은 황폐해질 대로 황폐해진 것이다.

그 시절 오기현의 유일한 말벗은 신명호였다. 오기현을 보호해줄 수 없는 병약한 엄마와 묘한 눈빛으로 자신의 몸을 훑던 의부 사이에서 오기현은 공포를 느꼈을 것이다. 그 집 지하실에서 의부에게 매질과 학대를 받던 신명호에게 마음을 의지했던 오기현이었다. 그 사실을 안 오창기는 오기현의 모친이 죽던 해 신명호를 화원 창고로 쫓아냈다.

"신명호가 단지 말벗이기만 했던 겁니까?"

규민이 윤의현의 말을 끊었다. 신명호는 아기의 아비가 누구였는지는 끝내 진술하지 않았다. 의심이 가는 사람은 신명호와 오창기, 두 사람이었다.

"아닙니다. 계속하십시오."

규민은 한발 물러나기로 했다. 윤의현은 모르고 있는 걸까. 당시 동생이 아기를 낳았다는 사실을.

오기현은 화원을 드나들며 신명호와 가깝게 지냈고, 신명호는 그런 오기현에게 다른 감정을 품었다. 이를 질투한 오창기가 신명호를 미워했음은 말할 것도 없었다. 오창기에게 오기현은 딸이 아니었다. 아내의 현신이고, 젊은 연인이었다. 그런 연인을 욕정의 눈으로 바라보던 신명호를 용납할 수 없었을 것이다. 마침내 오창기는 신명호의 눈을 실명시키기에 이르렀다. 그의 실명은 오기현에게 적잖은 충격을 안겼다. 화원에 발을 끊고, 오창기가 정해준 남자와 결혼을 한 걸 보면.

"오기현은 오창기한테서 왜 벗어나려고 하지 않았을까 요? 어릴 적에는 어쩔 수 없었다고 해도 성인이 된 후에 시도 는 해볼 수도 있었을 텐데."

규민이 윤의현의 말을 끊고 질문을 했다. 오기현은 우수 한 학생이었다. 규민은 오기현의 고등학교 성적을 열람해봤 을 때 알았다. 경기도의 유명하지 않은 대학을 나오긴 했지만 장학금을 받고 다닌 것만 해도 그랬다. 취업이나 연애를 통해 의부의 손아귀에서 벗어날 수 있었을 것이다. 의부에게 사육 당하는 대가로 재정적 혜택을 누리는 삶을 선택한 것은 아니 었을까, 하는 생각마저 들었다. 규민을 말끄러미 바라보던 윤 의현의 입가에 머무는 웃음. 조소였다. '아무리 형사라고 하 지만 당신이 내 동생 인생을 알기나 해?'라는 의미가 담긴.

"형사님, 혹시 동생의 유서 기억하세요?"

뜬금없는 질문. 행간이 없는 여자, 맞았다. 규민은 유서 의 내용을 떠올렸다.

"사랑하면서 증오한다, 였던가요? 아마도."

"아뇨! '증오하면서 사랑한다'였어요."

의현의 말투가 유난히 단호했다. 단어의 순서만 바뀌었 을 뿐인데…… 규민은 그럴 이유가 있으리라 생각하며 다음 말을 기다렸다.

"형사님은 증오하면서 사랑한다는 내용의 유서가 PC방에서 급조된 문장 같아서 신빙성이 없다고 하셨던가요. 그 말씀도 맞아요. 동생이 살해당한 날 무슨 이유로 PC방에서 그 문구를 작성해서 프린트까지 했는지는 저도 몰라요. 하지만 그게 평소 동생 마음이었다는 것은 압니다. 글쎄요. 동생은 늘 자살을 생각하면서 살았던 걸지도 몰라요. 아니면 범인이 동생 소지품에서 그걸 발견하고 신발 밑창에 넣었을 수도 있었을 테고요. 이유는 말할 것도 없이 자신의 범행을 자살로 위장하려고 했던 것이었겠지요. 저도 추측할 뿐이에요. 그날의 일을 어떻게 알겠습니까만."

유서라고 생각한 그 문장의 의미를 윤의현에게 진작 물었어야 했다. 그때 의미를 알았다면 수사의 진척이 더 빨랐을 수도 있었을까.

"증오하면서 사랑한다. 자, 이제 말씀해주시죠. 동생분이 남긴 유서의 의미를요."

"동생에게 증오와 사랑은 불가분의 관계였어요. 이러지도 저러지도 못하는 족쇄라고 해야 할까요. 사랑은 보지 않는다고 끊어낼 수 있는 게 아니었던가 봐요. 동생에겐 더더욱. 동생에겐 증오의 씨앗이 된 게 사랑이었거든요. 얘기하다 보니 시시껄렁한 삼류 같네요, 동생의 삶 자체가."

윤의현은 인생을 달관한 현자처럼 보였다. 이 여자도 알고 있는 게 틀림없다. 20년 전 동생의 비밀을.

혼인신고도 하지 않고 시작한 결혼생활은 1년을 채우지 못하고 파경에 이르렀다고 했다. 파경의 이유는 오기현의 전 남편한테 들은 바대로였다. 집으로 돌아온 오기현은 우울증이 깊어졌고 오창기와도 자주 부딪혔다.

"그 과정에서 오창기가 동생을 살해한 게 아닐까요?"

윤의현이 규민을 정면으로 응시했다. 윤의현은 오창기가 동생의 실종신고를 하지 않은 점도 그 추론을 뒷받침해주는 근거가 아니겠냐고 덧붙였다. 규민이 살해 시점에 오창기가 강원도에 있었다는 알리바이를 확인했다고 말했다. 윤의현의 얼굴에 예의 조소가 또 떠올랐다. 곧이어 오창기가 동생을 살해한 후에 강원도에 간 것일 수도 있지 않겠냐고 반박했다.

"오창기를 죽인 신명호는요? 그의 광기가 살인으로 이어진 걸 보면 오기현을 살해한 범인일 수도 있지 않습니까?"

"그걸 왜 저한테 물어보는 건가요? 형사님이 밝혀내셔야 하는 일이잖아요."

"신명호한테 알아낸 사실이 있습니다. 윤의현 씨한테 먼저 물었지만 말해주길 피한 그것입니다."

윤의현의 눈빛이 날카로워졌다.

"하얀 꽃의 정체요……. 오기현이 20년 전에 출산한 아기였더군요."

윤의현은 체념한 낯빛으로 눈을 감았다 떴다. 주먹을 하도 꽉 움켜져서 핏기가 사라진 하얀 손목에 힘줄이 도드라졌다.

"형사님한테 굳이 숨기려고 했던 건 아니었어요. 제 입으로 말하기 싫었을 뿐이에요. 동생의 가장 큰 고통이었으니까요."

규민은 입이 바짝 탔다.

"죄송하지만 한 가지만 더 확인해주시겠습니까. 아기의 친부가 신명호는 아닐 테고요. 그렇다면……."

"맞습니다. 형사님이 짐작하시는 거. 동생과 오창기가 자주 싸운 이유 중 그것도 있었을 겁니다. 20년 가까이 오창기는 몰랐답니다. 그 당시 동생은 불러오는 배를 숨겼고 화원에서 신명호의 도움을 받아 출산을 했다고 하니까요."

오기현의 나이 고작 열다섯 살이었다. 벌벌 떠는 오기현을 대신해서 아기를 보육원에 맡긴 사람은 신명호였다. 오기현이 스무 살이 되었을 때 보육원을 찾았지만 차마 아이를 볼 수 없었다. 원장을 찾아가서 자신이 그 아이의 숨은 후원자가 되겠다는 약속만 하고 온 것이다. 아이를 키우는 후원금과 보육원에 들어가는 모든 돈이 오창기에게서 나왔음은 두말할 나위도 없었다. 그 때문에 더더욱 의부의 손아귀에서 벗어날 수 없었던 오기현의 심정이 다소 이해가 되기도 했다.

경찰서로 돌아온 규민은 몇 가지 명제를 고착화시킴으로서 오류가 발생된 게 아닐까 스스로 물었다. 규민은 자신이 고착화시킨 명제들을 하나씩 검토해보기로 했다.

    1. 오기현의 죽음은 자살이다. 의부로부터 지속적인 성폭행을 당해온 오기현이 우울증이 깊어지자 자살을 감행했을 수도 있다.

    2. 오기현을 살해한 범인은 오창기이다. 두 사람 사이에 아이가 있었고 실종되기 전 그 일 때문에 잦은 다툼이 있었다는 사실로 미루어볼 때 두 사람의 오랜 불화가 빚은 살해다.

    3. 오기현의 전 남편도 의심해봐야 한다.

    4. 오기현을 죽인 범인이 신명호일 수도 있다.

국과수 결과로 1번 가설은 실격이다. 오창기의 알리바이와 전 남편의 탐문 수사로 2번과 3번 가설도 제외시켜야 한다. 그렇다면 이제 남은 것은 신명호와 윤의현뿐이다. 규민은 다섯 번째 명제를 세 갈래로 세분화했다.

5-1. 윤의현이 신명호를 사주, 혹은 그와 공모해서 오기
현 혹은 오창기를 살해했을 수 있다.

5-2. 오창기의 죽음과 오기현의 죽음 사이에는 깊은 연관
이 있다. 오기현을 살해한 범죄를 덮기 위해 알리바이
가 분명한 오창기를 제거한 것일 수도 있을 테니까.

5-3. 그렇다면 윤의현도 오기현의 살해 용의자에서 배제
할 수 없는 인물이다. 하지만 살해 동기는 없다?

아무리 생각해도 윤의현이 오기현을 죽일 명분은 없었
다. 규민은 윤의현을 떠올려보았다. 그녀의 얼굴에 드리워져
있던 그림자가 생각났다. 규민이 가지고 있던 그늘과 다르지
않았던 그것 때문에 그녀에게 끌렸다. 사건이 해결되면 윤의
현에게 한발 다가갈 마음까지 있었다. 그 때문이었을까. 용의
자 선상에서 모든 사람을 배제해선 안 된다는 대전제를 까맣
게 잊었던 게. 사적인 감정, 일테면 연민이나 애정에 허우적
거리느라 스스로에게 냉철하지 않았던 걸까. 한번 믿은 사람
을 무작정 신뢰하는 규민의 한계가 이번에도 여실히 드러난
것일까. 믿었던 파트너에게 결국 뒤통수를 맞았던 그때의 실
수를 또 되풀이하는 걸까. 만약 그랬다면 규민에게 남은 일은
오직 한 가지였다. 윤의현이라는 인물의 탐색 작업이다.

윤의현은 Y여대 시간강사로 생계를 유지해온, 자기 색

깔은 분명하지만 확실히 뜨지는 못한 소설가이다. 친할머니
와 아버지는 대학 다닐 때 차례로 별세했고 이렇다 할 친척도
없었다. 출판사와의 접촉도 드물고 동료 소설가나 친구와도
소원한 채 조용히 지내왔다. 남자 관계도 거의 없었다. 한마
디로 미래에 대해 이렇다 할 희망 없이 지내오다가 이민흠 교
수 일이 터진 것이다.

　　다음 날 규민은 Y여대 학과장 박도우를 찾아갔다. 학과
장은 윤의현이 영화사 일 때문에 전임강사를 고사했다고 했
다. 규민도 알고 있는 사실이다. 규민은 학과장에게 오기현
사건을 언급했다. 학과장이 고개를 갸웃하면서 "지금 생각해
보니 윤 선생이 조금 이상하긴 했네요"라는 말로 운을 뗐다.

　　"윤 선생은 커피를 입에도 대지 않던 사람이었거든요.
올해 봄에 내 연구실에 왔을 때 자기 입으로 그랬습니다. 자
긴 카페인 감지기라고. 그런데 지난번에는 커피를 잘 마시더
라고요."

　　학과장은 그날은 인식하지 못했는데 나중에 이상하다는
생각이 들었다고 했다. 규민도 윤의현이 커피를 입에 달고 산
다는 것은 익히 알고 있었다.

　　"이 교수 일로 윤 선생이 그 수업을 맡느라고 고생을 좀
했었지요. 그 대가로 윤 선생에게 전임강사 자리를 제안했고
본인도 흔쾌히 받아들였었죠. 근데 갑자기 전임강사 지원을

하지 않았어요. 동생 일 때문에 충격을 받아서 그런 건가. 분위기도 좀 달라졌고요. 뭐랄까, 말도 없고, 냉랭해졌달까. 윤선생이 원래 싹싹하고 상냥한 편이거든요. 지금 생각해보니 모든 게 다 동생 일 때문에 그랬던 건가 싶기도 하네요. 아니면 소설이 영화화된다고 목에 깁스를 한 거였던가……."

학과장은 말끝을 흐렸다.

규민은 학과장을 만난 후 오늘의 탐사보도 PD를 찾아갔다. 얼굴이 낯익었다. 그는 이민흠을 고발한 회차뿐만 아니라 꽃새미 마을을 취재한 회차의 담당 PD이기도 했다. 그의 입에서 윤의현의 이름이 튀어나왔다. 두 건의 소재를 제보한 사람이 바로 그녀였던 것이다. 규민은 그에게 인터뷰한 학생이 누군지 알려달라고 요청했지만, PD는 제보자 보호를 이유로 가르쳐주지 않았다. 규민은 꽃새미 마을 살인사건 수사를 위한 일이라며 공식적으로 명단을 요청했다. PD가 마지못해 보내온 학생들의 이름과 전화번호 중 '학과 대표'로 되어 있는 학생에게 전화를 걸었다. 아이의 목소리는 의외로 또렷하고 당당했다. 자신은 윤의현에게 모든 걸 일임했다면서 궁금한 게 있으면 윤의현에게 문의하라며 전화를 끊었다. 박도우 학과장의 말을 들어보면 이민흠 사건을 학과 차원에서 덮으려고 했던 낌새가 느껴졌다. 윤의현도 그 일에 관계되어 있었고, 대가로 전임강사를 맡기로 했다면 왜 굳이 학생들과 함께 이민흠 일을 터뜨리려고 한 것일까.

규민은 이민흠의 아파트로 찾아갔다. 두문불출하는 이민흠을 간신히 대면할 수 있었다. 그의 얼굴은 초췌했다. 이민흠은 윤의현이 뒤에서 자기를 엿 먹였다는 사실을 까맣게 모르고 있었다. 규민은 그에게 윤의현의 동생이 죽은 사실을 아느냐고 물었다. 다소 놀란 눈치였다.

"그렇게 안 봤는데, 윤 선생 참 독한 사람이로군요. 동생한테 그런 일이 있었는데, 내색 한번 하지 않았다니. 하긴 세상 인심이 다 그렇죠. 자기가 승승장구할 텐데 동생이 대수겠어요. 이 바닥도 한 방만 터지면 되거든요. 동생 일이야 안됐지만 윤 선생이야 잘된 거지요. 그 소설이 영화화되고 흥행이라도 하면 뜨는 건 시간문제일 테니까요. 저만 진창에 굴러떨어진 기분이네요."

규민은 아파트 주차장으로 돌아와 시동도 켜지 않은 채 멍하니 운전석에 앉아 있었다. 문득, 이민흠과 오창기, 두 사람이 저지른 죄의 형태가 닮았음을 깨달았다. 그들을 응징하는 과정에 윤의현이 존재한다는 공통점도 있었다. 하지만 그게 이 사건과 무슨 연관이 있는 걸까? 게다가 피해자였던 오기현과 가해자인 오창기. 두 사람 모두 살해된 이 상황을 어떻게 설명해야 하는 걸까?

　　규민은 글로브박스를 열고 며칠째 가지고 다니던 그 책을 꺼냈다. 어딘지 모르게 고풍스러운 우주선 그림 위에 '비밀의 시대'라는 제목이 금박으로 찍혀 있었다. 규민은 책을 들고 아무 페이지나 펼쳤다.

함대는 거대한 세 마리 물고기처럼 칠흑 같은 우주 바다를 유영했다. 지구를 탈출한 지 수백여 일이 지났다. 총독은 제1함선의 둥근 창을 통해 우주 끝을 바라보았다. 총독의 시선이 머무는 지점은 오직 하나. 푸른 물줄기와 붉은 산맥 그리고 검은 대지가 조화롭게 엉키어 있는 행성. 지구였다.

수백 일 전, 저곳에서 큰 전쟁이 있었다. 평화롭던 지구제국 전체가 들썩이는 세기의 전쟁이었다. 양민들이 재앙도 오기 전에 전쟁으로 죽어나갔고 전염병이 창궐했다. 총독은 서둘러 암수 쌍을 이룬 동식물과 양민들을 함대에 탑승시켰다. 그리고 만속력滿速力으로 지구를 벗어나 우주의 심연으로 나아갔다. 곧 행성 충돌이 일어날 지구로는 영원히 돌아오지 못할 것이며 지구와 비슷한 곳을 찾지 못하면 우주의 미아로 죽어갈 것을 각오한 채 시작한 대장정이었다.

지구의 파멸을 조마조마하게 지켜보는데 놀라운 일이 벌어졌다. 지구로 돌진하던 행성의 경로가 지구의 중력과 만나며 아슬아슬하게 비껴가는 경로로 바뀌었고, 곧 검은 우주로 무섭게 빨려 들어가버린 것이다. 사라지지 않고 남는 것. 이것이 지구의 운명이었던가. 그러할지라도 진통은 대단했다. 땅과 강과 바다가 대홍수와 지진, 해일로 요동쳤고 남은 생명체는 절멸했다. 전쟁과 전염병에서 겨우 살아남은 양민들이 죽어갔고, 총독을 몰아냈다는 기쁨에 취한 황제와 측근들도 목숨을 잃었을 것이다.

언제든지 뒤바뀔 수 있는 게 운명이라 했던가. 지구의 명운이 간발의 차이로 갈렸듯 황제와 총독 또한 운명에서 벗어나지 못하는 연약한 존재였다. 그러거나 말거나 지구는 놀라운 속도로 회복을 시작했다.

총독 편에 서서 황제와 맞서 끝까지 전쟁을 치른 용사와 양민들, 수천 마리의 짐승들, 수만 종류의 식물과 씨앗들이 총독과 함께 우주 바다를 떠돌았다. 우주 바다라고 평화로웠던 것만은 아니었다. 지구를 떠나온 날이 길어질수록 양민들의 원성은 높아졌고 몇 번의 반란도 진압해야 했다. 검은 우주에 시신을 흩뿌리는 아픔도 있었다. 하지만 이제 다 끝났다. 살아남은 자들은 돌아갈 것이다.

총독은 창에서 물러나 작은 탐사선을 들여다보았다. 새장을 닮은 탐사선에는 흑조黑鳥 한 쌍이 날갯짓을 하고 있었다. 흑조는 지구를 정탐하는 사신이 될 것이다. 흑조가 함선에 물어오는 물질로 지구의 상황을 예측할 수 있으리라. 흑조가 돌아온 후에는 백조白鳥 한 쌍을 보낼 것이다. 백조가 함선으로 돌아오지 않는 날이 바로 총독이 지구로의 귀환을 선포하는 또 다른 운명의 날이 될 것이다.

《비밀의 시대》 부분, 윤의현, 비채

25

미
제
未濟

규민은 의현과 함께 화장장 대기실에 앉아 있었다. 순번에 따라 게시판 이름이 바뀌고 있었다. 오기현의 이름이 떴다. 화장이 완료되었다는 알림이었다. 의현이 먼저 의자에서 일어났다. 현기증이 나는지 손으로 이마를 짚었다. 몸도 휘청거렸다. 규민이 의현을 부축했다.

두 사람은 3층 소각장으로 올라갔다. 투명 아크릴 벽이 소각장과 로비를 갈라놓았다. 곳곳에서 울부짖는 소리와 통곡 소리가 엉켰다. 두 사람은 오기현의 이름에 불이 켜져 있는 자리로 갔다. 의현이 아크릴 벽에 이마를 붙이고 안을 들여다보았다. 가족들이 몰린 다른 곳과 달리 오기현의 마지막을 함께하는 사람은 규민과 의현뿐이었다. 아크릴 벽 너머에서 두꺼운 철문이 천천히 열렸다. 유골이 나왔다. 살을 발라낸 생선가시처럼 앙상한 뼈대는 플라스틱 모형을 얼기설기 맞춰놓은 듯했다.

의현은 규민에게 선언한 대로 동생의 장례식장에 모습을 드러내지 않았다. 상조업체 장례지도사를 불러 오기현의 시신을 염습殮襲하고 장례식을 치른 건 동네 사람들이었다. 그러나 그들이 화장장까지 따라올 수는 없는 터여서 규민은 의현에게 전화를 걸었다. 동생의 가는 길은 지켜봐야 할 것 아니냐고. 그녀가 그렇게 만나고 싶지 않아하던 오창기도 이제 죽고 없지 않느냐고. 의현은 시간에 맞춰서 화장장에 도착했다.

쇄골碎骨이 진행되는 내내 의현은 눈을 감고 있었다. 규민이 그녀의 어깨를 살짝 잡았다. 어깨뼈가 부러질 듯 가늘었다. 의현은 동생의 유골함을 받아서 가슴에 깊이 안았다. 두 사람은 화장장에서 멀지 않은 납골당으로 발걸음을 옮겼다.

납골당은 작은 아파트 같았다. 호수가 매겨져 있어서 더 그런 생각이 들었다. 의현은 오기현의 이름으로 예약된 칸 앞에 섰다. 직원이 작은 유리문을 열고 유골함을 안치해주었다.

"우리 동생 고생 많이 했네. 고통 없는 그곳으로 가서 편히 쉬길 바란다."

의현이 울먹이는 목소리로 자그맣게 읊조렸다. 규민은 두 손을 모으고 그녀 뒤에 서 있었다.

두 사람은 나란히 납골당을 나왔다. 의현이 손에 들고 있던 검은색 트렌치코트를 어깨에 걸쳤다. 비가 흩뿌리더니 날씨가 제법 쌀쌀해졌다. 두 팔로 자신의 몸을 감싸는 그녀의 얼굴도 새파랗게 질려 있었다.

"추워요?"

"조금요."

규민은 빠른 걸음으로 실외 주차장에 가서 차에 시동을 걸고 윤의현을 향해 오라고 손짓했다. 규민은 차에 기대어 담배를 피웠다. 그녀가 이쪽을 향해 걸어왔다.

"차에 잠깐 있어요. 따뜻한 음료라도 사올게요."

규민은 담배꽁초를 발로 비벼 끄고 납골당 건물로 뛰어갔다. 어떤 요구를 하지 않아도 보호본능을 일으키는 여자였다. 규민이 캔커피를 들고 돌아왔다. 의현은 차 안에 있지 않고 어깨를 옹송그린 채 근처를 맴돌고 있었다. 수심이 깊어 보였다. 두 사람은 말없이 커피를 마셨다. 바람에 실린 커피 향이 규민에게 어떤 기시감을 불러일으켰다. 언제였던가. 숲 속에서의 커피 향. 가을바람이 카페인 욕구를 자극했었다. 그녀의 입술이 닿았던 자신의 뺨에서도 가을 향기가 묻어나는 듯했다. 이제 그녀는 규민의 손이 닿을 수 없는 저만치로 멀어져버린 느낌이었다. 규민의 마음 한 자락이 허전해졌다.

"커피, 좋아하잖아요."

"어떻게 아셨어요?"

"커피를 원래 이렇게 좋아하셨나요?"

"별걸 다 물어보시네요."

"관심이라고 해두죠. 근데 궁금하긴 하네요. 체질적으로 카페인에 약한 사람과 강한 사람이 있는 거겠죠?"

윤의현은 아무 말 없이 커피 캔을 두 손으로 감쌌다. 두 사람이 차에 탔다. 커피를 마시자 머리가 맑아지는 기분이 들었다. 차 안은 따뜻했다.

"동생 장례까지 치렀으니까 사건은 다 마무리된 거겠지요."

"의현 씨 생각은 어떠세요? 이쯤에서 마무리해야 하는 걸까요?"

의현은 규민의 옆얼굴을 보았다. 그녀의 시선이 느껴졌지만 규민은 정면을 응시하면서 운전에만 집중했다. 가을볕이 제법 따가웠다. 윤의현은 선바이저를 내려서 빛을 가렸다.

"신명호라는 사람은 어떻게 하고 있나요?"

룸미러를 통해 규민을 바라보는 의현의 표정이 무심해 보였다.

"보석 신청을 해놓은 상태입니다."

"그 사람이 오창기를 살해한 것은 맞잖아요."

"그렇죠."

"살인자인데도 보석 신청이 가능한가 보죠?"

"신명호 씨는 살인 용의자이기 전에 정신과 치료를 받았어야 하는 환자입니다. 재판을 받아봐야 알겠지만 의사 소견서가 제출되면 풀려날 가능성도 있어요."

"보증인이 나타났군요."

윤의현의 질문에 규민이 그녀의 옆얼굴을 힐끗 쳐다보았다.

"어떻게 알았죠? 보석 신청을 하기 위해서 보증인이 필요하다는 걸."

"저도 그 정도 법률 상식은 있는 사람이에요."

이번에는 윤의현이 정면을 바라보며 대답했다.

"꽃새미 마을 사람들이 나서줬습니다. 오창기가 살해되었다고 알려지자 마을 사람들이 하나둘씩 신명호를 두둔하더라고요. 오창기가 마을 주민들에게 얼마나 못되게 굴었는지도 앞다투어 말하던데요. 얄궂게도 김승철 순경이 제일 적극적이었어요. 오기현이 오창기를 성폭행범으로 신고한 고발장까지 내밀면서…… 오기현이 맨발로 경찰서에 뛰어 들어왔다고 하더군요. 하긴 의현 씨야말로 오창기가 어떤 인간이었는지 가장 먼저 이야기해준 사람이었지요."

"동생으로부터 그 인간이 얼마나 쓰레기 같은 사람이었는지 누누이 들어왔으니까요. 그나저나 형사님은 제 동생을 죽인 범인이 오창기였다고 확신하는 건가요?"

"의현 씨도 그렇게 믿고 있었던 거 아닌가요?"

"마음으로는 수백 번도요. 하지만 저 같은 사람이 물증을 찾을 수는 없는 일이잖아요. 그래서 형사님 같은 분이 나서주셔서 사건을 마무리해주길 바란 거죠."

"맞습니다. 그래서 저도 오창기를 용의자로 붙잡아 조사하려고 했습니다. 그런데 오창기가 신명호에 의해 살해당한 거죠. 죽은 사람을 취조할 수도 없고 자백을 받을 수도 없으니……."

"만약에요……."

의현은 말을 꺼내다 말고 아랫입술을 깨물었다.

"만약에, 뭐요?"

"만에 하나 오창기가 범인이 아니라면 형사님은 신명호라는 사람을 의심하는 건가요?"

"그런 것 같습니까? 이것도 의현 씨의 심증인가요? 이제 제가 그 물증들을 찾아야 할 시점인 거고요?"

"신명호 씨는 정신과 치료가 선행되어야 하는 환자라면서요."

"아무리 환자라고 해도 두 명의 목숨을 앗아간 사람이라면 중범죄인이죠. 요즘 조현병 환자 처벌에 대해서 이견이 많지 않습니까. 의도된 살해라는 게 밝혀지면 쉽게 풀려나기 어려울 겁니다."

"치료를 받고 나면 신명호가 자백할까요?"

"저도 그걸 기대해보는 중입니다."

"그것도 기대 이하로 나온다면 미제사건으로 처리되는 건가요?"

"글쎄요. 투신자살로 상부에 보고할 수도 있고요. 참, 의현 씨는 언제 출국하신다고 했죠?"

"정확히 정해지진 않았습니다."

"가기는 가는 거죠?"

"작가로서 큰 전환점이 될 기회인데, 놓칠 수 없죠."

"그래도 다행입니다. 동생 장례를 치르고 갈 수 있게 되어서요. 그런데, 그 사람은 이제 어떻게 되는 건가요? 인터넷에서 며칠 떠들썩하더니 지금은 좀 잠잠해진 거 같더라고요."

"이민흠 교수요?"

"그 인간, 사과도 안 하고 잠적해 있는 거 같던데요. 어쨌든 그 바닥에서 매장당하는 거겠지요."

"조용해지길 기다리는 거겠지요. 피해자 학생들이 다시 한번 용기를 내줘야 할 텐데……."

규민은 의현에게 학과 대표 학생과 통화했다는 말을 하지 않았다. 아직은 그래야 할 것 같았다.

"그렇게 되면 회생하기 힘들겠네요. 교수직도 박탈당하고, 출판도 막히고, 문단에서도 제명당할 테니까요. 조금 안됐다는 생각이 들기도 하네요."

"그렇게 생각하시는군요. 남자들의 그런 생각이 문제란 건 아세요?"

"네?"

"그 사람은 내내 피해자 코스프레를 해왔잖아요. 정작 피해자가 누군데요. 학생들은 그 일 때문에 정신과 치료까지 받았다고 하잖아요. 그런데 그 사람은 아무 일 없었던 것처럼 일을 무마시키고는 자기 자리만 지키려고 했어요."

"묻힐 수도 있었을 겁니다. 그런 사건들은 대수롭지 않게 늘 묻히고 마니까요."

"그 사람도 그걸 노렸겠지요. 그래서 세상이 바뀌지 않는 걸지도 몰라요."

윤의현의 낯빛이 어느 때보다 싸늘했다.

"실례인 줄 알지만 뭐 하나만 물어봐도 될까요?"

원룸 건물 앞에 차가 멈추고 윤의현이 안전벨트 버튼을 누르려 할 때 규민이 말했다.

"실례가 되는 질문이라면 묻지 않는 게 예의가 아닐까요?"

"아이는요? 엄마가 이렇게 된 걸 알고 있나요. 이모인 의현 씨가 전해줘야 하는 거 아닌가요. 오늘 장례에 의현 씨가 혹시 그 아이를 데리고 올지도 모른다고 생각했거든요."

안전벨트를 풀고 빈 캔을 들고 차문을 여는 의현에게 규민은 질문을 쏟아냈다. 내내 궁금했지만 묻지 못했던 말이었다. 그녀는 차문을 닫는 걸로 답을 대신했다. 예상은 했지만 미진한 마음이 드는 것은 어쩔 수 없었다. 규민은 윤의현이 층계를 올라가는 걸 지켜보았다. 엘리베이터 없는 5층 원룸 건물이었다. 의현이 올라갈 때마다 층계참의 창문에서 전등이 잠시 켜졌다가 꺼졌다. 센서 등이 작동되는 모양이었다. 규민은 의현의 원룸이 있는 3층 센서 등이 꺼질 때까지 차 안에 앉아 있었다. 열린 창으로 바람이 들어왔다. 규민은 창을 올리고 차를 출발시켰다. 도로에 떨어진 플라타너스 누런 잎들이 보도블록 길섶에 수북이 쌓여갔다.

26

블라인드 스폿

규민은 글로벌 픽처스 대표 정아영을 찾아갔다. 배우였다는 말이 무색하지 않을 만큼 미인이었다. 규민이 오기현 사건에 대해서 말을 꺼내자 팔짱을 낀 정 대표의 표정이 차가워졌다.

"윤 작가한테 그런 일이 있었군요. 그걸 임 감독도 알고 있었단 거고요. 그럼 윤 작가가 그 사건의 용의자라는 말인가요?"

규민은 그건 아니라고 대답했다. 정 대표는 곰곰이 생각하는 표정이더니 규민에게 다시 물었다. 윤 작가의 죽은 동생에게 재산이 있었느냐고. 뜬금없는 말이었다. 규민은 만약 동생 의부의 재산을 윤의현이 받게 된다면 금액이 상당할 거라고 대답했다.

"가닥이 잡힐 것도 같은데요. 형사님한테 이런 말씀 드리긴 뭣하지만 임 감독이 돈 냄새를 기가 막히게 맡는 사람이거든요. 그즈음 두 사람이 합세해서 이 교수 작품을 밀어낸 것도 냄새가 나네요. 하지만 뭐……."

정 대표는 말끝을 흐렸다. 정 대표는 윤의현을 싫어하는 모양이었다. 규민은 정 대표에게 글로벌 영화사와 이민흠 작품이 얽힌 저간의 사정을 들었다. 윤의현이 의도적으로 이민흠을 진창에 빠뜨리려 한 정황이 드러났다. 규민은 윤의현이 제출한 오기현의 실종신고 서류를 살펴보면서 윤의현의 최근 동선을 조사하던 중에 유산에 관한 법적 문제를 알아보고 다닌 궤적을 찾아냈다.

다음으로 만난 사람은 두말할 것도 없이 임성재 감독이었다.

"범인이 밝혀졌다면서요? 윤 작가 동생의 의붓아버지가 범인이었다면서요?"

규민이 공무원증을 보여주며 오기현 사건을 입에 올리자마자 임성재의 입에서 바로 튀어나온 말이었다. 지금껏 만나온 사람들과 달리 임성재는 제법 소상히 알고 있는 듯했다.

"범인이라고 단정할 수는 없습니다. 용의선상에 올려놓고 조사를 시작하려는 시점에서 살해당했으니까요."

"살해당했다고요? 윤 작가가 그 사람이 죽었다고 해서 노환이라고만 생각했는데."

임성재의 눈이 커졌다가 이내 가늘어졌다. 무엇인가를 생각하는 눈빛이었다. 규민이 미심쩍어했던 단서를 임성재에게 확인했다.

"윤의현 씨가 대습상속권을 법으로 알아보고 다닌 것 같더라고요. 오기현 의부가 자산가였거든요. 혹시 감독님도 알고 계셨나요?"

그의 얼굴에 스치는 긴장감을 규민은 놓치지 않았다. 글로벌 픽처스의 실질적인 책임자는 임성재 감독이고 물주는 정아영 대표이다. 즉 임성재에게 절실한 문제는 자금이었을 것이다. 윤의현에게 호의적인 임성재의 궁극적인 목표는 무엇이었을까. 두 사람의 관계에 의문이 들었다. 그들이 이 사건과 어떤 식으로든 관련되었을 가능성을 완전히 배제할 수 없었다. 결국 살해 동기는 '돈'이었던 걸까.

"전혀 몰랐습니다. 제가 그걸 어떻게 알았겠습니까?"

강하게 부정하는 임성재는 속으로는 진땀을 빼는 것 같았다.

규민은 이북도민 향우회에 연락해서 오창기의 7촌 조카

를 만났다. 7촌 조카에게 오창기의 죽음을 알렸다. 그의 얼굴이 하얘졌다.

"그럼 제가 창기 삼촌의 조카라는 걸 증명할 방법은 없는 건가요?"

"돌아가셨으니까 아무래도 힘들겠지요. 그건 그렇고 오창기 씨를 언제 만나신 건가요?"

그의 진술에 따르면 오창기가 이북도민 향우회를 통해 그를 찾은 것은 서너 달 전이었다. 그동안 오창기는 향우회를 통해 피붙이를 찾으려고 애써온 게 분명했다. 오창기가 재산을 한몫 떼주면 자신의 제사를 지내주겠냐는 제안을 해왔단다. 조카는 그러겠다고 했지만 오창기는 유전자 검사와 법적 절차를 미루기만 했다. 그때 오창기는 머릿속으로 무엇인가를 타진하는 중이었을지도 몰랐다. 아무리 조카라고 하지만 남과 다를 게 없는 사람에게 선뜻 법적 상속을 할 수 없는 일이었을 것이다.

"삼촌과 같이 사는 젊은 여자가 있다면서요. 그 여자가 저라는 존재를 껄끄럽게 생각했던 거 같아요. 삼촌이 저한테 상속해주려는 걸 막지 않았을까요? 자기한테 손해일 테니까요."

7촌 조카는 오기현을 오창기의 여자로 알고 있었다. 규민은 다시 안개 속을 헤매는 기분이었다. 늪에서 한 발을 겨우 빼내면 다른 한 발이 빨려 들어가는 느낌이랄까. 오창기와 오기현, 그리고 윤의현이 어떻게 얽힌 관계인지는 정확히 알 수 없지만 그 중심에 오창기의 재산이 있다는 것은 유추할 수 있었다.

규민은 윤의현과 오기현 자매의 호적을 차례로 열람해보았다. 윤의현이 진술한 대로 두 사람은 1년 차이로 각기 다른 호적에 올라 있었다.

규민은 오창기 집을 찾아가서 오기현의 방을 다시 꼼꼼히 살펴보았다. 지난번에 미처 접수하지 못했던 듯 수첩 하나가 침대 밑에 떨어져 있었다. 현관을 나오면서 신발장을 열어보았다. 운동화와 단화가 즐비했다. 규민은 고개를 갸웃했다. 오기현의 사망 현장에서 발견된 굽 높은 구두가 선명하게 떠올랐다. 그러다 의현이 하이힐을 신으며 살짝 절뚝거렸던 기억도 새삼 떠올랐다. 규민은 무서운 속도로 뛰고 있는 자신의 심장박동을 느끼고 스스로 놀랐다.

규민은 오창기의 집을 며칠에 걸쳐 면밀하게 수색했다. 사흘째 수색을 했지만 건질 게 별로 없었다. 집을 나오려다가 규민의 발걸음이 지하실을 향했다. 신명호가 한동안 기거했다는 그곳은 평범한 지하실이었다. 집 안의 온갖 잡동사니와 고물들이 두서없이 쌓여 있었다. 학대의 흔적은 찾을 수 없었다. 지하실 구석에 낯익은 물건이 눈에 띄었다. 화원의 컨테이너 하우스에서 보았던 것과 똑같은 캐비닛이었다. 원래 한 쌍이었던 캐비닛을 두 군데로 갈라 놓아둔 듯했다. 규민은 캐비닛을 열어보았다. 삐거덕거리며 문이 열리고, 그 안에는 서랍이 있었다. 거미줄과 먼지가 뒤엉킨 서랍 속에 잡동사니가 있었다. 규민은 그것들을 하나하나 꺼냈다. 오래된 상자들과 앨범들.

규민은 그것들을 경찰서로 가지고 와서 먼지를 닦아냈다. 오창기의 아내이자 자매의 모친의 물건이라는 걸 한눈에 알 수 있었다. 오창기와 오기현도 모르고 있었던 유품인 듯했다.

B4 용지 크기의 양장 앨범 두 권. 세월을 증명하듯 앨범은 희미하게 습한 냄새를 풍겼다. 귀퉁이마다 검은 곰팡이도 피어 있었다. 얇은 비닐 속 사진들이 규민의 눈에 들어왔다. 페이지를 넘기는데 아기 사진이 규민의 눈길을 사로잡았다. 윤의현과 오기현이 갓난아기 때 찍은 사진이었다. 그 밑에 두 아기가 나란히 찍힌 사진도 있었다. 규민은 자신의 눈을 의심했다. 사진 아래 새겨진 연도와 날짜를 확인하는 순간 각성제를 맞은 듯 정신이 또렷해졌다. 규민은 상자에서 다른 것도 발견했다. '신혜의원'이라는 산부인과 병원 기록이었다.

급히 알아봤지만 신혜의원은 없어진 지 오래였다. 규민은 라텍스 장갑을 끼고 오기현의 방에서 가져온 물건도 하나씩 살펴보았다. 침대 밑에 떨어져 있던 메모지 크기의 작은 수첩을 훑어보았다. 휘갈겨 쓴 글씨가 눈에 들어왔다. 규민은 전에 입수해둔 오기현의 다이어리 속 글씨와 비교해보았다. 한눈에도 같은 사람의 필체가 아니었다. 규민은 메모의 내용을 찬찬히 살펴보다. '증오하면서 사랑한다'는 문장이 가장 먼저 눈에 들어왔다. 그 문장 아래에 사람들의 이름이 나열되어 있었다. 오창기, 오기현, 신명호 등 낯익은 이름들이었다. 화살표가 된 부분에 죽을 사死가 적혀 있었다. 현재 벌어지고 있는 사건과 대동소이한 죽음의 행적들. 그 외에도 신명호가 오창기를 죽이고 시신을 처리한 과정이 매뉴얼처럼 세세히 기록되어 있었다.

이 모든 게 처음부터 계획된 일이란 말인가. 규민은 아찔해졌다. 순간 옛 팀장이 규민을 향해 비아냥거리며 던진 충고가 생각났다. '블라인드 스폿이라는 심리학 용어 알지? 명심해! 그게 네 아킬레스건이야.' 결국 그를 골로 보내긴 했지만 규민의 가슴에 화인으로 남은 그의 마지막 말이었다.

규민은 수첩에 남아 있는 지문을 떴다. 주민등록시스템에 등록된 자매의 지문과 대조했다. 지문은 몸이 가지고 있는 이름표다. 지문의 유형은 크게 다섯 가지이다. 두형문, 정기문, 반기문, 쌍기문, 호형문.

수첩에 찍힌 쪽지문은 왼쪽으로 물결무늬가 흐르는 '반

기문' 형태이다. 등록되어 있는 오기현의 지문은 반기문과 비슷해 보이지만 밑으로 능선을 이룬 '호형문'에 가까웠다. 수첩의 지문은 오기현의 것이 아니다. 규민이 다음으로 할 일 두 가지가 정해졌다. 두 지문을 오기현의 다이어리에 남은 지문과 대조하는 일, 그리고 한 사람을 만나는 일이었다.

정신병동 로비는 한산했다. 규민은 안내데스크에서 면회 신청을 했다. 잠시 후 의사가 나왔다. 담당의사였다. 염려하는 낯빛을 보이는 의사는 간호사 두 명 입회하에 허락한다고 전제를 달았다. 병원 직원이 규민을 5층에 위치한 환자 면담실로 안내했다. 문 앞에 남자 간호사 두 명이 버티고 있었다. 코발트색 간호사복을 입은 그들의 근육질 몸은 부푼 풍선 같았다. 간호사라기보다 보디가드에 가까워 보였다.

신명호를 체포한 후 규민은 그의 보석을 신청했다. 조현병 진단서와 강제 투여 증거물로 신명호의 혈흔과 체액이 남아 있는 졸레틸 주사용구를 법원에 제출했다. 주사기에는 오창기의 지문이 어지럽게 찍혀 있었다.

병보석으로 풀려난 신명호를 정신과병동에 입원시켰다. 병원에서는 신명호가 극심한 스트레스로 인한 이상행동을 보인다고 했다. 돌발적인 난동으로 한동안 사지를 구속해두기도 했다는 담당의사의 보고가 있었다. 심리치료를 병행하면서 신명호가 차츰 안정을 찾아가긴 했지만 치료가 더 필요한 상태라고 했다.

간이 탁자와 플라스틱 의자만 덩그마니 있는 환자 면회실은 썰렁했다. 벽 쪽으로 난 유리창으로 석양이 비쳐들었다. 신명호는 유리창으로 몸을 돌리고 앉아 있었다. 뒷모습이 낯설었다. 동물의 갈기와도 같았던 머리카락이 잘린 뒤통수는 짧은 스포츠형이었다.

"신명호 님!"

간호사가 신명호를 불렀다. 신명호는 몸은 그대로 둔 채 머리만 외로 꼬아 이쪽을 돌아보았다. 머리칼이 잘린 삼손이 저런 모습이었을까. 모든 힘이 머리칼에서 나왔던 삼손은 단지 머리칼만 잃은 게 아니었다. 눈도 멀고 신의 은총도 잃었다. 신명호의 몸은 뼈 없는 연체동물의 그것처럼 흐느적거렸다. 빨판의 흡착력도 상실한 듯 팔다리가 제멋대로 늘어져 있었다. 탁자에 놓인 접이식 흰 지팡이가 눈에 띄었다. 화원 밖으로 나온 신명호는 지팡이에 의지해야 하는 시각장애인일 뿐이었다. 사랑과 눈을 동시에 잃고 평생의 일터였던 화원마저 빼앗긴 사람.

신명호에게 환자복은 턱없이 작았다. 껑충하게 올라간 환자복 밖으로 손목뼈와 복숭아뼈가 고스란히 드러났다. 난방 중인 실내에서도 신명호는 왠지 추워보였다.

"신명호 씨가 워낙 키가 커서요. 저희 병원에는 맞는 환자복이 없더라고요."

간호사가 규민에게 변명하듯 말했다. 규민은 신명호에게 다가갔다. 작은 탁자를 사이에 두고 그의 맞은편 의자에 앉았다. 그가 얼굴을 쳐들고 규민을 향해 코를 벌름거렸다. 간호사 두 명은 팔짱을 끼고 문 앞에 서 있었다.

"신명호 씨, 저 아시죠. 제 목소리 기억나시죠?"

규민이 탁자로 상체를 기울이며 큰 소리로 말했다. 신명호는 입을 벌려서 아, 하는 외마디를 흘리고는 머리를 끄덕거렸다. 갑자기 담배 생각이 간절했다. 규민은 간호사에게 물을 청해 마시면서 담배 생각을 애써 지웠다.

신명호의 진술에서 끝내 드러나지 않은 점이 두 가지 있었다. 드럼통을 제거해주는 조건으로 이 씨를 매수하려고 했던 점과 오창기의 살해방식에 관한 정보다. 첫째, 그에게는 이 씨를 매수할 만큼의 돈이 없었다. 두 번째, 그는 컴퓨터나 인터넷에 문외한이었다. 휴대전화도 소지하지 않았다. 영화나 텔레비전도 접해본 적이 거의 없다. 당연히 운전면허증도 없고 운전도 하지 못했다. 지적장애인도 아니면서 지적장애인처럼 살았던 사람이다. 오창기라는 굴레에 묶여 있었고 눈이 먼 후부터는 오기현을 통해 세상을 보았던 사람이었다. 신명호가 가진 악의 원천은, 한마디로 세상의 유해한 것과는 거리가 먼, 자연과 결부된 무엇이었다. 조직적이고 도회적인 것으로부터 뚝 떨어져 원시성으로 개별 포장된 인간형이라고 해야 할까. 그런 신명호가 오창기를 살해한 방법은 범죄영화의 한 장면을 연상시켰다. 하다못해 인터넷 사이트에 음성적으로 돌아다닐 법한 과정이었다.

공범의 존재를 의심해볼 수 있는 부분이었다. 하지만 신명호는 단독범행이라고 진술했다. 규민의 끈질긴 추궁에 신명호가 발작을 일으켜서 취조를 지속할 수 없는 상황에 이르렀다. 이 사건에서 공범자의 여부는 최대의 방점이었다. 방점에는 오기현의 죽음이 어떤 식으로든 연관되어 있을 거라는 느낌이 강했다. 수사 과정에서 결락된 부분이 많기도 했지만, 어쨌든 두 사건이 별개로 일어난 범행이 아닐 거라는 게 규민의 직관이었다. 규민이 찾아낸 몇 가지 증거물이 사건의 퍼즐을 완성했고 그의 직관이 맞았다는 걸 증명했다. 도저히 납득할 수 없는 정황이긴 했지만. 이제야말로 증인을 찾아야 할 시점이었다. 규민은 정신병원에서 가료 중인 신명호를 떠올릴 수밖에 없었다. 사건 해결의 마지막 열쇠는 신명호의 증언뿐이다. 규민은 휴대전화 녹음 기능을 켰다.

"신명호 씨를 찾아온 사람이 있었지요? 그 사람이 누군가요? 그 사람이 언제 왔다 간 건가요?"

신명호의 눈꺼풀이 미세하게 경련이 일었다. 규민은 컨

테이너 하우스에서 신명호가 오기현의 목소리를 들었고 냄새를 맡았다고 중언부언했던 진술을 환각이라고만 치부했었다.

"신명호 씨를 찾아온 사람이 무슨 말인가 했지요?"

굳게 다물고 있던 신명호의 입술이 들썩거렸다.

"그 사람이, 그 사람이……."

규민은 신명호의 어깨를 어루만졌다. 노동으로 단단해진 근육이 느껴졌다.

"내가 당하는 건 얼마든지 참을 수 있었소. 하지만, 그 사람이 우는 건 못 참겠더이다……."

"그래서 오창기를 죽였다는 건가요? 그럼 그 사람이 신명호 씨를 도운 건가요? 보안카메라를 깨라고 시킨 것도 그 사람이었나요?"

규민이 연이어 물었다. 신명호의 입꼬리가 살짝 올라갔다. 눈가에 몇 가닥의 주름이 잡혔다. 미소가 물결처럼 번졌다. 곧바로 보이는 붉은 잇몸과 하얗고 고른 치아. 그의 얼굴이 서서히 밝아졌다. 오기현의 죽음을 알고 괴로워하던 모습과 대조되는 표정이었다.

"그 사람이…… 그 사람 맞죠?"

규민의 질문에 신명호는 어떤 반응도 보이지 않았다.

"그 사람이 시킨 건가요? 오창기를 살해하라고. 오창기를 살해하던 날 그 사람도 화원에 왔었나요?"

"그 사람의 목소리, 그 사람의 냄새, 그 사람의 숨결. 그게 다 꿈이었다고 해도 상관없소이다. 그걸 다시 느낄 수 있는 것만으로 행복했으니까. 그거면 족하오, 나는."

신명호는 몸을 일으키고 탁자위에 있던 흰 지팡이를 잡더니 능숙하게 폈다. 접혀 있던 지팡이가 펴지면서 꼿꼿해졌다. 출입문에 지키고 있던 간호사 두 명이 달려와 그를 부축했다.

신명호를 만나러 오기 전에 규민은 오기현의 휴대전화 통화기록에서도 의심스러운 구석을 발견했다. 규민은 오창기가 죽기 전 오기현 명의의 휴대전화에 대한 압수수색영장을 받아둔 터였다. 오기현의 사망추측일 이틀 전에 윤의현과 세 번에 걸쳐 통화한 기록이 있었다. 동생이 살해당하기 직전 통화했다는 윤의현의 진술은 들어본 적이 없었다. 물론 그 이후에 걸려온 부재중전화는 여러 통이었지만. 오창기가 강원도로 떠난 날짜도 사망추측일 이틀 전이었음이 확인되었다. 오창기의 알리바이는 명확했던 것이다. 즉 오창기가 오기현을 살해하고 강원도에 갔을지도 모른다는 윤의현의 추측은 오창기를 용의자로 몰기 위한 위장 진술이었던 것이다.

그녀를 어떻게 대면해야 하는 걸까. 규민은 또다시 자신이 블라인드 스폿에 빠져 있었음을 깨달았다. 차라리 그녀가 마닐라로 출국해버렸길 바랐다. 하지만 그녀는 아직 한국에 있다.

열흘 전 정아영 대표로부터 전화가 왔었다. 정아영은 사건이 해결되었냐고 물었다. 규민은 진전된 게 없다고 대답했다.

"윤 작가는 아직 한국에 있습니다. 알아두시라고 전화드린 겁니다."

"미팅이 미뤄진 건가요?"

"아니에요. 미팅 날짜에 맞춰 출국을 준비하고 있습니다만……."

"뭡니까? 말씀해주십시오."

"그 미팅에 이민흠 교수도 동석할 예정입니다."

"중세의 뭔가 하는 작품을 채택하기로 하신 건가요?"

"아니요. 이 교수가 저한테 따로 보낸 원고가 있었는데, 그 작품이 괜찮아서 판권 계약을 했습니다. 이번 미팅에서 윤 작가 작품과 함께 이 교수의 작품도 논의하기로 했거든요."

규민은 말문이 막혔다. 윤의현을 미워했던 정 대표가 이민흠을 적극적으로 도운 걸까. 인생이 다 끝나버린 듯한 모습의 이민흠이 떠올랐다. 그래서 그의 성추행 사건이 그토록 잠잠했던 것일까. 규민은 정 대표에게 언제쯤 출국하느냐고 물었다. 정 대표가 날짜를 일러주었다. 날짜가 촉박했다. 마음이 급해졌다. 수사는 이제 막 급물살을 타기 시작했는데.

병동을 나서는 규민의 발걸음이 급해졌다. 오기현의 다이어리에 남은 지문과 자매의 지문을 대조하는 작업이 진범을 밝혀내는 마지막 열쇠가 될 것이다. 차에서 굳이 커피 캔을 들고 내리던 윤의현이 모습이 규민의 머릿속에 스쳤다. 혹시 윤의현은 자신의 몸의 이름표를 남기기 두려웠던 것일까? 그날 규민이 카페인에 대해 이야기한 것 때문인지도 몰랐다. 걸음을 재촉하는 규민의 가슴이 뜨겁게 차오르는 반면 머릿속은 얼음이 꽉 들어찬 듯 얼얼했다.

27

상속자

16시 20분 필리핀 마닐라행 KE621. 내가 탑승할 비행기 편명에 불이 들어왔다. 정 대표와 임 감독은 사흘 전에 출발했다. 에드워드 박을 만나 이 교수 작품 계약 건을 취하해야 했기에 일정을 열흘이나 앞당겼다. 나도 그들과 함께 가야 했지만 유산 문제를 처리하느라 며칠 지체되었다.

정 대표가 막판에 이 교수 원고를 계약하고 에드워드 박에게 영문 시놉시스와 발췌 번역을 보냈다. 그 덕에 이 교수도 함께 마닐라에 갈 예정이었다. 강연회에서 정 대표를 향하던 이 교수의 눈빛이 예사롭지 않았던 것이 기억났다. 두 사람 사이에 어떤 거래가 있었는지 모를 일이지만 어쨌든 정 대표는 이 교수의 소설이 좋았다고 했다. 임 감독이 소설을 읽어보라고 했지만 나는 읽지 않았다. 아니, 읽고 싶지 않았다. 성폭력의 부당함을 다룬 소설이라고 했다. 에드워드 박의 답신이 결정타를 날렸다. 권력 매커니즘에서의 성폭력은 요즘 곳곳에서 뜨겁게 일어나는 페미니즘 담론에 적합하다고. 게다가 소설 속 장면들이 인상 깊어서 드라마화를 염두에 두고 자신이 디자인 콘티를 해보고 싶다고 했다. 방심한 사이 일어난 일이었다.

총장과 학과장을 구워삶기 위해 동분서주하는 이 교수의 움직임이 느껴졌다. 나는 서둘러 설영수 PD에게 연락했고 설영수가 예나를 한 번 더 설득했다. 예나가 앞장서서 학생들에게 성명서를 받아냈다. 이 교수에게 배웠던 다른 학년 학생과 졸업생들도 한 명씩 용기를 내기 시작했다. 학생들은 SNS를 통해 'Y여대 문창과 이 교수 사건'을 알리기 시작했다. 마침 사회 전반에 들불처럼 번진 성폭력 고발에 맞춰 이 교수의 일이 급물살을 타기 시작했다. '나도 당했다'에서 '함께 고발한다'로 이어진 사회적 여론을 타고 이 교수 사건은 재차 거론되었다. 다른 방송국에서는 Y여대와 함께 이 교수의 실명도 노출했다. 정 대표와 임 감독은 고심 끝에 이 교수를 제외시키기로 결정했다.

이제 내가 처리할 문제는 단 하나다. 아이와 함께 지낼 수 있는 곳을 알아보는 것. 필리핀의 은퇴 이민은 나와 아이에게 맞춤한 제도였다. 마닐라 일이 끝나는 대로 '보라카이'와 '세부' 중 한 곳을 둘러볼 예정이다. 화원에서 내가 보고 느낀 아름다움을 아이에게 줄 수 있을까. 짐승이 본색을 드러내기 전, 화원은 내게 꿈같은 곳이었다. 꽃이 피고 나비가 날던 그 정경을 아이와 공유하고 싶었다.

화원의 컨테이너 하우스에서 짐승에게 처음 당한 날 이후 내게 화원은 지옥의 다른 이름이었다. 그리고 그 화원에서 나는 증오의 씨앗인 아이와 첫 대면을 했다. 지금은 내 몸 속 피가 다 빠져나갔던 것 같은 느낌만이 어렴풋하게 남아 있다. 번쩍거리던 천둥번개와 컨테이너 지붕을 마구 두들겨대던 빗소리. 내 이름을 애타게 부르던 오빠의 외침이 귓가에 맴돌았다.

내 몸을 찢고 나온 살점은 힘차게 사지를 버둥거리며 울음을 터뜨렸다. 덜덜 떨며 내 살점을 받아낸 오빠가 아이를 품에 안겨주려 했지만 나는 고개를 돌려버렸다. 아이의 아빠가 누구냐고 묻지도 못했던 오빠는 나보다 더 탈진했다. 둘이서 함께 보육원을 찾아갔지만 오빠가 원장실에서 나올 때까지 나는 밖에서 떨고만 있었다. 오빠가 전해준 쪽지 한 장에는 원장의 이름과 전화번호가 적혀 있었다. 살점과 내가 연결되어 있다는 유일한 증표. 내 여성 안에 악착같이 달라붙어 있는 게 죽을 만큼 싫어서 떼버리고 싶었던 살점이었기에 이름조차 지어주지 않았다. 살점을 생각하면 내 몸을 누르던 짐승이 떠올랐다.

아이의 후원자로 돈을 보내면서 내 안의 모성이 자라기 시작했다. 내게 모성은 '돈'을 보내는 행위와 다르지 않았다. 원장으로부터 아이가 책을 좋아하고 글을 잘 쓴다고 들어온 터였다. 입시철을 앞두고 국어국문과와 문예창작과를 두고 고민한다는 소식을 듣게 되었고, 소설가인 그녀에게 의논했다. 눈치 빠른 그녀는 뭔가를 알아챘고 나는 아이 얘기를 털어놓았다. 짐승이 내게 한 일까지 모두. 나는 그녀가 출강하는 Y여대 문예창작과에 원서를 넣도록 원장에게 전했고 아이는 합격했다. 나는 아이의 앞길에 도움이 되어주겠다는 그녀의 말을 믿었다. 어리석게도.

탑승 시각을 알리는 안내방송이 흘러나온다. 탑승구로 가기 위해 게이트로 천천히 발걸음을 옮긴다. 우리의 운명이 꼬이지 않았다면 그녀가 내디뎠어야 하는 발걸음이었을지도 모른다.

그녀는 문제를 일으킨 교수 수업을 마무리해주는 조건으로 전임강사직을 맡게 될 거라고 했다. 그 목소리가 기쁨으로 달떠 있었다. 원장에게 연락이 오기 전까지 나는 아이가 그 일에 엮인 줄은 꿈에도 몰랐다. 원장의 목소리에 걱정이 묻어 있었다. 아이가 원장을 찾아와서 휴학을 하겠다고 했단다. 아이는 몹시 지친 모습이었다고 했다. 원장은 정이 깊고 따뜻한 사람이었다. 아이가 보육원을 나온 후로도 원장을 엄마라고 부르며 따를 정도였다. 원장이 무슨 일이냐고 캐묻자 아이는 학교에서 있었던 일들을 어렵게 털어놓았다. 그때 알게 되었다. 그녀가 이 모든 일을 알면서도 그 일에 동참했다는 것을. 그 일로 그녀에게 이익이 생긴다는 것도.

"그 교수 수업, 진짜 할 거야?"

나는 원장을 통해 이야기를 들은 사실을 감춘 채 그녀에게 물었다. 언제부터였는지 그녀에게 내 신상을 다 말하는 것은 삼가야 한다는 생각이 들었다.

"그럼. 해야지. 학교에서 자리 잡을 수 있는 좋은 기횐데. 그동안 꼬였던 내 인생도 좀 풀리려나 봐. 이번에 내 소설이 영화사와 판권 계약을 맺었잖아. 아직 투자도 받아야 하고 영화화까진 갈 길이 멀지만, 그래도 영화사가 할리우드와 협업할 예정이라 기대해볼 만하대."

도무지 그녀의 말이 귀에 들어오지 않았다. 신경은 온통 그 교수와 관련된 아이의 고통에 집중되어 있었다.

"그 교수가 무슨 문제를 일으킨 건데?"

"별일 아니야. 학생들이 단체로 수업 거부를 했다나 봐."

"왜?"

"술자리에서 애들한테 농담을 좀 했나 봐. 요즘 애들이 좀 유별나니. 학과 차원에서 좀 곤란하게 되었나 봐."

내 시선을 피하는 그녀의 말이 점차 빨라졌다. 상황을 회피하고 싶을 때 나오는 오랜 습관이었다.

"혹시, 우리 애도 그 수업 들어?"

"아닐걸. 아니야! 걔는 그 교수 수업 안 들어!"

단호한 말투. 깜박거리는 눈. 그녀는 거짓말을 하고 있었다.

그날이었다. 그녀에게 살의를 느낀 것이. 순간적이었지만 맹렬하고 뜨거웠다. 아이가 내 아픔의 근원이라는 걸 알고 있는 사람이 어떻게? 아이의 앞날에 도움을 줄 거라고 말했던 사람이 어떻게? 어떤 상황에 직면했을 때 자기 이익을 위해서라면 나는 물론이거니와 아이도 안중에 없을 사람이었다. 아니, 그녀는 원래 그랬다. 그녀의 컴퓨터 폴더에 저장된 소설 시놉시스를 읽었을 때 알아차렸어야 했다.

의부에게 열네 살부터 성폭행당해온 여자의 이야기였다. 여자는 자기를 좋아해온 지적장애인을 사주해 의부를 살해한다. 의부는 재산이 많았고 상속자는 여자뿐이다. 그때 나타난 여자의 생물학적 언니. 자매는 오래전에 헤어졌지만 언니는 여자의 재산이 탐나서 찾아온 것이다. 언니는 여자의 재산이 자신한테로 넘어오도록 법적조치를 해놓는다. 대습상속. 법정상속권자가 피상속인의 사망 전에 사망하거나 상속결격자가 되어 상속할 수 없는 경우, 그의 직계비속直系卑屬이대신 상속인이 되는 것이었다. 친자매인 것을 증명하기 위해두 사람은 유전자 검사도 해놓은 상태였다. 대습상속자가 되기 위해 언니가 동생을 죽이는 걸로 소설은 끝났다.

내가 그녀에게 물었다. 이게 무슨 이야기냐고. 그녀의 말투는 여유로웠고 눈을 깜박거리지도 않았다. 영화사에서 차기작을 요구할 때를 대비해 구상해둔 소설 뼈대라고 천연덕스럽게 대답했다.

"이거 내 얘기잖아."

내 말에 그녀는 진지한 눈빛으로 나를 바라보았다. 내가눈물을 쏟으면서 고백한 나의 고통이 그녀에게는 소설거리밖에 되지 않았던 걸까.

"맞아. 네 얘기야. 근데, 잘 들어. 이건 소설이기도 하지만 널 위한 한 편의 시나리오일 수도 있어. 우리가 서로 마음만 모은다면."

"날 위한 시나리오라고?"

질문은 했지만 나는 이미 그 답을 알고 있었다. 나와 그녀의 눈빛이 허공에서 부딪쳤다. 말하지 않아도 통했다는 듯이. 짐승이 이북도민 향우회를 통해 7촌뻘 조카를 찾았을 즈음이었다. 짐승은 피붙이를 찾았다는 사실에 흥분해 있었고 제삿밥 운운하며 피는 물보다 진하다고 했다. 그녀도 그걸 알고 있었고, 우리는 짐승의 재산이 그 조카에게 넘어갈 수 있다는 것 때문에 불안했다. 짐승이 조카에게 법적인 장치를 하기 전에 수를 써야 했다. 짐승을 없애버리자고 제안한 쪽은 그녀였다.

나는 우리의 모근을 유전자 검사연구소에 보냈다. 대가라면 대가였다. 그녀의 시나리오는 내 복수 계획으로 더없이 훌륭했으니까. 혈연 확인 결과지를 받아든 그녀는 특유의 웃음을 지으며 눈을 찡긋해 보였다. 가난뱅이 시간강사 주제에 자긍심 하나만은 하늘을 찌르고도 남는 그녀였다. 12평 남짓한 원룸 월세조차 밀리는 그녀가 내게서 얻고 싶어하는 게 뭔지 알았다. 이름도 없는 소설가가 무슨 대수라고. 나는 목구멍까지 올라온 말을 삼키곤 했다. 어쩌면 우리는 무늬만 자매였는지도 모른다. 내가 그녀에게 느끼는 자격지심과 그녀가 나를 보면서 느끼는 질투심은 묘하게 어긋날 때가 많았다.

그녀의 작은 수첩에는 시나리오의 과정이 세세히 기록되어 있었다. 오빠가 짐승을 처리하는 과정을 체크하다가 내가 그녀에게 말했다.

"시나리오대로 된다면 말이야……."

"당연히 시나리오대로 돼야지."

"오빠가 괜찮을까?"

평생 나를 바라보기만 했던 사람이었다. 그가 없었다면 세상에 아이도 없었다. 그를 곤경에 빠뜨릴 순 없었다.

"걱정하지 마. 드럼통을 인천 바다에 넣는 순간 완전범죄가 될 테니까."

"만약 들키면?"

"몰라서 묻는 건 아니겠지? 이미 다 알아봤잖아. 그 사람은 장애인이면서 정신적으로 온전치 못한 사람이야. 그런 사람은 실형을 받을 가능성이 낮아. 짐승이 살아 있는 한 그 사람도 평생 노예처럼 살 수밖에 없어. 그 사람한테도 더 잘된 일일 수도 있어."

또 하나 걸리는 점이 있었지만 나는 입을 다물었다. 소설의 마지막 장면이었다. 대습상속과 관련된 결말이었다. 만약 시놉시스처럼 된다면? 소설에 아이 캐릭터는 없었다. 그러나 현실로 보면 아이 부모는 세상에서 영영 사라지게 되는 것이다. 그때 내 머릿속에 불꽃 같은 스파크가 터졌다. 그것이야 말로 아이를 위한 가장 완벽한 시나리오였다. 그 순간 내 입가에 희미한 미소가 번졌을지도 모른다.

나는 아이에게 엄마라는 이름으로는 존재할 수 없는 사람이다. 짐승 또한 아이의 아버지로 살 수는 없는 사람이다. 나와 짐승은 아이를 위해서라도 세상에서 사라져야 한다. 아이 곁에는 '이모'가 남을 것이다.

그녀를 제거할 명분은 그녀가 만들어줬다. 이민흠 일에 끼어들어 제 이득을 챙기겠다고 버젓이 말하는 그녀가 아니던가. 아이는 안중에도 없을 뿐 아니라 내 아픔도 한낱 소설 소재로 삼으려고 했던 그녀다. 그녀의 목표는 오로지 자신의 성공과 짐승의 재산이었다. 나는 그녀와 달랐다. 내 인생의 최종 목표는 증오의 대상인 짐승에게 벗어나 사랑하는 아이와 함께하는 것이었으니. 나와 그녀가 링 위에 올랐고, 패자와 승자만 있을 싸움이 시작되었다. 싸움의 결과는 죽음 혹은 삶이리라.

내가 가장 먼저 시작한 일은 그녀를 스캔하는 것이었다. 그녀가 만나는 사람의 정보와 함께 그녀의 말투와 행동과 스타일 등등을 관찰하고 머릿속에 저장했다. 다음은 현금 확보였다. 할 수 있는 한 많이. 짐승이 내 몸을 점령한 대신 허용한 것 중 하나가 금전적 자유라는 게 다행이라면 다행이었다.

짐승이 강원도로 떠난 이튿날 나는 그녀를 집으로 불러들였다. 집을 이리저리 둘러보는 그녀의 얼굴에 시새움이 가득했다. 우리는 내 방에서 얘기꽃을 피우며 뒹굴었다. 나는 그녀에게 청우산에 가보자고 했다. '청우산? 거긴 왜?' 침대에 누워 있던 그녀가 물었다. 그녀를 그곳으로 데리고 갈 명분은 있었다. '소설 마지막 장면 배경으로 딱 좋은 곳이 있어.' 짐승에게 당한 날이면 찾아가던 나만의 소울플레이스. 등산객의 눈에도 띄지 않는 으슥한 곳이었지만 내게는 몸과 마음을 내려놓고 쉴 수 있는 유일한 곳이었다. 오밤중이든 새벽이든 나는 그저 산을 올랐다. 그렇게 20년을 오르내리니 눈을 감고도 찾아갈 수 있었다. 그녀는 솔깃해했다. 나는 모른다. 그녀가 정말 소설의 배경으로 참고하려고 했는지, 아니면 대습상속을 위해 나를 없앨 공간으로 생각했는지는.

집에서 청우산까지의 거리는 1킬로미터 남짓이다. 늘 산책하던 길이라 그녀에게 걸어서 가자고 했다. 그녀는 얼굴을 찌푸렸다. 높은 굽 구두를 신은 그녀가 주차장에 세워진 내 차를 향해 눈짓했다. 나는 산 아래 주차하기가 여의치 않다면서 그녀를 버스 정류장으로 데리고 갔다. 우리는 버스를 탔고 청우산 등산로 초입에 위치한 덕현리에서 내렸다. 나는 그녀에게 소설의 주요 장치인 유서 내용을 무엇으로 하면 좋겠느냐고 물었다. 그녀가 소설의 제목을 말했다. '증오하면서 사랑한다.' 내 평소 생각을 그대로 반영한 것이라고 했다. 나는 작가는 체험이 중요하다면서 그녀에게 근처 PC방에서 그 문구를 프린트해 가져오라고 했다. 그녀는 꽤 진지한 표정으로 A4 용지 한 장을 들고 PC방을 나섰다.

삼각바위 아래에 다다랐다. 그녀는 사방을 둘러보며 흡

족해했다. '누군가를 죽이는 장소로 어때?' '소설 마지막 장면으로 딱이네.' 내가 물었고 그녀가 대답했다. 우리는 거기서 복수 시나리오를 의논했다. 오빠가 오창기를 완벽하게 처치하기 위해서 필요한 물품과 살해 과정을 점검할 때였다. 그녀가 갑자기 수첩을 찾았다. 계획을 수정하고 점검할 때마다 메모를 하는 게 그녀의 습관이었다. '원룸에 두고 왔겠지.' 내가 대수롭지 않게 말했다. 시나리오의 1단계에 착수하는 시점에서 그녀의 수첩 따위는 중요하지 않았다.

그녀는 그럴 리 없다며 등을 돌리고 가방을 뒤졌다. 내 눈은 수풀 속에 숨겨진 곡괭이 자루에 줄곧 꽂혀 있었다. 미리 갖다둔 나의 연장. 화원 창고에서 찾은 곡괭이는 날카로운 날 한쪽이 빠져 있었다. 빠진 날의 반대편은 쇳덩이가 평평해서 뭔가를 내리치기에 적당했다. 손잡이도 날렵해서 내 손아귀에 맞춤한 그것은 꽤 묵직했다. 그녀의 정수리를 향한 그것의 무게는 내 분노의 크기와 정비례했다. 그녀는 악, 소리를 지르고 비틀거리며 나를 돌아보려 했다. 그녀의 얼굴을 대하기가 두려웠다. 나는 온힘을 다하여 그녀의 정수리를 한 번 더 내리쳤다. 단말마의 비명이 정적을 깨뜨렸다. 별안간 푸르스름한 어둠이 깔리고 사위는 동물의 발소리조차 들리지 않을 정도로 괴괴해졌다. 내 손에서 곡괭이가 툭 떨어졌다. 무릎이 꺾인 그녀는 그 자리에서 뒤로 자빠졌다. 그녀의 머리에서 흐른 피가 넓게 퍼지며 주변을 적셨다. 그녀의 손발이 파르르 떨리더니 잠잠해졌다. 숨이 끊어진 것이다. 두 번의 린치로 사람이 죽을 수 있다는 게 믿기지 않았지만 사실이었다.

나는 널브러져 있는 그녀에게 다가갔다. 그녀가 쓰려고 했던 소설 속 완전범죄를 내가 실현시킬 때였다. 플랜A의 첫 단어는 '자살'이었다. 위를 올려다보았다. 비스듬한 삼각바위는 사다리꼴이었다. 저 위에서 몸을 날리면 머리뿐 아니라 팔과 다리도 한두 군데 부러질 것이다. 나는 그녀의 시신을 적당한 위치에 끌어다놓았다. 그리고 곡괭이 자루를 다시 움켜쥐고 높이 치켜들었다. 눈을 꼭 감고 그녀의 다리와 팔을 향해 힘껏 내리쳤다. 팔과 다리가 부러지면서 비틀렸다. 그녀의 가방과 휴대전화를 챙겼다. 가방 안에는 그녀가 PC방에서 프린트한 종이 한 장이 있었다. 아무렴, 유서로 맞춤했다.

나는 그녀의 신발을 벗겨서 삼각바위로 올라갔다. 신발을 가지런히 놓기 전에 구두 안창에 그녀가 작성한 종이를 반에 반으로 접어서 깔았다. 손수건으로 내 지문을 깨끗이 지우는 것도 잊지 않았다. 그렇게 모든 일을 처리하고, 해가 기울어 보랏빛이 섞인 노을이 산을 덮칠 때까지 나는 기다렸다. 조금 전까지 곡괭이 자루를 쥐고 있던 손을 찬찬히 들여다보았다. 간간이 들리던 등산객 발소리도 뚝 끊어지고 마침내 산이 깊은 어둠에 잠길 때까지. 그런 후에야 곡괭이를 들고 천천히 산을 내려왔다. 보안카메라를 피해 화원 창고에 곡괭이를 돌려놓으면 일은 끝난다.

심판이 링에 올라와 손을 번쩍 들어주기를 기다리는 복서의 기분이 이럴까. 이제 나는 그녀가 되어야 하고 그녀는 내가 되어야 한다. 혹시 시신이 발견되더라도 나는 자살할 이유가 충분한 사람이기 때문이다. 그녀의 장편《비밀의 시대》에 서술되었듯 간발의 차이로 뒤바뀔 수 있는 것이 운명이다.

먼저 나온 아이를 형으로 치는 우리나라와 달리 착상이 된 순서로 쌍둥이의 형과 아우를 정하는 나라가 있다고 들었다. 한발 늦게 태어났지만 모태에서 생성된 걸로 보면 내가 그녀보다 앞섰던 게 아닐까. 그녀가 구상 중이던 소설처럼 그녀의 손에 내가 죽을 수도 있었겠지만, 결국 내가 그녀를 없앤 걸 보면 말이다. 뒤바뀐 운명. 이것이 나의 플랜B였다.

플랜B는 용한 곳에서 점을 보고 온 할머니 덕분에 만들 수 있었던 각본이었다. 우리를 한날한시에 호적에 올리면 내가 그녀의 좋은 운을 모조리 빼앗아간다고 했단다. 동생이었던 나의 출생신고는 1년 뒤로 미뤄졌다. 부모님의 결혼생활이 계속 유지됐다면 부모님은 이듬해 나를 '윤기현'으로 출생신고했을 것이다. 그러나 부모님은 곧바로 이혼했고 엄마는 짐승과 재혼했다. 짐승은 나를 자신의 호적에 딸로 올렸다. 할머니의 노파심은 기우가 아니었다. 내가 나를 죽이고 대신 그녀의 인생을 살게 되었으니 말이다.

　내가 그녀로 둔갑되는 순간 아이에게 나는 세상에 없는 엄마가 될 것이다. 이제 그녀의 시나리오대로 짐승을 제거하는 일만 남았다. 짐승을 제거하면 유산은? 그녀가 알아본 대습상속이라는 안전장치에 의해서 내게로 넘어온다? 그것은 아니다. 그녀가 인터넷 정보와 머릿속으로 만든 것은 틀린 장치였다. 나는 맞아야 했다. 그래서 변호사 사무실에 상담을 요청했다. 틀린 문제의 정답은 '직계비속'이었다. 그녀는 나의 직계비속이 아니었다. 어리석은 자여, 그녀의 이름은 소설가였다!

　짐승과 나의 직계비속은 다름 아닌 아이였다. 짐승이 유산 상속으로 7촌 조카를 운운했을 때 나는 짐승과 아이의 유전자 감식 결과지를 내밀었다. 그 결과가 증명하는 가족관계에 따라 증명서를 만들어두면 아이는 짐승의 친자이자 법정 상속인이 될 수 있다. 짐승은 아이를 정식으로 입양하고 셋이 함께 가족처럼 살자고 졸라댔다. 말 같지도 않은 소리였다. 짐승과 내가 아이 앞에 부모 자격으로 나타날 수 있을 리 만무했다. 그 일로 나와 짐승은 자주 다퉜다. 내 계획이 차츰 구체화되면서 마음이 초조해졌다. 짐승의 재산이 아이에게 넘어올 확실한 안전장치가 필요했다. 변호사와의 상담을 통해 피상속자의 '유산상속' 육성 파일이 서류만큼의 효력이 있다는 것을 알게 되었다.

짐승이 강원도로 떠나기 전날, 나는 작정하고 짐승에게 녹음을 할 것을 요구했다. 피상속인인 자신이 사망했을 시 어떤 전제나 조건도 없이 아이에게 전 재산을 상속하겠다는 것이 핵심 내용이었다. 녹음을 하는 짐승의 목소리는 사뭇 비장하면서도 떨렸다. 재산에 대한 집착에 더해 언젠가 그 녹음 파일로 인해 자신이 한 짓이 세상에 알려질까 봐 두려웠을 것이다. 그런 터에 짐승은 내가 사라져도 경찰에 신고를 하지 못하리라는 걸 알고 있었다.

나는 변호사를 찾아가서 짐승한테 받아놓은 상속유언 녹음파일과 유전자감식 결과지를 공증해놓았다. 짐승의 상속자가 아이라는 확실한 증거. 아이를 향한 내 모성의 방법은 오직 하나였다. 돈. 나는 그것으로 모성을 배운 여자였다.

으슥한 곳에 숨겨진 그녀가 영원히 발견되지 않고 썩어가길 바랐다. 혹여 발견되더라도 자살로 알려지길 간절히 바랐다. 소설 속 언니도 동생을 그렇게 살해할 계획이었기에.

시간이 지나면서 내 계획은 실종신고를 접수하는 쪽으로 수정되었다. 그 순간, 그녀의 긴 머리칼이 거슬렸던 기억이 떠올랐다. 신원 확인에 나선 짐승이 시신의 긴 머리를 보고 무언가 눈치채지 않을까. 그러나 두려움은 곧 사라졌다. 짐승은 평소 내가 머리 스타일을 바꾸고 나타나도 알아보지 못하지 않았던가. 나는 남자들의 맹점을 이용하기로 했다. 만약 그녀의 시신이 발견되더라도 신고를 한 나는 일차적인 용의선상에서 제외될 뿐 아니라 짐승이 유력한 용의자가 될 터였다.

탑승구 통로가 끝나는 지점에서 생각이 멈췄다. 비행기 안으로 들어가 자리를 찾아 앉았다. 창가 쪽 좌석이다. 늦가을 햇볕이 창으로 환하게 비친다. 사람들은 빛이 어둠을 이긴다고 한다. 악이 선을 이기지 못한다고도 한다. 하지만 세상에는 환한 빛 아래 숨겨진 어둠의 불씨가 너무 많았다. 그녀에게 내 아픔을 털어놓았을 때 그녀가 했던 말이 떠오른다. 음의 어두운 소용돌이 속에서도 양의 흰 점은 포함되어 있으며, 양의 흰 소용돌이 속에서도 음의 검은 점은 있다고 했다. 도가사상에 나온 구절이라고 했다. 그때는 그녀가 나를 위로하려는 말이라고 생각했다. 지금 생각해보면 그녀는 단지 악의 원천과 선의 근본에 관해 말하고 싶은 거였는지도 모른다. 음과 양, 어두움과 밝음, 악과 선.

맑은 눈빛과 결연한 표정의 아이가 떠오른다. 빛이라곤 미치지 못하는 어둠 속에서 내 유일한 빛은 오직 아이였다. 필리핀에 자리를 잡는 대로 아이를 데려올 계획이다. 나는 아이의 이모로서 재산관리 대리인이 될 것이다. 꽃이 흐드러지고 나비가 날고 맑은 물이 흐르던 나의 화원, 그곳으로 가는 길이 멀지 않길 바랄 뿐이다.

비행기가 상공으로 이륙한다. 창밖으로 보이는 청명한 겨울 하늘이 구름 아래 끝없이 펼쳐진다. 나는 무심히 오른손을 펼친다. 손가락 끝마디에 설형문자처럼 새겨진 다섯 개의 지문. 나선형의 문양들이 소용돌이치면서 모아졌다 흩어지길 반복하고 있다.

28

고
해
告
解

작년 12월 그날, 16시 20분 마닐라행 KE621편 탑승자
명단에 그녀가 있었다. 내가 한발 늦은 것이다. 그날 그 시각,
나는 지문 대조 작업에 몰두해 있었다. 수첩의 지문과 다이어
리의 지문은 각기 다른 주인의 몸을 새기고 있었다. 변사자의
지문은 어디를 향하고 있는 걸까. 그것이 이 사건의 핵심이리
라. 처음에는 변사자 부검 시 채취된 불완전한 지문과 수첩의
쪽지문이 일치했다. 하지만 주민등록시스템에 등록된 오기현
의 지문과 맞아떨어지지 않았다. 게다가 다이어리의 필체와
수첩의 필체는 서로 불일치했다. 오히려 등록된 오기현의 지

문과 다이어리 속 지문이 100퍼센트 일치했다. 일치와 불일치 사이에서 변사자의 실체가 서서히 드러나기 시작했다.

증표는 그뿐이 아니었다. 지하실 캐비닛에서 나온 앨범 속 나란히 찍힌 두 명의 아기 사진. 동일한 옷과 모자를 쓴 백일 사진을 반으로 접으면 데칼코마니처럼 겹쳐졌다. 사진 하단에 찍힌 자매의 백일 날짜. 백일이 같다는 것은 태어난 날짜가 같다는 걸 의미한다. 신혜의원 산부인과의 기록은 한 번 더 위의 사실들을 입증해주었다. 그렇다면 각기 다른 호주 밑으로 올라진 연년생의 호적은? 그녀의 말처럼 부모의 이혼과 친모의 재혼으로 그리 된 것뿐이리라.

그녀는 왜 일란성쌍둥이인 언니를 살해한 걸까? 자기 자신을 망자로 만들고 언니로 둔갑해서 완전범죄를 계획한 이유가 뭘까? 돈과 원한관계와 쾌감 중 무엇이었을까?

오창기의 재산이 만만치 않다는 점과 변호사와의 상담 내용으로 미루어볼 때 첫 번째에 비중을 둘 수도 있었다. 결국, 오창기 재산의 원래 상속자는 언니가 아니라 그녀였다. 하지만 오창기가 살아생전 7촌 조카에게 재산을 상속할 수도 있었다는 정황이 드러난 걸 보면 그녀가 오창기를 살해한 이유는 더 분명해진 셈이다.

나는 그녀의 통화내역을 하나씩 검토해나갔다. 수발신에서 겹치는 번호를 모아보았다. 반복된 전화번호 몇 개가 눈에 띄었다. 오창기와 언니, 변호사의 번호는 제외했다. 그다음 눈에 띄는 전화번호와 휴대전화 번호가 있었다. 전화번호의 지역번호는 경기도였다. 휴대전화 번호는 경기도에 위치한 한 보육원 원장의 것이었다. 예상한 대로였다.

작지만 아담한 보육원 건물을 찾아갔다. 하얗게 센 머리에 주름이 깊은 노인이 나를 맞았다. 옷차림은 허름하지만 인상이 온화한 노파는 자신이 이곳의 원장이라고 했다. 나이는 60대 중반쯤으로 보였다. 오래전 세상을 떠난 내 어머니가 살아 있다면 딱 저 모습으로 늙어가지 않았을까 하는 생각이 들 만큼 푸근한 분이었다. 그 누군가가 피붙이를 맡기고 돌아서더라도 무거운 발걸음의 무게를 조금이나마 덜어낼 수 있을 것 같았다. 공연히 콧마루가 시큰해졌다. 원장에게 그녀의 이름을 대면서 아느냐고 물었다. 감상적인 기분을 털어내기라도 하듯 사무적인 어투로 말했다. 그녀의 이름을 들은 원장의 얼굴에 미소가 사라지면서 경직된 표정으로 바뀌었다.

"무슨 일 때문인가요?"

"그 사람이 여기 보육원을 오랫동안 후원해온 걸로 알고 있습니다."

"그렇긴 합니다만, 요즘은 연락이 뜸해서요."

원장의 눈빛에 경계심이 비쳤다. 그녀가 갑자기 외국으로 가는 바람에 원장님한테 인사를 못 드리고 가서 대신 인사를 전하러 왔다고 말했다. 원장의 얼굴에 다시 겹겹의 주름이 잡히면서 웃음이 번졌다.

"뭘, 나 같은 늙은이를 그리 챙기누."

원장은 나에게 그녀와 어떤 관계냐고 물었다. 과년한 딸을 둔 어머니의 표정이었다. 나는 그녀의 남자친구라고 둘러댔다. 원장은 분홍색 잇몸이 드러나도록 환하게 웃었다. 아이뿐 아니라 그녀까지 살뜰히 챙기는 원장의 마음의 느껴져서 추운 날 따뜻한 난롯불을 쬐는 기분이었다. 나는 그녀가 후원했다는 아이에 대해 조심스럽게 물었다. 원장은 살짝 당황한 듯 말을 더듬었다. 그녀가 마음 씀씀이가 워낙 고운 탓에 아이들을 후원해온 것이라고 변명조로 늘어놓았다. 느닷없이 나타난 남자친구라는 사람에게 그녀의 비밀이 드러날까 봐 노심초사하는 깊은 속내가 느껴졌다. 나는 원장에게 그녀에게 아이가 있다는 것을 알고 사귀기 시작한 사이라고, 결혼하면 아이를 입양하기로 했다고 너스레를 떨었다. 원장의 낯빛이 그제야 도로 환해졌다.

"이 녀석이 무에 그리 바쁜지. 나한테도 연락을 통 안 해서 걱정하고 있던 참이었어요."

원장의 표정이 다시금 굳어졌다. 원장을 통해 듣게 된 아이의 몇 가지 정보에서 놀라운 사실을 알게 되었다. 나도 한번 통화한 적 있는 아이라는 것을. 바로 이민흠 일에 관계된 과대표 학생이었다. 그제야 매듭 하나가 풀어졌다. 그녀가 왜 영화사까지 이용하면서 이 교수의 파멸을 조장했는지 말이다. 아이 이야기를 하는 원장의 얼굴이 굳어진 이유도 선명해졌다. 원장도 알고 있을 것이다. 요즘 매스컴에서 심심치 않게 회자되고 있는 그 일에 대해서. 그 일로 사회적 지탄을 받고 있는 이민흠이 아이가 다니는 대학의 교수라는 것도. 아이가 그 일에 앞장서고 있다는 것도.

풀어진 매듭은 다음 매듭을 풀 열쇠가 되는 법이다. 그녀의 언니가 동생의 과거 및 조카의 존재를 알고 있으면서도 이 교수와 한통속이었다면? 윤의현이 처음엔 전임강사직을 받아들이려고 했다는 학과장의 진술이 이를 뒷받침해주었다. 희미했던 살해 동기가 조금씩 또렷해졌다.

그래도 풀어야 할 매듭은 남겨져 있었다. 일련의 사건 동선과 오창기 살해 진행 과정을 미리 파악이라도 한 것 같은 수첩의 메모였다. 필체로 보아 윤의현의 계획이었는데 그녀의 방에서 발견된 걸 보면 그녀도 애초에 계획에 동참했던 게 틀림없다. 그런데 갑자기 이 교수 사건이 발발되었고 그때 윤의현이 오기현의 바람과 어긋난 행동을 한 것은 아니었을까. 자기 성공을 위해서 조카의 아픔을 외면했다면 오기현의 입장에서는 분노가 느껴졌을 법도 했다.

그녀가 살인을 선택한 마지막 동기는 돈도 원한관계도

아니었던 것이다. 그녀가 지켜야 할 것은 따로 있었기에. 아이 앞에서 자신을 드러내지도 못한 채 살아온 그녀였다. 그녀는 아이에게도 후원자가 자기라는 걸 절대 알리지 말라고 원장에게 당부했다고 한다. 그녀가 왜 그랬어야만 했는지 알 것 같았다. 증오한 자에게 얻은 사랑이었을 테니까. 아이에 관한 그녀의 이야기를 들려주던 원장의 목소리가 어둡고 무거웠다. 원장은 그녀와 아이를 잘 부탁한다면서 주름진 손으로 내 손을 꼭 잡았다. 그러고는 내가 보육원 문을 나설 때까지 현관에서 손을 흔들었다.

아이를 만나는 일이 내게 숙제로 남아 있었다. 무슨 말로 아이를 대면할 수 있을까. 망설임이 길어졌다. 해를 넘겨 겨울 막바지까지 이르렀지만 나는 쉽게 결정을 내리지 못하고 있었다. 원장에게서 받아온 아이의 사진 한 장. 그녀와 참 많이 닮아서 눈시울이 뜨거워졌다.

고해성사와도 같은 그녀의 최후진술을 들을 수 있는 날이 올까? 죽은 언니의 이름으로 살아야 하는 그녀의 마음 깊은 곳의 이야기. 그 또한 아이 때문이었을 거라고 짐작해볼 따름이다. 아이 때문에라도 그녀는 반드시 다시 돌아올 것이다. 그녀가 돌아왔을 때 나의 선택은? 그것이야말로 미지수였다.

경찰서가 조용하다. 휴가철만 무사히 넘어가면 한가한 곳이라던 동료의 말이 생각난다. 봄이 오면 푸른 비를 뿌린다는 청우산은 만개한 꽃들로 화사할 것이다. 그때까지 나의 선택은 잠시 미뤄도 될 것이다. 경찰서 창문에 부딪친 겨울 끝자락 일몰이 따스한 주황빛으로 퍼진다. 봄이 성큼 다가왔는지도 모른다.

작가의 말

　　작가의 경험이 소설적 모티프나 얼개의 근간이 된다고들
한다. 그래서 집안에 작가가 나오면 삼대가 '털린다'는 우스
갯소리도 있다. 그럼에도 나는 소설을 쓸 때 나와 내 측근의
이야기를 병적으로 멀리해왔다. 무의식중에는 분명 반영되었
을 테지만.

　　나의 다리와 팔을 뜯어 쓰다가 심장까지 소설이라는 제
단에 바쳐지게 되면 결국 소설에 손을 털게 되지 않을까 하는
소심한 염려 때문이었다. 그다지 반골 기질도 없는 나로서는
나름 지켜온 작가로서의 소신일지도 모른다.

그 소신을 굽힐 때가 내게도 온 걸까?

장편소설 《지문》은 나의 경험이 꽤 많이 할애된 소설이라는 것을 누구보다 나 자신이 잘 알고 있다. '김예나'가 겪은 성폭력과 '윤의현'이 겪은 영화사 에피소드는 내가 직간접적으로 체험한 사건들이다. 물론 소설 속의 범죄 행각은 빈약한 내 상상력으로 창작된 허구이지만.

장편소설을 계속 써왔지만 소설을 쓸 적마다 늘 지난한 작업임을 가일층 느낀다. 이 소설도 예외 없이 힘들게 썼다. 소설을 쓰는 동안 몸무게가 현저히 줄었을 만큼. 나의 경험과 어떤 아픔이 녹아든 작품이라 그랬을 수도 있다. 그래도 후회는 남는다. 소설의 인물과 사건과 구성, 치밀한 스토리 전개에 좀 더 혼신의 힘을 기울이지 못한 아쉬움일 것이다.

나는 세상에 완전한 악惡도, 완전한 선善도 없다고 믿는다. 이것은 소설을 쓰면서 생겨난 나만의 신조일 수도 있다. 단지 각자 처한 상황에 의해 악인이 되기도 하고 선인이 되기도 하는 법. 악인에게도 일말의 여지는 줘야하는 게 아닐까. 그 여지를 소설 속 인물들에게 부여하고자 했다. 오기현과 백규민, 신명호 그리고 김예나가 살아갈 인생에는 또 다른 악과 선이 혼재한 채 그 여백을 채워나갈 테니까. 소설 《지문》을 통해 보여주고 싶었던 것 중 하나는 인간의 치열한 욕망이었다. 각자 직면한 불합리한 운명과 폭력에 순응하지 않고 거기서 벗어나고자 발버둥치는 인간들의 가열찬 분투기를 추리소설의 형식으로 담아내고자 했다.

지금도 음지에서 오기현과 김예나, 혹은 신명호와 동일하거나 비슷한 폭력에 시달리며 숨죽이고 있을 많은 이들에게 이 책이 작은 용기가 되길 바란다. 세상과 사회가, 많은 사람들의 인식이 차츰 당신들 편에 서기 시작했다고 말하고 싶다.

이 소설 역시 많은 분들께 도움을 받았다.

나의 영원한 스승 조동선 선생님, 연로하신 중에도 나의 초고에 늘 애정 어린 질책을 아끼시지 않아 깊이 감사드린다.

책이 나오기까지 나와 함께 호흡하며 발을 맞춰준 비채 이승희 편집장님과 김영사 출판사에 머리 숙여 감사드린다. 덕분에 소설 《지문》이 더욱 빛날 수 있어서 행복하다.

2021년, 일상을 기다리는 봄날에
이선영

지문

1판 1쇄 인쇄 2021년 3월 25일 **1판 1쇄 발행** 2021년 4월 5일

지은이 이선영
펴낸이 고세규
편집 이승희 **디자인** 윤석진
발행처 김영사
주소 경기도 파주시 문발로 197(문발동) 우편번호 10881
등록 1979년 5월 17일(제406-2003-036호)
구입 문의 전화 031)955-3100 **팩스** 031)955-3111
편집부 전화 02)3668-3292 **팩스** 02)745-4827 **전자우편** literature@gimmyoung.com
비채 카페 cafe.naver.com/vichebooks **인스타그램** @drviche **카카오톡** @비채책
트위터 @vichebook **페이스북** facebook.com/vichebook
ISBN 978-89-349-8490-0 03810 책값은 뒤표지에 있습니다.

비채는 김영사의 문학 브랜드입니다.